Kontaktadresse nach EU-Produktsicherheitsverordnung:
produktsicherheit@droemer-knaur.de

KNAUR

Von Carine Bernard sind im Knaur-Verlag bereits folgende Titel erschienen:
Lavendel-Tod
Lavendel-Gift
Lavendel-Fluch

Über die Autorin:
Carine Bernard wurde 1964 in Niederösterreich geboren und lebt mit ihrem Mann in der Nähe von Düsseldorf. Sie hat ein Faible für Frankreich und erkundet Land und Leute am liebsten entlang kleiner Nebenstraßen mit dem Campingbus. Die Provence mit ihren malerischen Dörfern und der vorzüglichen Küche ist dabei schon seit Jahren ihr liebstes Ziel.

CARINE BERNARD

LAVENDEL GRAB

EIN PROVENCE-KRIMI

KNAUR

Besuchen Sie uns im Internet:
www.knaur.de

Originalausgabe Mai 2022
Knaur Taschenbuch

Ein Imprint der Verlagsgruppe
Droemer Knaur GmbH & Co. KG, München

Dieses Werk wurde vermittelt durch die
Michael Meller Literary Agency GmbH, München.
Redaktion: Anne Verhoeven und Marie-Luise Bezzenberger
Covergestaltung: ZERO Werbeagentur, München
Coverabbildung: Dene' Miles / Shutterstock.com
Satz: Adobe InDesign im Verlag
Printed in Germany
ISBN 978-3-426-52829-7

2 4 5 3

DIE LEGENDE VON PRÉ FANTASTI

Einst lebten zwei Brüder in einem prunkvollen Palast in Rom. Ihre Namen waren Antonio und Francesco Barberini, und obwohl der Papst höchstselbst ihr Onkel war, führten sie doch kein gottesfürchtiges Leben: Sie häuften Reichtümer an, vergnügten sich mit Frauen und betrieben alchemistische Studien, was zu jener Zeit streng verboten war.

Um sie vor der gerechten Strafe zu schützen, verbannte der Papst seine missratenen Neffen nach Frankreich ins Comtat Venaissin, und sie fanden Zuflucht in der Villa eines befreundeten Grafen am Fuße des Mont Ventoux. Hier setzten sie ihre verbotenen Experimente fort, versuchten sich an der Umwandlung von Blei zu Gold und erfanden schließlich etwas, was sie das »élixir de la vie longue« nannten – das Elixier des langen Lebens oder »elixira vitae«, wie die Lateinkundigen sagen.

Dieses wundersame Elixier verkauften die beiden für gutes Geld an das einfache Volk, aber über die Aufteilung des Gewinns vermochten sie sich nicht zu einigen. Eines Tages eskalierte der Streit, und Francesco schüttete dem Bruder im Zorn eine Phiole Vitriol ins Gesicht. Antonio war ge-

blendet und starb qualvoll nach Stunden voll unsäglicher Schmerzen. Doch auch Francesco wurde seines Lebens nicht mehr froh, denn Antonios rastloser Geist suchte ihn jede Nacht heim und quälte ihn mit seinem Geheul. Schließlich verlor er den Verstand und stürzte sich vom höchsten Turm des Hauses in die Tiefe.

Seit dieser Zeit ist das Haus verflucht. Man sagt, dass die Geister der Barberini-Brüder noch immer umgehen in diesen Mauern und dass man sich des Nachts besser fernhalten soll von der Ruine, die man heute La Pré Fantasti nennt.

KAPITEL 1

Ich möchte bitte einen Vermissten melden.«

Eine junge Frau mit rundem Gesicht und runder Brille stand am Tresen im Eingangsbereich der Dienststelle. Lilou wollte gerade die Treppen hoch zu Commissaire Demoireaus Büro laufen, doch der Akzent der jungen Frau ließ sie innehalten und sich umwenden.

Heute hatte Gardien Tairousse Dienst am Empfang, ein Mann aus dem Pays Basque, dem Baskenland, dessen harter Akzent sogar Lilou manchmal Probleme bereitete. Die junge Frau, die offenbar keine Französin war, würde ihn kaum verstehen.

Lilou kehrte um und trat zu ihr an den Tresen. »Kann ich Ihnen helfen?«, fragte sie.

Auf dem Gesicht der Frau zeigte sich deutliche Erleichterung. »Danke schön, das ist sehr freundlich von Ihnen.«

Ihr Französisch war gut, doch es klang bemüht, als hätte sie es in der Schule gelernt und wäre nicht damit aufgewachsen.

»Kommen Sie doch bitte mit«, forderte Lilou sie auf. Sie nickte Tairousse zu und ging voraus ins Dienstzimmer der Bereitschaftspolizei. Sie wusste, dass Jamal Emetoit heute Dienst hatte, der groß gewachsene Capitaine mit algerischen Wurzeln. Er war freundlich und im Gegensatz zu Tairousse überaus geduldig; er würde sich der Sache annehmen.

Emetoit saß an einem der drei Schreibtische und blickte auf, als Lilou an den Türrahmen klopfte. »Jamal, diese

Dame möchte eine Vermisstenmeldung machen«, sagte sie und wies auf die Frau. »Kannst du das bitte übernehmen?«

Emetoit stand auf und winkte sie herein. »Ja, klar. Kommen Sie bitte herein.« Er lächelte, ließ seine weißen Zähne blitzen und deutete auf einen Stuhl. »Setzen Sie sich doch.«

»Danke.« Die junge Frau blieb unschlüssig stehen und sah sich um. Sie war nicht sehr groß, sogar noch kleiner als Lilou, und kräftig gebaut. Sie trug eine kurze Latzhose und ein buntes Shirt, was bei einer größeren, schlankeren Frau bestimmt pfiffig ausgesehen hätte – bei ihr wirkte es, als käme sie direkt vom Spielplatz. »Ich weiß gar nicht, ob das richtig ist, was ich hier tue«, sagte sie.

Emetoit lächelte ihr aufmunternd zu. »Erzählen Sie uns doch einfach, worum es geht. Dann können wir immer noch entscheiden, ob wir eine Anzeige aufnehmen oder nicht.«

Die Frau blickte unsicher von Lilou zu Emetoit. »Ja?«

Jamal Emetoit sah Lilou an. »Möchtest du dabeibleiben?«, fragte er.

Lilou nickte. »Ja, natürlich.« Sie wandte sich an die Frau. »Ist es Ihnen lieber, wenn wir englisch sprechen?«, fragte sie.

Die Frau blinzelte, Grübchen erschienen in ihren Wangen. »Es geht schon. Wenn Sie langsam sprechen, kann ich Sie verstehen.«

»Nehmen Sie doch Platz.« Emetoit wies auf den Besprechungstisch in der Ecke. »Möchten Sie ein Glas Wasser? Oder einen Kaffee?«

»Nein.« Die junge Frau schüttelte den Kopf. Eine Strähne ihres rotbraunen Haars löste sich aus ihrem Zopf und fiel ihr ins Gesicht. Mit einer ungeduldigen Bewegung wischte sie sie zur Seite und ließ sich auf den Stuhl fallen, den Emetoit hervorgezogen hatte.

Jamal Emetoit nahm ihr gegenüber Platz. Lilou setzte sich neben sie, um den Eindruck eines Verhörs zu vermeiden.

»Wollen Sie uns zuerst sagen, wer Sie sind?«, fragte sie.

»Ich heiße Tabea Kellermann«, antwortete die Frau. »Ich komme aus Deutschland, und ich arbeite an der Bibliothèque l'Inguimbertine. Ich schreibe meine Masterarbeit über einen Mönch namens Vermenius, der im Mittelalter hier in der Gegend von Carpentras …« Sie unterbrach sich mit schuldbewusstem Lächeln. »Aber das interessiert Sie bestimmt nicht.«

Lilou konnte ihr nicht widersprechen und schmunzelte. »Sie sagten, jemand wird vermisst?«

Tabea Kellermann nickte, die Haarsträhne rutschte ihr wieder in die Stirn. »Er ist ein Mitarbeiter aus der Bibliothek«, erklärte sie. »Er hätte gestern von seinem Urlaub zurückkommen müssen.«

»Und er ist nicht zur Arbeit erschienen?« Emetoit sah sie fragend an.

»Ja, genau.« Tabea hob die Hände. »Er ist sonst sehr zuverlässig, das sieht ihm gar nicht ähnlich.«

»Könnte es sein, dass er seinen Urlaub einfach verlängert hat?«, fragte Lilou. »Haben Sie schon mit seinen Vorgesetzten gesprochen?«

»Natürlich, was denken Sie denn.« Tabea warf Lilou einen gekränkten Blick zu. »Aber die wissen auch von nichts. Madame Brillon sagte, er wird schon wiederkommen. Sie scheint das Ganze nicht sehr ernst zu nehmen.«

Emetoit hob die Schultern. »Vielleicht hat er so etwas schon öfter gemacht«, meinte er.

»Das weiß ich nicht. Ich bin ja noch nicht so lange hier.« Tabea Kellermann zog die Nase kraus. »Er hat versprochen, mir nach seinem Urlaub bei der Recherche zu einer Literaturstelle zu helfen. Sein Spezialgebiet ist das siebzehnte Jahrhundert, und da gibt es eine Abschrift aus einem Kloster in Nantes, die …« Sie verstummte. »Jedenfalls brauche ich ihn, und er ist nicht da.«

»Es ist nicht verboten, nicht zur Arbeit zu kommen.« Lilou spreizte die Finger. »Erwachsene Menschen dürfen so etwas. Solange es keinen Hinweis auf ein Verbrechen gibt, ist die Polizei nicht zuständig.«

Tabea schüttelte energisch den Kopf. Eine weitere Haarsträhne löste sich. »Ich glaube nicht, dass er das tun würde, ohne mir vorher Bescheid zu sagen.« Sie sah ernst von Lilou zu Emetoit. »Er geht nicht ans Telefon, und sein Mobiltelefon klingelt nicht einmal, wenn ich ihn anrufe. Außerdem wollte er mir eine Ansichtskarte schreiben. Das hat er auch nicht getan.« Ihre braunen Augen waren auffallend groß und glänzten. »Ich glaube, ihm ist etwas zugestoßen. Entweder er hatte einen Unfall, oder er wurde entführt.«

»Für eine offizielle Vermisstenmeldung müssten Sie eine Verwandte sein, oder der Arbeitgeber wendet sich direkt an uns.« Emetoit zog einen Block heran und holte einen Kugelschreiber aus der Brusttasche seines Uniformhemds. »Aber sagen Sie uns doch bitte, wie der Mann heißt. Wir können uns ja einmal umhören.«

»Er heißt Phil. Philbert Corsaint.«

»Wissen Sie, wo er wohnt?«

Die junge Frau hob die Schultern. »Nein. Irgendwo hier in Carpentras.«

»Das ist kein Problem, das finden wir schon heraus.« Er machte sich eine Notiz. »Wann haben Sie ihn denn zuletzt gesehen?«

»Am Freitag vor drei Wochen. Das war sein letzter Arbeitstag vor dem Urlaub.«

»Gut.« Emetoit warf einen Blick auf den Wandkalender und notierte das Datum. »Und sein Alter? Sein Aussehen? Können Sie ihn beschreiben?«

»Er ist zweiunddreißig Jahre alt«, antwortete Tabea in ihrem sorgfältigen Französisch. »Das hat er mir gesagt. Er ist ungefähr einen Meter achtzig groß, schlank und hat blonde Haare und blaue Augen.« Sie grinste schief. »Er sieht sehr gut aus«, setzte sie hinzu. »Und er trägt gern karierte Hemden.«

Lilou hob die Brauen. »Haben Sie eine Beziehung mit ihm?«

»Aber nein.« Tabea schlug die Augen nieder und wurde rot. »Er ist homosexuell und hat einen Freund, der ist Weinhändler in Bedrange.«

»Ach was.« Lilou sah die junge Frau überrascht an. »Meinen Sie Gérard Pepin?«

»Ja, genau, so heißt er.« Tabea hob den Kopf. »Kennen Sie ihn?«

»Mein Freund hat geschäftlich mit ihm zu tun«, antwortete Lilou. »Ich glaube, Sie können beruhigt sein, was Phil Corsaint betrifft. Ich habe ihn vor ein paar Tagen noch gesehen, da war er quicklebendig.«

»Nein, wirklich?« Tabea sah Lilou überrascht an. »Wieso kommt er dann nicht zur Arbeit?«

»Das kann ich Ihnen auch nicht sagen.« Lilou zuckte mit den Achseln. »Wir waren erst letzte Woche bei Pepin. Da kam ein junger Mann zur Tür herein, auf den Ihre Beschreibung genau passt, und er war bei bester Gesundheit.« Sie schmunzelte. »Und so wie Pepin sich ihm gegenüber verhalten hat, hätte er sich sicherlich längst bei uns gemeldet, wenn Phil Corsaint wirklich verschwunden wäre.« Sie stand auf. »Machen Sie sich keine Sorgen, Madame Kellermann. Er taucht bestimmt bald wieder auf.«

»Wo bleiben Sie denn?« Commissaire Demoireau sah demonstrativ auf die Uhr. »Ich habe Sie schon vor einer halben Stunde zurückerwartet.«

»Verzeihen Sie bitte«, antwortete Lilou etwas außer Atem und fuhr sich mit den Fingern durch ihr kurzes blondes Haar. »Ich musste einer jungen Dame aus Deutschland helfen, die mit Tairousses Akzent nicht zurechtgekommen wäre.«

»Ach?« Demoireau hob die buschigen Brauen und sah sie fragend an. »Und um was ging es?«

Lilou machte eine wegwerfende Handbewegung. »Sie macht sich Sorgen, weil sie glaubt, ein Mitarbeiter der Bibliothèque l'Inguimbertine wäre verschwunden. Aber da ich den jungen Mann am Donnerstag noch gesehen habe, konnte ich sie beruhigen.«

Der Commissaire runzelte die Stirn, dann schüttelte er den Kopf. »Haben Sie Staatsanwalt Beringer erreicht?«

Lilou nickte. »Er bedankt sich«, sagte sie. »Allerdings nicht sehr herzlich.«

»Das kann ich ihm nicht einmal verübeln. Die Liste hätte natürlich bei den Unterlagen sein müssen. Ich weiß nicht, wer da geschlampt hat.«

Lilou hob die Schultern, sie wusste es auch nicht. Vor zwei Wochen hatten sie die Mitglieder einer marokkanischen Diebesbande verhaftet, und zwei ihrer Kollegen waren letzte Woche rund um die Uhr damit beschäftigt gewesen, das Lager mit dem Diebesgut zu sichten und zu inventarisieren. Eine Kopie dieser Liste hätte unmittelbar an Staatsanwalt Beringer übergeben werden müssen, doch aus unerfindlichen Gründen war das nicht passiert, und Beringer hatte heute Mittag, als er es bemerkte, einen seiner legendären Wutanfälle aufs Parkett gelegt. Lilou hatte sich daraufhin erboten, ihm die Liste persönlich ins Justizgebäude zu bringen, was einen Spaziergang durch die schöne Altstadt von Carpentras bedeutete und ihr eine willkommene Abwechslung war.

Demoireau setzte sich hinter seinen Schreibtisch und wies auf die Ledercouch in der Ecke. »Sind inzwischen alle Protokolle geschrieben?«

Lilou nahm Platz, die abgewetzten Polster gaben unter ihr nach. »So gut wie. Es fehlt nur noch die Zusammenfassung der Aussage von Jeremy Bender samt seiner Unterschrift.«

»Dann bringen Sie doch bitte das, was schon fertig ist, heute noch zu Roseanne, damit sie es abtippen und ablegen kann.«

»In Ordnung.« Lilou streckte die Beine aus. Ihr Verhältnis zu Demoireau hatte sich in den letzten Wochen spürbar gewandelt. War er im ersten Monat ihres Praktikums noch steif und distanziert gewesen, benahm er sich inzwischen immer weniger wie ein Vorgesetzter, sondern fast schon kollegial, was ihr Sicherheit vermittelte. Immerhin würde sie sehr bald eine Stelle antreten, die vom Rang her dem seinen entsprach, wenn auch in Paris, weit weg von hier. Ein kaltes Gefühl breitete sich in ihr aus. Sie biss die Zähne zusammen und verdrängte den Gedanken an das, was sie hier zurücklassen musste: die quirlige Kleinstadt, die sie so lieb gewonnen hatte, die bezaubernde Gegend, die ihr ans Herz gewachsen war, all die Freunde, die sie hier gefunden hatte, und nicht zuletzt Simon, ihren Freund, der immer noch überzeugt war, dass die Distanz zwischen ihnen nichts ändern würde.

Sie atmete tief durch und verbot sich, daran zu denken, was in zwei Wochen sein würde. »Liegt für heute sonst noch etwas an?«, fragte sie.

Bevor Demoireau antworten konnte, klingelte ihr Telefon. Mit einem entschuldigenden Blick zu ihrem Chef zog sie es aus der Tasche und warf einen Blick aufs Display. Es war Simon, als ob er ihre Gedanken gespürt hätte. Es musste wirklich wichtig sein, wenn er sie während der Dienstzeit anrief, das tat er sonst nie, deshalb nahm sie das Gespräch an.

»Ja? Simon? Was gibt es?«

Ein Schnaufen erklang am anderen Ende der Leitung, dann seine Stimme. »Ich habe ein Problem, Honey.«

»Was ist passiert?«

»Noch ist nichts passiert.« Sein kanadischer Akzent erschien ihr auf einmal deutlicher als sonst. »Meinst du, du könntest mich abholen?«

Lilou sah auf die Uhr, es war kurz vor fünf. »Prinzipiell ja. Ich habe gleich Feierabend.«

»Das ist großartig, Babe. Wirklich großartig.« Er rülpste. »*Scusez.*«

»Sag mal, hast du getrunken?«

Er lachte auf. »Ja, so könnte man es nennen. Zumindest sollte ich heute nicht mehr Auto fahren.«

Lilou runzelte die Stirn. »Wo bist du denn?«

»Bei Gérard in Bedrange. Wir wollten doch den Wein für mein Restaurant verschneiden.«

»Ach, das war heute?«

»Ungeplant.« Seine Stimme klang heiser. »Gérard hat mich heute Mittag angerufen und gefragt, ob ich Zeit hätte. Deshalb bin ich hingefahren.« Er zögerte. »Ich habe dein Auto genommen. Ich hoffe, du bist nicht böse, Hon.«

»Nein, natürlich nicht.« Sie schüttelte den Kopf, obwohl er es nicht sehen konnte. »Aber wie soll ich dich dann abholen?«

»Das weiß ich auch nicht«, antwortete Simon und klang schuldbewusst. »Der Kangoo steht jedenfalls hier, und wenn ich selber fahre, geschieht wahrscheinlich ein Unglück.«

»Das lässt du schön bleiben.« Lilou dachte angestrengt nach. »Bleib erst mal, wo du bist. Ich finde schon eine Lösung. Notfalls nehme ich den Bus.«

»Ich habe vollstes Vertrauen in dich, Babe. Du findest doch immer eine Lösung.«

»Danke. Aber sag nicht Babe zu mir.«

»Sorry.« Er kicherte. »Gérard ist übrigens wirklich großartig. Du wirst meinen Wein lieben.«

»Davon bin ich überzeugt, Simon.« Sie musste lachen. »Dann bis gleich.«

Sie beendete das Telefonat. Demoireau hatte sich angelegentlich mit den Unterlagen auf seinem Schreibtisch beschäftigt, nun schaute er auf. »Gibt es ein Problem?«

Lilou schüttelte den Kopf. »Problem wäre zu viel gesagt. Simon ist bei Pepin versackt, dem Weinhändler in Bedrange. Sie haben Wein verschnitten, und nun ist er …«, sie zögerte, »… nicht mehr fahrtüchtig.«

»Sie meinen, er ist betrunken.« Demoireau verzog das Gesicht. »Ich kenne Pepin. Von einer Weinprobe bei ihm ist noch nie jemand nüchtern zurückgekommen.«

»Jedenfalls ist er mit meinem Wagen hingefahren. Ich soll ihn abholen, aber ich habe keine Ahnung, wie ich ohne Auto da hinkomme.«

»Falls Sie daran denken, den Bus zu nehmen – vergessen Sie es.« Er warf einen Blick auf die Uhr. »Der fährt nur jede Stunde, und Sie sind ewig unterwegs, weil er an jedem Kreisverkehr hält.« Er dachte kurz nach. »Sie können sich von Cravasse fahren lassen«, sagte er. »Sie hat Streifendienst mit Cropardin, die sollen Sie da absetzen.«

»Aber das geht doch nicht«, wehrte Lilou ab. »Ich kann doch keine Dienstfahrt für private Zwecke nutzen.«

»Hm, hm.« Der Commissaire blickte nach oben an die Decke. »Dann erteile ich Ihnen hiermit den Auftrag, die Streifenpolizisten bei ihrer Arbeit zu begleiten. Sie können dabei bestimmt noch etwas lernen.«

»Bestimmt, *mon commissaire.*« Lilou verkniff sich ein Grinsen. »Und danke.«

Wenig später saß Lilou neben Capitaine Valerie Cravasse in einem silberblauen Streifenwagen. Lilou hatte sich umgezogen und trug Jeans und ein T-Shirt, trotzdem hatte Cropardin es sich nicht nehmen lassen, Lilou den Platz auf dem Beifahrersitz zu überlassen, und sich nach hinten gesetzt. Cravasse steuerte den Peugeot mit forschem Nachdruck durch den Feierabendverkehr von Carpentras, und Lilou musterte sie unauffällig von der Seite. Raspelkurze rote Haare waren das Markenzeichen der einzigen anderen Frau in Demoireaus Truppe. Sie war hochgewachsen und schlank und gab sich im Umgang mit ihren Kollegen schon fast übertrieben burschikos. Anfangs hatte sie Lilou praktisch ignoriert, als ob es unter ihrer Würde wäre, sich mit einer Praktikantin abzugeben, selbst wenn es sich um eine künftige Commissaire handelte, doch nach den ersten gemeinsamen Einsätzen hatte sich das schnell gelegt. Zwar war sie mit ihr nie so warm geworden wie mit Jamal Emetoit oder gar mit Guillaume Mistral, dem jungen Kriminaltechniker, mit dem sie inzwischen sogar befreundet war, aber es war doch ein gutes kollegiales Verhältnis entstanden.

»Jetzt bist du ja bald wieder weg«, meinte Cravasse, als sie an der Place Aristide Briand die Spur wechselte und vor einer Ampel hielt. »Die Zeit ist schnell vergangen, nicht wahr?«

Ein Schild wies in Richtung Mont Ventoux, neben ihnen ragte das Gebäude der Bibliothèque l'Inguimbertine auf und erinnerte Lilou an den angeblich verschwundenen Mitarbeiter. Die Geschichte hatte trotz allem ihre Neugierde geweckt, weniger als Polizistin, denn sie war überzeugt davon, dass es keinen Vermisstenfall gab, sondern menschlich, weil sie Pepin kannte und den jungen Mann mit ihm zusammen gesehen hatte.

»Ja, es sind nur noch knapp zwei Wochen«, antwortete sie. »Ich werde das alles hier vermissen, das weiß ich jetzt schon.«

Cravasse nickte knapp. »Ich war auch mal in Paris«, sagte sie. »Aber das ist nichts für mich. Ich habe mich nach zwei Jahren wieder hierher versetzen lassen.«

»Was hat dich an Paris gestört?« Lilou kam aus Paris, ihre Eltern wohnten noch immer in der Hauptstadt. Sie hatte den Großteil ihres Lebens dort verbracht, und gäbe es nicht so vieles, an dem sie hier hing, könnte sie sich nichts Besseres vorstellen, als wieder dort zu leben.

»Ach, in Paris ist alles so groß und laut«, sagte Cravasse und gab Gas, um vor einem dahinzuckelnden Citroën in eine Lücke einzuscheren. »Keiner kennt den anderen, und alle sind immer in Eile. Außerdem ist das Wetter meistens schlecht.«

»Also das stimmt nun wirklich nicht«, widersprach Lilou. »Paris im Frühling ist bezaubernd.«

»Vielleicht. Aber hier ist es immer schön.«

Dem konnte Lilou nicht widersprechen. Selbst jetzt im August, wenn die hochsommerliche Hitze wie festgewachsen zwischen den Häusern stand, wehte doch immer wieder ein angenehmer Wind vom Mont Ventoux herab, der die bunten Kunstdrucke hoch über den Straßen flattern ließ und einen Hauch von Kühle brachte. Und auch wenn das Umland von Carpentras staubig und verdorrt unter der Sommersonne lag, schenkten bewaldete Hügel am Horizont mit ihrem satten Grün dem Auge Erholung. Und es gab Lavendel. Zwar war er schon längst verblüht, doch die silbergrünen Kissen dufteten noch immer und zogen sich in Reih und Glied die Hänge hinauf. Auch jetzt prägten sie noch die Landschaft, genauso wie die knorrigen Olivenbäume, die Feigen, die man frisch vom Baum pflücken konnte und die roten Trauben, deren Ernte bald beginnen würde.

Lilou seufzte. Sie vermisste all das jetzt schon.

KAPITEL 2

Cravasse fuhr schwungvoll durch das Gittertor auf den Hof von Pepins Weingroßhandel und bremste so scharf vor dem Bürogebäude, dass die trockene Erde in einer rötlichen Wolke hochstob.

»Sollen wir auf dich warten?«, fragte Cravasse. Offenbar hatte Demoireau ihr den Grund für Lilous Fahrt nicht verraten.

»Danke, das ist nicht nötig.« Lilou deutete auf ihren blauen Kangoo, der staubig vor einer lang gestreckten Halle in der spätnachmittäglichen Sonne parkte. »Mein Auto steht hier.«

»Ach so.« Cravasse fragte nicht nach dem Warum, doch das war Lilou auch lieber – so privat war sie mit Cravasse nun auch wieder nicht. Sie stieg aus.

»Danke fürs Mitnehmen!«, sagte sie.

Cropardin kletterte schwerfällig von der Rückbank und ließ sich auf den Beifahrersitz fallen. »Adieu, Lilou, bis morgen!«

»Ja, bis morgen!« Sie hob grüßend die Hand.

Cravasse setzte zurück, gab Gas und verschwand in einer erneuten Staubwolke. Lilou wandte sich ab und ging über den Hof zum Bürogebäude. Sie öffnete die Tür. Drinnen summte eine Klimaanlage, und es war angenehm kühl, aber es war niemand zu sehen. Sie kehrte wieder um und schritt auf das lang gestreckte Gebäude zu. Kurz bevor sie es erreichte, öffnete sich eine kleine Tür in dem großen Einfahrtstor, und Simon kam heraus.

»Habe ich doch richtig gehört!« Er strahlte übers ganze Gesicht. Seine graublauen Augen glänzten, die Wangen waren gerötet, das sandfarbene Haar fiel ihm wirr ins Gesicht und gab ihm ein verwegenes Aussehen. Er umarmte sie und drückte ihr einen Kuss auf den Mund.

Lilou ließ es geschehen, dann machte sie sich los, drehte den Kopf weg und wedelte mit der Hand. »Puh, *mon cher,* ich würde den Wein lieber aus einem Glas verkosten.«

Simon lachte. »Das kannst du gerne tun. Komm rein!«

Lilou betrat hinter ihm die dämmrige Halle. Der Boden bestand aus gestampfter Erde, und es war immerhin ein wenig kühler als draußen. Rechts und links standen riesige Edelstahltanks an den Wänden, die, wie Lilou wusste, unverschnittenen Wein enthielten. Er kam sortenrein von Weinbauern aus der Umgebung und wurde hier durch Pepins kundige Hand individuell zusammengestellt und abgefüllt. Er hatte Simon angeboten, auf diese Weise einen eigenen Hauswein für sein Restaurant zu kreieren, und offenbar hatten die beiden genau das heute getan.

Ein Mann mittleren Alters mit einem schwarzen Stetson auf dem Kopf kam ihnen entgegen. Lilou erkannte ihn, es war der Weinhändler, der ihr mit einer herzlichen Geste die Hand entgegenstreckte. »*Bonjour,* Madame, wie schön, dass Sie kommen konnten!«, sagte er und schüttelte ihr die Hand. Ihm war der Alkohol nicht anzumerken. »Möchten Sie den Wein probieren?«

»Ja, gern«, sagte Lilou. »Allerdings wirklich nur einen Schluck, ich muss schließlich noch fahren.«

»Natürlich.« Pepin wandte sich ab. »*Mon ami,* machst du noch ein halbes Glas für Madame?«, rief er.

Jetzt erst bemerkte Lilou den blonden jungen Mann, der

neben der Abfüllanlage an der Etikettiermaschine stand. Er nickte ihr grüßend zu, nahm ein Glas von einem Wandregal, füllte es aus einer unbeschrifteten Flasche und reichte es ihr. »Bitte schön.«

Er hatte ein offenes, jungenhaftes Gesicht, und Lilou musste Tabea Kellermann recht geben: Philbert Corsaint sah tatsächlich ausgesprochen gut aus. Zu Jeans und hellen Sneakers trug er ein kariertes Hemd, und Lilou fand, dass er überhaupt nicht wie ein Bibliothekar wirkte. Doch dass Bibliotheksmitarbeiter nur bebrillt und in langweiliger Kleidung herumliefen, war natürlich ein genauso dummes Klischee wie jenes, dass Polizistinnen groß, schlank und burschikos zu sein hatten – dem entsprach sie schließlich ebenfalls nicht. Sie nahm das Glas entgegen und lächelte ihn herzlich an. »Danke.«

»Gib uns auch noch ein Glas«, sagte Pepin. »Madame soll nicht allein trinken.«

Der junge Mann nickte und verteilte Gläser. Schließlich hob Simon sein Glas und prostete ihnen zu. »Auf dich, Gérard, und auf diesen wunderbaren Wein, den du heute geschaffen hast.«

Pepin prostete zurück. »Du warst daran genauso beteiligt.« Er nickte ernsthaft. »Du hast ein ausgezeichnetes Empfinden für Nuancen, das ist sehr wichtig.«

Lilou hob das Glas ins Licht und bewunderte die Farbe, ein blasses Rosa, so hell, dass der Wein fast weiß wirkte. Sie schnupperte daran, roch eine Spur von Wiesenblumen, gepaart mit herber Frische, dann nahm sie einen kleinen Schluck. Sie behielt ihn im Mund, rollte ihn mit der Zunge hin und her, atmete durch die Nase ein und aus, genau wie Simon es ihr beigebracht hatte. Erst nahm sie nur das blumige Aroma wahr, frische Süße, gefolgt von einer Nuance der Kräuter, die hier überall wild am Wegesrand wuchsen: Thymian, Rosmarin und ein Hauch von Lavendel. Sie schluckte, das Blumige verging, dafür kam die mineralische Kühle hinzu, die typisch war für die Weine vom Mont Ventoux und die nirgendwo sonst zu finden war. Der Nachhall der Kräuter hielt sich bis zuletzt an ihrem Gaumen. »Das ist großartig«, sagte sie. »Wie habt ihr das mit den Kräutern hinbekommen?«

»Du hast es erkannt!« Simons Augen leuchteten.

»Einer meiner Weinbauern ist Biobauer, und er zieht Wildkräuter zwischen den Rebstöcken. Er behauptet, das hält Schädlinge fern und erzeugt ein Mikroklima, in dem die Trauben besser gedeihen. Als Nebeneffekt bekommt er diese Kräuternote in den Wein. Das mag nicht jeder, aber hier, in dieser Mischung, passt es ganz hervorragend.«

Der junge Mann legte Pepin eine Hand auf die Schulter. »Das finde ich auch, Gérard. Den solltest du auch mal bei deiner Hausmischung einsetzen.«

»Ja, vielleicht tue ich das wirklich, *mon cher.*« Pepin lächelte ihn warm an. »Oder ich komponiere damit einen eigenen Wein für dich.« Seine Verliebtheit war nicht zu übersehen, und Lilou unterdrückte ein Schmunzeln.

Sie nahm noch einen Schluck vom Wein. »Sie sind Philbert Corsaint, nehme ich an?«

Der junge Mann hob überrascht den Kopf und nahm die Hand von Pepins Schulter. »Wie kommen Sie denn darauf?«, fragte er.

»Nun, ich dachte …« Lilou war plötzlich verlegen. »Entschuldigen Sie bitte. Ich bin davon ausgegangen …«

»Ich bin Max«, erklärte der Mann. »Max du Rocca.«

»Verzeihen Sie. Dann habe ich Sie wohl verwechselt.« Lilou sah ihn irritiert an. Die Beschreibung, die Tabea Kellermann ihnen gegeben hatte, passte exakt auf ihn. Sogar das karierte Hemd hatte sie erwähnt.

Pepin kam ihr zu Hilfe. »Phil ist mein Ex-Freund«, sagte er. »Wir haben uns vor einigen Wochen getrennt.«

»Ach so.« Lilou runzelte die Stirn. »Hatten Sie mit ihm in letzter Zeit noch Kontakt?«

Pepin schüttelte den Kopf. »Nein«, sagte er mit abweisender Miene. »Dazu gab es keinen Anlass.«

»Sag ihr doch, dass ihr euch verkracht habt.« Max legte den Arm um Pepins Schulter. »Phil hat sich einfach unmöglich benommen, und der arme Gérard hat sehr unter der Trennung gelitten.«

»Lass gut sein, Max.« Pepin schüttelte den Arm seines Freundes ab. »Das interessiert doch niemanden.«

Lilou hob die Brauen. Tatsächlich interessierte es sie sogar sehr, aber hier war weder der richtige Ort noch der richtige Zeitpunkt für eine Befragung.

Pepin wandte sich an Lilou. »Warum fragen Sie?«

»Heute Nachmittag war eine Mitarbeiterin von Philbert Corsaint bei uns in der Dienststelle und hat ihn als vermisst gemeldet. Er ist offenbar nach seinem Urlaub nicht zur Arbeit erschienen.«

»Ach, Sie sind von der Polizei?«

Täuschte sie sich, oder schlich sich da Misstrauen in Pepins Gesicht? Das kam nicht unerwartet. Erschreckend viele Menschen in Frankreich hatten Vorbehalte gegenüber der Polizei, und bisher hatte keine der vielen Maßnahmen zur Steigerung des Ansehens der Police nationale daran etwas ändern können.

»Ja. Ich bin Élève Commissaire«, erklärte sie. »Können Sie mir sagen, wo Corsaint wohnt? Das Ganze lässt sich wahrscheinlich schnell aufklären.«

Pepins Gesicht hatte sich verschlossen. »Muss das sein?«, fragte er. »Er ist zwar nicht mehr mein Freund, aber dass die Polizei nun nach ihm sucht, möchte ich trotzdem nicht.«

»Monsieur Pepin, wir wollen uns nur vergewissern, dass es ihm gut geht, das ist alles. Also bitte, wenn Sie so freundlich wären …« Sie zog ihr Smartphone aus der Tasche, öffnete die Notiz-App und sah ihn auffordernd an.

Sichtlich widerwillig diktierte ihr der Weinhändler die Adresse, eine Nebenstraße in dem eng verbauten Viertel zwischen der Polizeidienststelle und dem Krankenhaus.

»Ich danke Ihnen.«

»Soweit ich weiß, hatte er noch Urlaubstage übrig«, sagte Pepin. »Vielleicht hat er einfach ein paar Tage angehängt.«

»Ja, das ist vermutlich die Erklärung.« Lilou steckte das Handy weg. »Wissen Sie zufällig, ob er wegfahren wollte?«

Pepin schüttelte den Kopf, sein Gesicht war finster. »Ich hatte ihn eingeladen, mich nach Bordeaux zu einer Weinmesse zu begleiten. Anschließend wollten wir uns ein paar schöne Tage in Biarritz machen. Aber daraus ist ja dann nichts geworden.«

»In Ordnung.« Sie trank ihren Wein aus und wandte sich an Simon. »Ich würde gern nach Hause fahren. Bist du fertig, oder musst du noch etwas besprechen?«

Simon leerte sein Glas ebenfalls. »Nein, wir haben alles geklärt. Von mir aus können wir fahren.«

»Was sollte das Gerede von diesem Phil?«, fragte Simon, als sie im Auto saßen und über die sonnenwarme Landstraße auf Carpentras zufuhren.

»Philbert Corsaint.« Lilou bremste vor einem Stoppschild und wandte sich Simon zu. »Heute Nachmittag war eine junge Frau bei uns in der Dienststelle, die ihn als vermisst melden wollte. Ich war überzeugt, dass sie von dem jungen Mann gesprochen hat, den wir letzte Woche bei Pepin gesehen haben, und habe sie mit ein paar beruhigenden Worten weggeschickt.«

»Ups.« Simon kurbelte das Fenster hinunter und hielt das Gesicht in den Wind. »Das war dann wohl nicht so schlau.«

»Das ist richtig.« Lilou biss sich auf die Unterlippe. Im Verkehr vor ihr tat sich eine Lücke auf, sie trat aufs Gas und steuerte den Kangoo um die Kurve. »Aber wer kann denn ahnen, dass Pepins Freunde alle blond sind und karierte Hemden tragen?«

Simon grinste. »Das nennt man wohl Beuteschema.«

Lilou nickte. »Jedenfalls muss ich das morgen klarstellen, und ich kann mir schon sehr gut vorstellen, was Demoireau dazu sagen wird.«

»Du meinst, du bekommst Ärger?«

»Ich ärgere mich in erster Linie über mich selbst.« Lilou hob die Schultern. »Falls der Mann wirklich schon länger verschwunden ist, dann ist das besorgniserregend, und wir müssen dem nachgehen.«

»Ach was.« Simon machte eine wegwerfende Handbewegung. »Er wird irgendwo in der Sonne liegen und eine schöne Zeit verbringen. Du wirst schon sehen.«

»Ich hoffe es wirklich.« Sie atmete tief durch und verdrängte den Gedanken daran. Heute konnte sie ohnehin nichts mehr unternehmen. »Wie geht es nun mit deinem Wein weiter?«

Simon setzte sich wieder aufrecht hin. »Pepin füllt mir vierhundert Flaschen ab, das sollte für die ersten Wochen reichen. Ich muss mir nur noch etwas für die Etiketten einfallen lassen.« Er zog die Nase kraus. »Kennst du vielleicht jemanden, der so etwas entwerfen kann? Künstlerisch bin ich eine totale Niete.«

Lilou schüttelte den Kopf. »Leider nicht. Ich bin da auch nicht begabt, und ich kenne auch niemanden, der so etwas kann.« Sie dachte kurz nach. »Aber warte mal. Warum fragst du nicht Mick Pendragon?«

»Den Tätowierer?«

»Ja, genau den. Ich war einmal bei ihm in der Wohnung, und da habe ich auf seinem Computer wirklich tolle Entwürfe gesehen.«

»Hm.« Simon kaute auf seiner Unterlippe herum. »Die Idee ist gar nicht so schlecht, das gefällt mir.« Er grinste. »Danke, Hon.«

Der Verkehr wurde dichter, sie näherten sich der Stadt. Lilou ersparte sich das Gassengewirr der Altstadt, wo sie sowieso keinen Parkplatz finden würde, sondern bog direkt auf den großen Parkplatz an der Porte d'Orange ein und stellte den Kangoo im Schatten der Überdachung ab.

Wenig später schob Simon den Schlüssel ins Schloss der Haustür. »Möchtest du sehen, was ich heute gemacht habe?«, fragte er.

»Ja, natürlich.« Eigentlich sehnte sie sich nach einer kühlen Dusche, bequemer Kleidung, etwas zu essen und ihrem Sofa, in genau dieser Reihenfolge, doch sie wusste, wie viel Simon das *Chez Amande* bedeutete, und normalerweise teilte sie auch seine Begeisterung für das Projekt, das Restaurant seiner Urgroßeltern wiederzueröffnen.

Simon schloss die Tür auf, die vom Hausflur direkt ins Restaurant führte, und betrat die dämmrige Gaststube. Er betätigte den Lichtschalter, Lampen flammten auf und tauchten den Raum mit den abgeklebten Fensterscheiben in warmes Licht.

»Oh, wie schön!« Lilou trat ebenfalls ein. Bis gestern hatten hier nur nackte Glühbirnen Licht gespendet. Nun hing eine Reihe unterschiedlich großer Kugeln aus mattgelb leuchtendem Glas an schwarzen Ketten von der Decke, passende Wandlampen erhellten die Tische darunter. Die gleichen Kugeln fanden sich auch über dem Tresen der Bar. »Das sieht toll aus.«

»Es war eine ganz schöne Spielerei, bis die Längen gepasst haben«, gab Simon zu. »Aber ich glaube, es hat sich gelohnt.«

»Das hat es auf alle Fälle.« Lilou gab Simon einen Kuss, er legte den Arm um ihre Schulter und zog sie an sich.

»Ja, es nähert sich einem Ende.« Er fuhr sich mit der Hand durchs Haar. »Manchmal kann ich es selbst noch gar nicht glauben.«

Bei seinen Worten kehrte die Kälte in Lilous Magengegend zurück. Er hatte recht, und auch ihr Zusammensein hier näherte sich einem Ende. Mit einer heldenhaften Anstrengung verdrängte sie das Gefühl. »Lass uns nach oben gehen. Ich habe Hunger.«

»In Ordnung, Hon.« Simon nickte und wandte sich zur Tür. »Ich wollte aus den Resten von gestern Salade niçoise machen. Was hältst du davon?«

»Das klingt wunderbar.« Sie lächelte ihn warm an. »Dann gehe ich in der Zwischenzeit duschen.«

Wie erwartet war Commissaire Demoireau ganz und gar nicht erfreut, als Lilou ihm ihren Fehler beichtete. »Sie können doch nicht einzig und allein aufgrund der Beschreibung einer Zivilistin so eine Entscheidung treffen«, schimpfte er. »Ich hätte wirklich gedacht, dass Sie das inzwischen verstanden haben.«

»Ja, *mon commissaire*«, antwortete Lilou zerknirscht. »Ich ärgere mich selbst am meisten darüber. Aber ich war mir so sicher ...«

»Was habe ich Ihnen immer zu voreiligen Schlussfolgerungen gesagt?« Er sah sie unter seinen buschigen Brauen finster an. »Erst ermitteln, dann das Beweismaterial beurteilen. Erst wenn die Sachlage geklärt ist, kann man beginnen, Schlüsse zu ziehen. Nicht vorher.«

»Ich weiß.« Sie schlug die Augen nieder.

»Strukturiertes Vorgehen, Mademoiselle Braque, das ist das Wichtigste in unserem Beruf!«

»Ja.« Ihre Wangen brannten, und sie hasste es. Aber sie hatte einen Fehler gemacht, dafür musste sie jetzt geradestehen. »Wie geht es jetzt weiter?«, fragte sie.

»Der Sache müssen wir natürlich nachgehen«, erwiderte der Commissaire. »Wenn ein als zuverlässig beschriebener Mann nach seinem Urlaub nicht zur Arbeit erscheint, ist das sehr wohl besorgniserregend. Zumindest so lange, bis wir einen Unfall, ein Verbrechen oder einen Suizid definitiv ausschließen können.«

Lilou nickte zustimmend. Sie wollte alles daransetzen, diese Scharte wieder auszuwetzen. »Kann ich die Ermittlungen übernehmen?«

Demoireau schüttelte den Kopf. »Alleinverantwortlich dürfen Sie das nicht.« Die steile Falte zwischen seinen Brauen glättete sich. »Noch nicht.« Nun lächelte er fast. »Aber ich verstehe Ihr Bedürfnis, den Fehler wiedergutzumachen.« Er blickte zur Decke, dann sah er sie an. »Commandant Pouffin soll das übernehmen, und Sie werden ihn unterstützen.«

Lilou verzog das Gesicht, doch sie wagte nicht zu widersprechen. Pouff, wie ihn alle nannten, war Demoireaus Stellvertreter, ein humorloser, pedantischer Klotz, der sie nicht leiden konnte und sie das seit ihrem ersten Tag in der Dienststelle spüren ließ. Aber sie hatte es nicht besser verdient, das war ihr völlig klar.

»Jawohl, *mon commissaire.*« Sie stand auf. »Was schlagen Sie vor, womit sollen wir beginnen?«

Er hob die Brauen, sein Blick wirkte amüsiert. »Nur weil ich Sie gerügt habe, heißt das nicht, dass Sie alles vergessen dürfen, was Sie auf der Polizeischule gelernt haben.« Er ruckte mit dem Kinn. »Also?«

Da war sie wieder, seine Angewohnheit, ihr Wissen abzufragen, was immer dazu führte, dass sie sich wie in einer Prüfung fühlte. »Die Krankenhäuser in der Umgebung abtelefonieren, seine Wohnung aufsuchen, mit seinen Nachbarn und den Leuten an seinem Arbeitsplatz sprechen«, ratterte sie herunter. »Und natürlich Freunde und Verwandte finden und ebenfalls befragen.«

Demoireau nickte zufrieden. »Na also, es geht doch.« Er schob den Stuhl zurück und stand auf. »Sehen Sie nach, ob Capitaine Emetoit Zeit hat, der kann Sie unterstützen. Als Allererstes soll er die Bibliotheksleitung kontaktieren und die Anzeige offiziell aufnehmen. Ich spreche in der Zwischenzeit mit dem Commandant.«

Jamal Emetoit machte Lilou keinen Vorwurf. »Das hätte mir genauso passieren können«, sagte er. »Wenn du den Mann tatsächlich erst letzte Woche in Begleitung seines Partners gesehen hättest, dann gäbe es doch wirklich keinen Anlass, dem nachzugehen.«

Lilou nickte. »Trotzdem ist es eine blöde Situation.« Sie seufzte. »Demoireau hat mir schon die Leviten gelesen.«

Jamal grinste. »Nimm es nicht so schwer. Der Commissaire weiß schon, was er an dir hat.«

»Das hoffe ich auch.« Sie biss sich auf die Lippen. »Außerdem bin ich ohnehin nicht mehr lange hier.«

»Ja, das stimmt.« Jamal schob die Papiere auf seinem Schreibtisch hin und her. »Ich finde es schade, dass du schon wieder gehst.«

»Danke.« Lilou lächelte. »Ich werde euch alle vermissen.« Sie schnitt eine Grimasse. »Bis auf Pouff natürlich. Demoireau hat ihn mit dem Fall beauftragt, und ich soll ihn unterstützen.«

Jamal lachte auf. »Pouff verlässt doch seinen Schreibtisch nicht. Du wirst sehen, du wirst die meiste Zeit allein arbeiten können.«

»Nicht allein, sondern mit dir, Jamal.« Lilou grinste schief. »Demoireau meinte, wenn nichts anderes anliegt, sollst du mit ins Team.«

Sein Gesicht hellte sich auf. »Das ist schön, Lilou. Wo fangen wir an?«

»Als Erstes kontaktierst du bitte Corsaints Vorgesetzte und überprüfst, ob er wirklich nicht zur Arbeit erschienen ist. Dann nimmst du eine offizielle Anzeige auf, damit wir eine Ermittlungsgrundlage haben. Anschließend rufst du im Krankenhaus an und erkundigst dich nach einem Mann, auf den die Beschreibung zutrifft.«

»Das habe ich gestern schon getan, gleich nachdem die Deutsche gegangen ist.« Emetoit zog die Nase kraus. »Das war ja kein großer Aufwand.«

»In Ordnung. Dann weite die Anfrage bitte noch auf die anderen Kliniken in der Umgebung aus: Vaison-la-Romaine, Orange, Gordes, L'Isle-sur-la-Sorgue und Cavaillon. Und natürlich Avignon.«

»Das bringt nur alles nichts, wenn der Mann in Urlaub gefahren ist und dort einen Unfall hatte«, gab Jamal zu bedenken. »Er kann genauso gut beim Bergsteigen auf Korsika verunglückt sein.«

»Oder beim Strandurlaub auf Thailand«, erwiderte Lilou. »Ich weiß. Trotzdem müssen wir hier beginnen.«

»Ja, das ist schon klar.« Jamal nickte. »Dann lege ich mal los.« Er blinzelte ihr zu. »Und viel Glück mit Pouff.«

»Commissaire Demoireau hat mich mit diesem Vermisstenfall beauftragt«, sagte Commandant Pouffin mit seiner kratzigen Stimme. Seine schwarzen Augen fixierten sie mit stechendem Blick. »Allerdings weiß ich wirklich nicht, was er sich dabei gedacht hat, mir ausgerechnet die Praktikantin zuzuteilen.«

Lilou erwiderte seinen Blick ungerührt. »Wahrscheinlich meint er, ich kann von Ihnen etwas lernen«, antwortete sie, ohne eine Miene zu verziehen. *Zum Beispiel, wie man nicht mit Mitarbeitern umgehen sollte,* setzte sie den Satz stumm in Gedanken fort.

»Pah.« Pouff erhob sich hinter seinem Schreibtisch. »Wahrscheinlich wollte er dich einfach ein paar Stunden aus dem Weg haben. Eine große Hilfe wirst du mir jedenfalls nicht sein.«

»Wieso denn nicht?« Lilou schnaufte empört. »Immerhin ist meine Ausbildung zur Commissaire so gut wie beendet.«

»›So gut wie‹ reicht nicht.« Er blickte finster auf sie herab. »Du darfst nicht selbstständig arbeiten, es muss immer einer von uns dabei sein. Ich werde den Teufel tun und dich allein loslaufen lassen, so wie der Commissaire es tut.«

»Jamal kann mich ja begleiten«, gab Lilou zurück. Langsam wurde sie richtig wütend. Dieser alte Mann mit seinen überkommenen Vorurteilen über Frauen im Polizeidienst – er wollte einfach nicht sehen, was sie bereits alles geschafft hatte. Sie biss die Zähne zusammen. Zum Glück würde sie ihn nicht mehr lange ertragen müssen.

»Andersherum wird ein Schuh draus«, blaffte er zurück. »Du bist immer noch Praktikantin, und du darfst *ihn* begleiten. Nicht umgekehrt.« Er schüttelte den Kopf. »Aber nichts da. Ich weiß, dass du Emetoit längst um den Finger gewickelt hast und dir von ihm nichts sagen lassen wirst. Nein, du bleibst schön an meiner Seite, bis wir diesen Bibliothekar gefunden haben.«

Lilou holte tief Luft, eine scharfe Antwort lag ihr auf der Zunge. Dann besann sie sich und ließ den Atem langsam wieder ausströmen. Das brachte doch nichts. »In Ordnung«, sagte sie. »Womit wollen Sie beginnen?«

Pouffs missmutige Miene glättete sich ein wenig. »Hat schon jemand in den Krankenhäusern nachgefragt?«

»Ja.« Lilou nickte. »Jamal telefoniert gerade.«

»Gut.« Er kratzte sich am Kinn und sah zur Decke. »Verwandte, Nachbarn, Arbeitskollegen«, zählte er auf. »Bis auf die Nachbarn können wir das alles von hier aus telefonisch erledigen. Die Nachbarn befragen wir, sobald wir die Wohnung sichten, und dafür brauchen wir ein *mandat,* einen

Beschluss, der uns das Betreten der Wohnung erlaubt.« Er wandte ihr seinen schwarzen Blick zu. »Das ist dir hoffentlich bekannt?«

»Natürlich, *mon commandant*«, antwortete Lilou mit unbewegter Miene.

»Gut«, wiederholte er. Mit einem Rucken des Kinns nickte er zu dem kleinen Schreibtisch hinüber, ihrem Arbeitsplatz, den man in Pouffs Büro aufgestellt hatte. »Du recherchierst über Corsaints Familie. Das wirst du ja hoffentlich allein schaffen.«

Lilou knirschte mit den Zähnen.

»Ich spreche in der Zwischenzeit mit dem Richter«, fuhr Pouff fort und wandte sich zur Tür. »Sobald Jamal mit den Krankenhäusern durch ist, soll er in der Bibliothek anrufen und mit den Arbeitskollegen sprechen.« Er sah auf seine Armbanduhr. »In einer Stunde möchte ich einen Zwischenstand haben, dann sehen wir weiter.«

KAPITEL 3

Offenbar hatte Pouff wenig Übung im Leiten eines Teams, ging Lilou durch den Kopf. Demoireau war in solchen Dingen deutlich besser organisiert, er berief regelmäßig Teamsitzungen ein und verteilte die anstehenden Aufgaben so, dass jeder mitbekam, wer wofür zuständig war. Nun wusste sie nicht, ob Pouff Jamal wegen des Anrufs in der Bibliothek Bescheid geben würde oder ob er das von ihr erwartete. Sie seufzte und griff nach dem Telefon.

Sie hatte Glück, der Capitaine meldete sich beim ersten Läuten. »Jamal, hier ist noch mal Lilou. Hast du in den Krankenhäusern schon etwas erfahren?«

»Nein. Ich bin gerade bei Avignon.«

»Gut. Pouff hat gesagt, du sollst auch in der Bibliothek anrufen und die Leute zu Corsaint befragen.«

»Telefonisch?« Jamals Erstaunen war sogar durch die Leitung unüberhörbar.

»Das hat er gesagt.«

»Typisch Pouff.« Jamal Emetoit schnaubte durch die Nase. »Bloß nicht den Schreibtisch verlassen.«

Lilou lachte. »Ich soll währenddessen Corsaints Verwandte ausfindig machen«, antwortete sie. »Ich denke, dass …«

»Ach, hier kommt der Commandant«, unterbrach Jamal sie. »Ich werde ihm vorschlagen, dass wir hinfahren und Corsaints Kollegen persönlich befragen.«

»Okay. Viel Erfolg.«

Lilou legte auf und schaltete ihren PC ein. Es war so ziemlich das älteste Modell in der Dienststelle, das man der Praktikantin zur Verfügung gestellt hatte, aber für einfache Rechercheaufgaben in der polizeiinternen Datenbank natürlich völlig ausreichend. Sie rief das zentrale Strafregister auf, weil das immer die erste Anlaufstelle war und am meisten hergab, falls jemand dort aktenkundig war. Doch auf Philbert Corsaint traf das nicht zu. Immerhin war der Name selten genug, sodass Google tatsächlich etwas über ihren Vermissten ausspuckte, allerdings nur in Zusammenhang mit der Bibliothèque l'Inguimbertine. Ansonsten hatte er im Internet keine Spuren hinterlassen. Dafür fand sie ihn in der Führerscheindatenbank, und hier gab es sogar ein Foto des Mannes. Sie betrachtete es nachdenklich.

In Wahrheit sah Philbert Corsaint dem blonden Max, den sie bei Pepin getroffen hatte, überhaupt nicht ähnlich. Er hatte ein schmales Gesicht, sein blondes Haar war dünn und lichtete sich bereits am Oberkopf. Sie sah genauer hin. Ja, das Hemd, das er auf dem Foto trug, war tatsächlich kariert, ein dezentes weißes Karomuster auf hellblauem Grund, kaum sichtbar und nicht vergleichbar mit dem rot karierten Hemd im Holzfällerstil, das Max du Rocca angehabt hatte. Sie lehnte sich zurück und kaute auf ihrer Unterlippe. Sich aus der Personenbeschreibung einer Zeugin ein Bild von einem Menschen zu machen ging offenbar wirklich schief, wenn man mit einer vorgefassten Meinung an die Sache heranging.

Sie speicherte das Foto aus der Datenbank auf ihrem Desktop und druckte es zusätzlich noch für die Akte aus, dann suchte sie weiter. Nur zwei weitere Personen mit dem

Namen Corsaint besaßen einen Führerschein, und im Gegensatz zu ihrem Vermissten waren beide auch als Halter eines Fahrzeugs in der Kfz-Datenbank eingetragen, wo sie die dazugehörigen Telefonnummern fand. Sie griff nach dem Hörer.

Wenig später ging die Tür auf, Pouff kam herein und ließ sich schnaufend auf seinen Stuhl fallen.

»Wie weit bist du?«, fragte er und wischte sich über die Stirn.

»Ich habe gerade mit Corsaints Schwester telefoniert«, antwortete Lilou. »Sie war nicht sehr begeistert über meinen Anruf, aber immerhin hat sie mir gesagt, dass die Eltern nicht mehr leben und sie nicht viel Kontakt mit ihrem Bruder hat.« Lilou verzog das Gesicht. »Offenbar hat sie ein Problem mit seiner Homosexualität. Zumindest hat sie das anklingen lassen.«

»Ach, der Mann ist *une tantouze?*«

»Er ist homosexuell«, stellte Lilou richtig. »Das hat Tabea Kellermann zu Protokoll gegeben.«

Pouff machte eine wegwerfende Handbewegung. »Die Schwester kann uns also nicht sagen, wo er stecken könnte?«

»Nein, das wusste sie nicht. Sie schreiben sich nur zu Weihnachten eine Karte, das ist alles.«

»Okay.« Der Commandant zog ein Taschentuch aus der Hosentasche und wischte sich das Gesicht ab. »Emetoit hat in der Bibliothek angerufen, und wir wissen jetzt, dass Corsaint auch heute nicht erschienen ist«, fuhr er fort. »Ich habe mit dem Richter gesprochen, er hat versprochen, mir das *mandat* gleich zu faxen.« Er zeigte mit dem Finger auf

Lilou. »Du gehst jetzt rüber zu Roseanne und holst den Beschluss. Ich rufe bei der Hausverwaltung an, die sollen jemanden mit dem Schlüssel hinschicken. Und dann fahren wir zu seiner Wohnung.«

Corsaints Wohnung befand sich in einem großen Komplex von Mehrfamilienhäusern, der in den Neunzigern bestimmt hochmodern gewesen war, nun jedoch zwischen den Natursteinmauern blumengeschmückter Hinterhöfe nur noch deplatziert wirkte. Tatsächlich schien es hier so etwas wie einen Hausmeister zu geben, zumindest verwies ein verwittertes Schild auf eine Wohnung im Erdgeschoss des ersten Gebäudes an der Straßenfront.

Pouff klingelte. Erst passierte gar nichts, dann waren Geräusche zu hören, und die Tür ging auf. Eine schlanke Frau stand vor ihnen, ihr weißblond gebleichtes Haar stand in alle Richtungen ab, die Augen lagen unter dunklen Brauen tief verschattet in den Höhlen. Sie trug nur einen Slip und ein schmutzig weißes Männerunterhemd, das mehr zeigte, als es verbarg.

»Ja?« Ihre Stimme war kratzig wie nach vierzig Jahren Kettenrauchen, dabei schätzte Lilou sie auf höchstens dreißig.

»Sind Sie die Concierge?«, fragte Pouff mit angewiderter Miene.

Die Frau lachte heiser bellend auf. »Wie kommen Sie auf die verrückte Idee, hier gäbe es einen Hausmeister?«

Pouff war sichtlich verlegen. »Nun, das Schild …«, begann er.

»Das Schild!« Die Frau lachte erneut. »Sie müssen von der Polizei sein, wenn Sie glauben, was auf Schildern steht.«

Ihre Ausdrucksweise passte ganz und gar nicht zu ihrem Äußeren, doch Pouff schien den Humor der Frau nicht zu verstehen.

»Kennen Sie Philbert Corsaint?«, fragte Lilou rasch, bevor der Commandant den Wutanfall vom Stapel lassen konnte, für den er gerade Luft holte.

»Phil?« Die Frau kratzte sich die Haare. »Ist das nicht der magere Typ aus Block 3? Der Büchermann?«

»Ja, das ist er.« Lilou nickte bekräftigend. »Kennen Sie ihn?«

»Ich weiß, wer er ist«, antwortete die Frau unwillig. »Aber kennen ist zu viel gesagt.«

Inzwischen hatte Pouff sich wieder gefangen. »Haben Sie ihn in den letzten Tagen gesehen?«, fragte er.

»Wer will das eigentlich wissen?« Die Frau reckte ihm das kantige Kinn entgegen.

»Police nationale«, schnarrte Pouff und hielt ihr seinen Ausweis unter die Nase. Lilou vorzustellen hielt er nicht für nötig. »Also, was können Sie uns über ihn sagen?«

Die Frau trat einen Schritt zurück. »Ich weiß nicht, was Sie von mir wollen«, knurrte sie. »Ich wohne hier nur.«

Lilou warf Pouff einen Seitenblick zu. Er starrte die Frau an, als wäre sie ein ekliges Insekt. »Wir wollen Ihnen keine Unannehmlichkeiten machen«, beschwichtigte sie. »Wir sind nur auf der Suche nach Philbert Corsaint.«

»Hat er was ausgefressen?« Die Neugierde der Frau gewann die Oberhand.

»Das versuchen wir gerade festzustellen«, antwortete Lilou. »Wir müssen herausfinden, wo er ist, und Sie würden uns sehr helfen, wenn Sie uns dazu etwas sagen könnten.«

Die Frau machte ein mürrisches Gesicht. »Ich weiß gar nichts über ihn«, sagte sie. »Ich kenne ihn nur vom Sehen und weiß, dass er in Block 3 wohnt. Das ist alles.«

Eine männliche Stimme ertönte aus der Wohnung. »Hey, *mon chou,* wer ist denn da?«

»Polizei«, rief die Frau über die Schulter zurück.

»Merde!« In der Wohnung war ein Rumpeln zu hören, als wäre ein Stuhl umgefallen.

»Nicht wegen dir«, sagte die Frau und machte eine beschwichtigende Geste. »War's das?« Sie machte Anstalten, die Tür zu schließen.

»Nur eines noch«, sagte Lilou und stoppte die Tür. »War er mit irgendjemandem im Haus besser bekannt?«

Die Frau runzelte die dunklen Brauen. »Ich habe keine Ahnung. Wirklich kennen tut sich hier eigentlich niemand.«

»Danke trotzdem.« Lilou lächelte sie freundlich an. »Sie haben uns sehr geholfen.«

»Schon gut.« Die Frau trat einen Schritt zurück und warf die Tür ins Schloss. Die Scheiben der Eingangstür klirrten.

Lilou trat neben Pouff, der am Hauseingang auf sie wartete. In diesem Augenblick hielt ein Auto vor der Einfahrt zum Hof. Ein schmächtiger Mann mittleren Alters stieg aus und kam auf sie zu. »Sie haben angerufen?«, fragte er.

Pouff nickte. »Sind Sie von der Hausverwaltung?«

»Ja.« Der Mann zog die Brauen zusammen. »Zeigen Sie mir bitte den Beschluss. Vorher kann ich Sie nicht in die Wohnung lassen.«

Lilou reichte ihm das Blatt, er studierte es mit gerunzelter Stirn. »Scheint in Ordnung zu sein. Okay, dann kommen Sie mit.«

Sie durchquerten einen kahlen Hof, in dessen Mitte eine verkrüppelte Platane ihr Dasein fristete. Ansonsten war er bis auf eine Reihe überquellender Müllcontainer leer. Die Haustür zu Block 3 stand offen, im Treppenhaus roch es nach zu heiß gewordenem Öl.

Eine Reihe Briefkästen hing an der Wand neben der Glastür. Sie waren mit Namen beschriftet, in einigen steckten Zeitungen im Schlitz, die nicht in den Kasten gepasst hatten.

Es gab keinen Aufzug, und sie stiegen die Steintreppen hinauf, deren Farbe unter einer dicken Schmutzschicht kaum zu erkennen war. Der schmächtige Mann legte ein enormes Tempo vor und nahm immer zwei Stufen auf einmal. Schon im ersten Stock begann Pouff zu schnaufen, im zweiten blieb er keuchend stehen und hielt sich am Geländer fest.

Der Mann von der Hausverwaltung ging den Gang entlang und deutete auf eine der Wohnungstüren. Ein sauber ausgedruckter Aufkleber kennzeichnete Corsaints Wohnung. Er schob den Schlüssel ins Schloss, drückte die Tür auf und wollte die Wohnung betreten, doch Lilou hielt ihn zurück. »Warten Sie bitte draußen.«

»Aber wieso …« Verwundert sah er Lilou an.

»Nur für den Fall, dass Monsieur Corsaint …«

»Ach so. Falls er in der Wohnung krepiert ist. Verstehe.« Er trat einen Schritt beiseite und ließ den Polizisten den Vortritt.

Unwillkürlich hielt Lilou die Luft an, als sie die Wohnung betrat, dann schalt sie sich selbst dafür. Läge hier seit vier Wochen ein Toter, hätte man das bereits vor der Wohnungstür bemerkt.

Sie ließ den Atem ausströmen und schnupperte. Im Flur roch es ganz normal, ein wenig staubig, ungelüftet und nach Möbelpolitur. Pouff war schon vorangegangen und stieß eine Tür auf, sie führte in eine winzige Küche, deren Fenster auf den Hof hinausging. Schmutziges Geschirr stand in der Spüle, zwei schwarz angelaufene Bananen lagen in einer Schale auf dem Tisch und verströmten einen faulig-süßlichen Geruch. Ein Heer kleiner Fliegen stieg auf, als Pouff näher trat.

Lilou ging weiter ins Wohnzimmer, einen recht großen, freundlichen Raum, einfach möbliert, aber durchaus gemütlich. Links an der Wand befand sich ein kleiner Schreibtisch, eine ziemlich große Couch stand mitten im Zimmer, an der Wand davor hing ein Fernseher. Die rechte Seite des Raums wurde komplett von einem Bücherregal eingenommen, hauptsächlich Fachbücher, wie Lilou mit einem Blick feststellte, dicke Wälzer über Geschichte und nur wenige Romane.

Ein fußbodentiefes Fenster führte auf einen Balkon, dessen Front komplett verglast war. In dem so entstandenen Wintergarten hatte Philbert Corsaint einen richtigen Urwald geschaffen, eine Oase aus Zimmerpalmen, hohen Gräsern in flachen Schalen, wild wuchernden Hängeampeln und blühenden Topfpflanzen. »Ehemals blühend« traf es besser – die Pflanzen waren allesamt verdorrt und vertrocknet.

Der Mann von der Hausverwaltung hatte ebenfalls die Wohnung betreten und deutete auf die Blumen. »Sieht nicht so aus, als hätte er vorgehabt, zu verreisen«, sagte er.

Pouff brummte etwas Unverständliches. Er stieß eine weitere Tür auf, der Raum dahinter war dunkel. Lilou folgte ihm, es war ein kleines Schlafzimmer, ebenfalls sparsam möbliert mit einem einzelnen Bett und einem breiten Schrank. Pouff zog die Jalousien hoch, Licht fiel auf ein ungemachtes Bett und getragene Kleidung auf dem Fußboden. Lilou trat ans Fenster und sah hinaus, sie blickte auf die Straße, die hinter dem Wohnblock vorbeiführte.

»Hier ist er jedenfalls nicht«, stellte Pouff fest und ging zurück ins Wohnzimmer.

Lilou folgte ihm und trat an den Schreibtisch. Eine alte Tasse voll mit Stiften stand an der Wand, ein geschlossener Laptop lag neben einem dünnen Schnellhefter. Sie schlug ihn auf und blätterte ihn durch, erblickte eng beschriebene Seiten in einer schönen, klaren Handschrift, verschiedene Skizzen, die ihr nichts sagten, Tabellen, doch das meiste war in einer fremden Sprache geschrieben, die sie weder kannte noch lesen konnte.

Pouff stand auf einmal hinter ihr und sah ihr über die Schulter. »Was machst du da?«, fragte er.

Lilou klappte den Ordner wieder zu. »Ich habe gedacht, wenn wir etwas finden, woran er zuletzt gearbeitet hat, hilft uns das weiter.«

»Das werden uns eher die in der Bibliothek sagen können«, brummte Pouff und schlug den Hefter wieder auf. »Schau dich doch noch mal im Schlafzimmer um und überprüf seine Kleidung«, wies er sie an. »Vielleicht ist er ja doch in Urlaub gefahren.«

»Und lässt seine Blumen vertrocknen?« Lilou deutete auf den dürren Urwald auf dem Balkon. Trotzdem durchquerte sie das Zimmer und betrat den Nachbarraum. Sie öffnete den Kleiderschrank und musterte die Regale. Phil Corsaint war kein sehr ordentlicher Mensch, stellte sie fest. Zwar hingen seine Hemden auf Haken, aber Unterwäsche und Socken waren einfach in Schubladen gestopft, und T-Shirts lagen in ungeordneten Haufen in den Regalen. Es machte nicht den Eindruck, als würde Kleidung fehlen, außerdem lagen eine große Reisetasche und ein Bergsteigerrucksack im obersten Fach.

Sie kehrte ins Wohnzimmer zurück. »Es sieht nicht so aus, als ob er für einen Urlaub gepackt hätte«, sagte sie.

Pouff stand noch immer am Schreibtisch, Papier raschelte. Er schlug den Schnellhefter zu und wandte sich zu ihr um. Erneut fiel ihr auf, dass der Mann stark schwitzte. »Dann machen wir hier Schluss«, sagte er.

»Sollen wir den Laptop mitnehmen?«, fragte Lilou und deutete auf das Gerät.

Pouff schüttelte den Kopf. »Dazu gibt es keine Veranlassung«, sagte er. »Ich sehe keinen Hinweis auf ein Verbrechen. Und unser *mandat* erstreckt sich nur auf das Betreten der Wohnung, nicht auf irgendwelche Gegenstände.« Er wies zur Tür. »Lass uns gehen.«

Zurück in der Dienststelle, eilte Pouff sofort zu seinem Büro. An der Tür blieb er stehen und wandte sich zu Lilou um. »Ich habe es mir anders überlegt«, sagte er. »Du begleitest Jamal zur Bibliothèque l'Inguimbertine. Sprecht mit seinen Vorgesetzten und Kollegen und findet heraus, ob der Mann schon öfter abgetaucht ist.« Abfällig verzog er das Gesicht. »Man weiß ja nie, was solchen Leuten einfällt.«

»Solchen Leuten?« Lilou hob die Brauen.

Pouff wurde tatsächlich rot. »Solchen Bibliothekaren«, murmelte er. Dann drehte er sich um und schloss nachdrücklich die Tür hinter sich.

Lilou starrte kurz auf die geschlossene Tür, dann zuckte sie mit den Schultern, wandte sich ab und ging den Gang entlang zum Büro der Kollegen.

Jamal war an seinem Platz und las mit gerunzelter Stirn an seinem Monitor. Als Lilou an seinen Schreibtisch trat, hob er den Kopf, und sein Gesicht verzog sich zu einem erfreuten Lächeln. »Na, was habt ihr herausgefunden?«, fragte er.

»Der Mann ist meiner Meinung nach nicht freiwillig verschwunden«, erklärte Lilou. »Die Blumen in seiner Wohnung sind völlig verdorrt, und auch sonst deutet nichts auf eine geplante Abreise hin. Entweder ist er also sehr spontan weggefahren, oder ihm ist tatsächlich etwas zugestoßen.«

Jamal nickte. »Ich habe in der Zwischenzeit seinen Lebenslauf ein wenig recherchiert«, sagte er und drehte den Monitor so, dass sie mitlesen konnte. »Hier ist sein Abschlusszeugnis von der Universität. Er hat in Nizza Geschichte und Literaturwissenschaft studiert und seine Masterarbeit über einen Poggio Bracciolini geschrieben. Sagt dir das was?«

Lilou schüttelte den Kopf. »Pouff hat uns aufgetragen, zur Bibliothèque l'Inguimbertine zu fahren und mit den Leuten dort zu sprechen. In erster Linie sollen wir herausfinden, ob Corsaint schon öfter unentschuldigt nicht zur Arbeit erschienen ist.«

»Jetzt also doch?« Jamal warf einen Blick auf die Uhr. »Dann sollten wir gleich starten, sonst erwischen wir da niemanden mehr.«

Die Bibliothèque l'Inguimbertine befand sich seit einiger Zeit im Hôtel-Dieu, dem ehemaligen Krankenhaus von Carpentras, einem riesigen, denkmalgeschützten Komplex, der immer noch renoviert wurde, um irgendwann einmal auch die Historische Sammlung der Bibliothek aufzunehmen. Der öffentliche Bereich war bereits fertiggestellt und übersiedelt und erfreute sich bei Anwohnern und Touristen großer Beliebtheit, wie Jamal Lilou erklärte.

»Mir hat die alte Bibliothek allerdings besser gefallen«, gestand er. »Das war irgendwie gemütlicher, man konnte stundenlang stöbern, ohne dass einen jemand störte. Die neue Bücherei ist viel zu aufgeräumt.«

Lilou sah ihn überrascht an. Sie hätte nicht gedacht, dass ihr Kollege seine Freizeit ausgerechnet in Büchereien verbrachte. Aber das war wieder genau so ein Klischeedenken, in das sie eigentlich nicht mehr verfallen wollte.

Jamal parkte den Streifenwagen direkt vor dem säulengeschmückten Portal des alten Gebäudes im Halteverbot. An der Eingangsinformation fragte Lilou nach Madame Brillon, die Tabea Kellermann als Corsaints Vorgesetzte namentlich erwähnt hatte, und sie wurden in den ersten Stock verwiesen.

Madame Brillon war eine schlanke Frau mittleren Alters und saß an einem Informationstresen hinter einem Bildschirm. Kinnlanges braunes Haar, eine Hornbrille auf der Nase, in Jeans und einer roten Bluse, hätte sie in jedem beliebigen Büro arbeiten können. Sie winkte eine Mitarbeiterin heran, die ihren Platz einnahm, und führte sie zu ihrem Büro.

»Unsere historischen Bücher werden gerade alle digitalisiert«, erklärte sie bereitwillig. »Phils Aufgabe besteht darin, die Werke zu katalogisieren und neu zu verschlagworten. Außerdem ist er für die Beschaffung von Neuerscheinungen aus dem Bereich Geschichte zuständig, und er beobachtet den Markt für alte Handschriften. Manchmal wird etwas angeboten, was wir für unsere Sammlung erwerben möchten.«

Jamal nickte. »Seit wann ist er bei Ihnen beschäftigt?«

»Da muss ich nachdenken.« Madame Brillon rückte ihre Brille zurecht. »Das müssen bald zehn Jahre sein. Er hat direkt nach dem Studium bei uns angefangen.«

»Arbeitet er auch als Wissenschaftler?«, fragte Lilou, die sich an die Studentin aus Deutschland erinnerte, der er seine Hilfe versprochen hatte. »Also in dem Sinne, dass er selbst an etwas forscht?«

Madame Brillon schüttelte den Kopf. »Dazu ist im Augenblick keine Zeit. Die Historische Sammlung ist momentan gar nicht zugänglich, da ist noch alles im Umbau. Aber wenn wir Anfragen von Wissenschaftlern von außerhalb bekommen, unterstützen wir sie natürlich bei ihrer Forschung.«

»Verstehe.« Lilou nickte. »Wissen Sie zufällig, ob Philbert Corsaint in letzter Zeit so eine Anfrage erhalten hat?«

»Lustig, dass Sie das fragen«, sagte Madame Brillon. »Vor einigen Wochen meldete sich eine Apothekerin aus Carpentras bei uns, Docteur Forléans. Sie hatte kürzlich eine alte Handschrift erworben und bat die L'Inguimbertine um eine Schätzung des Alters und des Werts. Ich habe sie an Phil verwiesen, er ist unser Sachverständiger für Schriften aus dieser Epoche.«

»War es denn ein wertvolles Manuskript?«, fragte Lilou.

»Phil meinte, es wäre nicht wirklich wertvoll, aber es sei ein hübsches Stück lokaler Zeitgeschichte. Wir haben Madame Forléans angeboten, es zu kaufen.« Madame Brillon hob die Schultern. »Aber sie wollte nicht verkaufen. Sie wollte nicht einmal, dass es für unsere Sammlung digitalisiert wird.«

»Solche Gutachten sind sicherlich ein schöner Nebenverdienst für Ihre Mitarbeiter, oder nicht?«, sagte Jamal.

Die Bibliothekarin schüttelte den Kopf. »Für Gutachten bekommen wir im Allgemeinen kein Geld«, erklärte sie. »Es gehört zu unseren Aufgaben als öffentliche Bibliothek, Wissen zur Verfügung zu stellen.«

»Ach so.« Jamal nickte. »Ist der Mann denn ansonsten zuverlässig? Oder ist er schon öfter einfach nicht zur Arbeit gekommen?«

Madame Brillon zuckte mit den Achseln. »Bis jetzt hat er sich nichts zuschulden kommen lassen. Er ist schon mal krank, wie jeder andere auch, und es ist auch schon vorgekommen, dass er sich an einem Montag krankgemeldet hat, wenn am Wochenende ein Stadtfest war.« Sie zwinkerte vielsagend. »Aber nicht öfter als andere auch. Im Großen und Ganzen würde ich ihn als zuverlässig bezeichnen.«

»Und dass er drei Tage nicht zur Arbeit erscheint, hat Sie nicht überrascht?«

»Er muss doch erst nach zwei Tagen eine Krankmeldung einreichen«, erklärte Madame Brillon. »Spätestens morgen hätte ich etwas unternommen.« Sie rieb sich über die Stirn. »Ich habe mehr als genug zu tun, ich kann nicht auch noch meinen Leuten hinterherlaufen.«

Jamal nickte. »Wissen Sie, ob er mit jemandem von den Kollegen besser bekannt oder befreundet ist?«

Die Frau schüttelte den Kopf. »Nicht dass ich wüsste. Er bleibt eigentlich eher für sich.« Sie hob die Schultern.

»Höchstens Tabea, unsere deutsche Studentin. Sie hat ihren Arbeitsplatz in seinem Büro, dadurch haben die beiden natürlich mehr Kontakt.«

»Ist sie zufälligerweise im Haus?«, fragte Lilou.

Madame Brillon sah auf die Uhr. »Ja, die ist im Lesesaal. Kommen Sie mit.«

KAPITEL 4

Tabea Kellermann saß vor einem großen schwarzen Bildschirm, auf dem die unscharfe Kopie einer Handschrift zu sehen war – ein Mikrofilm-Lesegerät, wie Lilou erkannte. Offenbar war die Digitalisierung noch nicht in allen Bereichen erfolgt.

Die Studentin fuhr zusammen, als Madame Brillon ihr auf die Schulter klopfte. Die Bibliothekarin beugte sich zu ihr hinunter.

»Tabea, hier sind zwei Leute von der Polizei«, sagte sie mit gesenkter Stimme und deutete zur Tür. »Kommen Sie bitte?«

Tabea Kellermann runzelte unwillig die Stirn, aber sie schob den Stuhl zurück und stand auf. Heute trug sie helle Leinenshorts und ein gestreiftes Oberteil. Das kastanienbraune Haar hatte sie zu einem Knoten auf dem Kopf gedreht, aus dem einzelne Strähnen in alle Richtungen abstanden und ihrer Frisur das Aussehen eines Vogelnests gaben.

Madame Brillon rückte ihre Brille zurecht und verließ den Lesesaal, sie folgten ihr. »Die beiden möchten wegen Phil mit Ihnen sprechen«, erklärte sie.

Die junge Frau aus Deutschland nickte. »Ich kenne sie bereits«, sagte sie in ihrem überdeutlichen Französisch. »Guten Tag, wie geht es Ihnen?«

Jamal lächelte und ließ seine weißen Zähne sehen. »Können wir irgendwohin gehen, wo etwas weniger Betrieb ist?«, fragte er. Die Bibliothek war gut besucht, in dem Gang vor dem Lesesaal tummelten sich einige Leute, die neugierig zu ihnen herübersahen. Zwei Polizisten in Uniform waren hier sicher ein ungewohnter Anblick, und Jamals Statur tat ihr Übriges dazu, dass sie sich nicht unauffällig in eine Ecke drücken konnten.

»Sie können mein Büro nehmen«, schlug Madame Brillon vor. Sie betrat einen Nebenflur und öffnete eine Tür. Ihr Büro war recht groß und wirkte aufgeräumt, ein großes Fenster ging auf einen begrünten Innenhof hinaus. Eine kleine Sitzgruppe, bestehend aus einer weißen Ledercouch und zwei zierlichen Sesseln, stand in der Ecke. Madame Brillon deutete darauf, und Tabea ließ sich auf das Sofa plumpsen. Die Bibliothekarin blieb stehen. »Brauchen Sie mich noch?«, fragte sie.

Jamal schüttelte den Kopf. »Falls wir noch Fragen haben, wissen wir ja jetzt, wo wir Sie finden.«

Sie nickte knapp und verließ das Büro. Die Tür ließ sie offen.

»Was möchten Sie mich fragen?« Tabea sah sie forschend an.

Lilou setzte sich auf einen der Sessel, Jamal faltete sich in den zweiten und stützte die Unterarme auf die Knie. »Sie scheinen Monsieur Corsaint ja etwas besser zu kennen«, meinte er. »Können Sie uns etwas über ihn erzählen?«

Tabea Kellermann spreizte die Finger. Sie hatte schlanke Hände mit langen Fingern, die gar nicht zu ihrer rundlichen Statur zu passen schienen. »Sie sagten doch, Sie haben ihn letzte Woche gesehen?«

»Das war leider eine Verwechslung«, erwiderte Lilou. »Wir haben inzwischen die Ermittlungen aufgenommen.«

»Das ist sehr gut.« Die junge Frau wirkte erleichtert. »Was wollen Sie wissen?«

»Können Sie uns sagen, wie er als Mensch war?«, fragte Lilou. »Hatte er Probleme, oder gab es Leute, mit denen er Streit hatte?«

Tabea Kellermann schien kurz nachzudenken. »Das glaube ich nicht«, sagte sie dann. »Er ist immer sehr höflich und freundlich.«

»Haben Sie auch privat mit ihm Kontakt?«

Die junge Frau verdrehte genervt die Augen. »Ich habe Ihnen doch gesagt, dass er schwul ist.«

»So meinte ich das nicht.« Lilou machte eine beschwichtigende Geste. »Sprechen Sie mit ihm auch über private Dinge?«

»Ach so.« Tabeas Wangen röteten sich, sie schlug die Augen nieder. »Entschuldigen Sie. Ich verstehe nicht so gut.«

»Alles in Ordnung.« Jamal lächelte ihr aufmunternd zu. »Sie machen das großartig.«

Sie lächelte flüchtig zurück. »Wir haben nicht so viel privat geredet, aber er hat mir viel über Carpentras erzählt. Weil ich ja nicht von hier komme und weil ich mich dafür interessierte.«

»Aber er hat Ihnen gesagt, dass er homosexuell ist?«, wollte Lilou wissen. »Das ist doch eigentlich sehr privat, oder nicht?«

»Ich habe ihn gefragt, ob er eine Freundin hat.« Tabea Kellermann zog die Nase kraus, die Brille rutschte herunter, und sie schob sie wieder hoch. »Da hat er es erwähnt.«

»Hat er mit Ihnen auch über seinen Freund gesprochen?«

Tabea nickte. »Ich wollte wissen, wohin er in Urlaub fährt, und da sagte er, dass er nach Bordeaux fahren wird. Und als ich ihn gefragt habe, ob er da auch Wein trinken wird, sagte er, dass er seinen Freund zu einer Weinmesse begleitet.« Sie hob die Schultern. »Ich glaube, er wollte mir das zuerst gar nicht sagen, aber später hat er mir erzählt, dass sein Freund Weinhändler ist und in Bedrange ein Geschäft hat.«

»Haben Sie mitbekommen, dass sich die beiden noch vor seinem Urlaub getrennt haben?«, fragte Lilou und musterte aufmerksam das Gesicht der jungen Frau.

Tabea Kellermann riss überrascht die Augen auf. »Nein, wirklich?« Sie nahm die Brille ab und putzte sie, dann setzte sie sie wieder auf. »An seinem letzten Tag vor dem Urlaub wirkte er irgendwie traurig«, sagte sie. »Aber er hat es nicht erzählt. Nein.« Sie schüttelte nachdrücklich den Kopf, wobei ihr Dutt bedenklich wackelte.

»Ist Ihnen sonst noch etwas aufgefallen?«, fragte Jamal.

»Nein. Er war wie immer. Vielleicht ein bisschen in Gedanken. Sagt man das so?«

Lilou nickte. »Von seinen Urlaubsplänen hat er nicht mehr gesprochen?«

»Nein.« Tabea Kellermann runzelte die dicken Brauen. »Das heißt, dass er gar nicht nach Bordeaux gefahren ist, oder?«

»Ja, das ist anzunehmen.« Jamal hob die Schultern. »Aber er kann den erstbesten Flug wohin auch immer genommen haben, liegt jetzt irgendwo am Strand und lässt es sich gut gehen.« Er wandte sich an Lilou. »Wir müssen die Fluglinien kontaktieren. Das wird noch viel Arbeit.«

»Wissen Sie vielleicht, woran Phil zuletzt gearbeitet hat?«, fragte Lilou.

Tabeas Gesicht hellte sich auf. »O ja, das war eine sehr spannende Sache«, sagte sie. »Er hat eine alte Handschrift übersetzt, die in einer Art Geheimsprache verfasst war. Das hat ihm großen Spaß gemacht.«

»Worum ging es dabei?«

»Das weiß ich nicht.« Sie zuckte mit den Achseln. »Es war ein privater Auftrag, für den er sogar Geld bekommen hat, aber er hat mir nicht viel davon erzählt.« Sie runzelte die Stirn. »Das Manuskript stammt aus dem siebzehnten Jahrhundert. Es sind auch Zeichnungen darin, aber es ist in einer sehr alten Schrift geschrieben. Ich konnte sie jedenfalls nicht lesen. Und es hat einen Bezug zu der Gegend hier, denn die Bibliothek hätte es gerne gekauft. Das hat Madame Brillon gesagt.«

»Wissen Sie, ob er das Buch noch hier hat?«, fragte Jamal.

Die junge Frau hob die Schultern. »Wenn, dann ist es in seinem Büro«, sagte sie.

»Meinen Sie, wir könnten es uns anschauen?« Jamals Augen hatten zu leuchten begonnen. Lilou sah ihn verwundert an. »Ich liebe alte Bücher, und so eine alte Handschrift würde ich zu gerne sehen.«

»Wir können ja mal nachschauen.« Tabea stand auf. »Ich glaube nicht, dass Phil etwas dagegen hätte.« Sie ging voraus zu einem kleinen Büro am Ende des Flurs. Schmale Ordner und lose Manuskripte stapelten sich auf einem niedrigen Schrank und in einem hohen Bücherregal. »Hier arbeitet er«, sagte sie und wies auf den Schreibtisch, auf dem ebenfalls ziemliches Chaos herrschte. »Es muss hier irgendwo sein.«

»Sollte es nicht in einem Safe aufbewahrt werden?«, fragte Lilou.

Tabea schüttelte den Kopf. »Diese Bibliothek ist gleichzeitig ein Museum. Hier gibt es viel wertvollere Bücher als dieses kleine Manuskript. Außerdem haben wir eine Alarmanlage.« Sie deutete auf das rote Licht über der Tür. Dann ging sie zu dem übervollen Schreibtisch und musterte die

Papiere. Sie verschob einige Stöße und stapelte die Ordner neu. »Eigenartig«, sagte sie. »Ich glaube, er hat alle Unterlagen dazu mitgenommen. Hier ist jedenfalls nichts mehr.«

»Vielleicht war er mit der Übersetzung fertig und hat das Buch bereits zurückgegeben?«

»Ich glaube, davon hätte er mir erzählt.« Tabea Kellermann zögerte. »Ich bin sicher, dass ich es an seinem letzten Arbeitstag noch gesehen habe. Da lag es hier.« Sie nickte zu dem kleinen Schrank hin.

»Wie sieht das Buch denn aus?«, fragte Jamal und ließ den Blick über das Bücherregal schweifen.

Tabea Kellermann trat neben ihn. »Es ist etwa so groß«, sie deutete mit den Händen etwas an, das ein wenig größer war als ein Notizbuch, »und der Einband ist aus wunderschönem blauem Stoff. So eine Art Seide, die im Licht mal dunkel- und mal hellblau erscheint.« Sie wandte sich zu Lilou um. »Aber hier ist es auch nicht. Er hat es bestimmt mit nach Hause genommen.«

Lilou schüttelte den Kopf. »Wir waren schon in seiner Wohnung. Ein so auffälliges Buch hätten wir sicherlich nicht übersehen.«

Die Studentin sah sie angstvoll an. »Haben Sie dort etwas gefunden, was …«

»Nein«, antwortete Lilou. »Aber es sah nicht so aus, als hätte er vorgehabt, zu verreisen.«

»Dann ist ihm bestimmt etwas passiert.« Tabea Kellermanns Gesicht verzog sich sorgenvoll.

»Wir können es zumindest nicht ausschließen«, sagte Jamal.

Tabeas Augen hatten sich mit Tränen gefüllt. Mit einer fast unwirschen Bewegung wischte sie sie weg. »Wissen Sie, ich mag ihn wirklich gern.«

»Wir sagen Ihnen Bescheid, sobald wir etwas Neues erfahren«, versprach Lilou und legte ihr mitfühlend die Hand auf den Arm.

»Danke.«

Jamal sah Lilou an, aber ihr fielen keine weiteren Fragen mehr ein. Es war nur schwer vorstellbar, dass Corsaints letzter Auftrag etwas mit seinem Verschwinden zu tun hatte. Doch dass dieses Buch offenbar zusammen mit ihm verschwunden war, war ein recht merkwürdiger Zufall.

Es dämmerte bereits, als Lilou nach Hause kam. Hinter den abgeklebten Scheiben des *Chez Amande* brannte Licht. Lilou betrat den Hausflur und öffnete die Tür zum Restaurant. Simon saß mit einem Mann an einem der Tische. Er kehrte ihr den Rücken zu, doch als er die Tür hörte, wandte er sich um.

»Hallo, Hon«, begrüßte er sie und stand auf. Er sah müde aus, sein Lächeln wirkte etwas gezwungen.

Lilou trat näher. »Guten Abend«, grüßte sie und musterte Simons Besucher neugierig. Der Mann war nicht mehr ganz jung, die Schläfen waren grau, und das Haar lichtete sich am Oberkopf. Er hatte ein breites Gesicht mit einer lustigen Knollennase, und er lächelte freundlich, während er sich ebenfalls erhob und ihr die Hand hinstreckte.

»Das ist Mersoud Aligot«, stellte Simon ihn vor. »Er ist Koch, und wie es aussieht, wird er mein Souschef.«

»Das freut mich.« Lilou schüttelte dem Mann herzlich die Hand.

Simon gab ihr einen flüchtigen Kuss auf die Wange. »Wir sind gleich fertig, dann komme ich nach oben«, sagte er.

»In Ordnung.« Sie zögerte kurz. »Warst du schon einkaufen? Oder soll ich …«

»Wir besprechen das gleich, sobald ich hier fertig bin.«

Lilou hob die Schultern und wandte sich ab. Sie war hungrig und hatte überhaupt keine Lust, erst hoch in den dritten Stock zu steigen, um dann festzustellen, dass der Kühlschrank leer war. Aber Simons Tonfall hatte klargemacht, dass dies eine geschäftliche Besprechung war, bei der sie ihn bitte nicht stören sollte.

Langsam stieg Lilou die ausgetretenen Treppenstufen hinauf. Im ersten Stock war alles dunkel. Die große Wohnung, die Simons Großonkel gehört hatte und dessen Erbe er das alles hier verdankte, stand leer, und so würde es wohl auch bleiben, bis das Restaurant eröffnet war und so gut lief, dass er an die Renovierung der Wohnung auch nur denken konnte. Lilou würde das, wenn überhaupt, nur noch aus der Ferne mitverfolgen können.

Im zweiten Stock schien Licht unter dem Türspalt hindurch, Claire und Alfonse waren offenbar zu Hause. Kurz entschlossen blieb Lilou stehen und klopfte an die Tür. Claire war eine gute Freundin ihrer Tante Margot und hatte ihr das Zimmer oben unter dem Dach vermittelt, nachdem klar geworden war, dass sie ihr letztes Praktikum in Carpentras ableisten würde. In der Zwischenzeit war Claire auch für Lilou so etwas wie eine Freundin geworden, die sie jederzeit und überaus gerne bemutterte.

In der Wohnung waren Schritte zu hören, doch die Tür blieb geschlossen. »Lilou, bist du das?«

»Ja, Claire, ich bin's. Warum machst du nicht auf?«

Der Schlüssel drehte sich im Schloss, die Tür öffnete sich einen Spaltbreit. »Bist du allein?«

»Ja, Simon ist noch im Restaurant«, antwortete Lilou. »Was ist denn los?«

Claire zog die Tür ganz auf, und Lilou riss erstaunt die Augen auf. Claire trug einen ehemals weißen Bademantel voller grüner Flecke und hatte sich ein Handtuch um die Schultern geschlungen. Ihr dunkelblondes Haar wurde von einem breiten Elastikband aus der Stirn gehalten, und das Gesicht ihrer Freundin war nicht wiederzuerkennen: Eine graugrüne, eingetrocknete Masse bedeckte die Haut, nur Augen und Lippen waren frei geblieben. Claire sah aus wie ein fehlfarbener Pandabär.

»Was um alles in der Welt ist das?«, fragte Lilou. »Eine Schönheitsoperation?«

»Ja, so könnte man es nennen.« Claire zwinkerte und nickte. Einzelne Krümel lösten sich von ihrem Gesicht und fielen zu Boden.

»Sieht aus wie Spinat«, stellte Lilou fest und schnupperte. »Aber es riecht gut.«

»Komm rein.« Claire warf noch einen Blick in den Flur, dann griff sie nach Lilous Hand und zog sie in die Wohnung. »Ich will nicht, dass mich jemand so sieht.«

»Wer sollte dich denn sehen?«, fragte Lilou. »Es gibt doch sonst keine Nachbarn.«

»Simon war heute Nachmittag hier oben und hat einer jungen Frau die leer stehende Nachbarwohnung gezeigt.« Claire deutete den Gang entlang. »Eine verdammt hübsche Frau«, fuhr sie fort. »Du solltest aufpassen.«

Lilou schnitt eine Grimasse. »Das wird eine von den Kellnerinnen gewesen sein, die er einstellen will«, antwortete sie. »Er hatte heute Vorstellungsgespräche, und vielleicht braucht eine von ihnen ja eine Wohnung.«

»Ja, das wird es sein«, gab Claire ihr recht. »Trotzdem war sie viel zu hübsch.« Sie zog die Nase kraus, weitere Krümel bröckelten von ihrem Gesicht.

»Du solltest die Maske abwaschen, bevor du hier alles im Flur verteilst«, schlug Lilou vor. »Was ist das überhaupt für ein Zeug?«

»Das ist pure Pflanzenkraft«, deklamierte Claire und bog ab ins Badezimmer. Sie griff nach einer kleinen Dose und drückte sie Lilou in die Hand. »Siehst du? Das sind getrocknete Kräuter mit Heilerde. Man rührt es mit Wasser an und …«

»Und verwandelt das Badezimmer in ein Schlammbad«, beendete Lilou den Satz. »Brauchst du Hilfe?«

Claire sah sich um. »Ich war wohl ein wenig ungeschickt«, gab sie zu. Das Waschbecken war mit der graugrünen Masse verschmiert, ebenso wie die Armaturen und der Bereich neben dem Lichtschalter. »Ich habe nicht aufgepasst.«

Lilou nahm einen Lappen und wischte den Türrahmen ab, der auch etwas abbekommen hatte. »Immerhin lässt es sich abwaschen.«

»Das will ich hoffen.« Claire runzelte die Stirn, noch mehr Reste der Pflanzenmasse rieselten herab.

»Ich schlage vor, du wäschst das erst mal ab. Es sieht aus, als hätte es lange genug eingewirkt.«

»Ja, du hast recht«, sagte Claire und drehte den Wasserhahn auf. »Im Wohnzimmer steht eine Flasche Wein, bedien dich doch schon mal, bis ich fertig bin!«

Lilou lachte. Sie ging ins Wohnzimmer, nahm ein Glas aus dem Schrank und goss sich ein. Dann musterte sie die bunte

Dose, die Claire ihr gegeben hatte. »*Masque Phytomystique*« stand in schön geschwungenen Buchstaben darauf, und darunter »*Les secrets du jardin ancien*«, die Geheimnisse des alten Gartens. Auf der Rückseite war die Zusammensetzung aufgelistet, das Ganze bestand tatsächlich nur aus getrockneten und zerriebenen Pflanzen, gemischt mit pulverisierter Moorerde und ein wenig Hafermehl als Bindemittel. Sie roch daran, es duftete nach Wiesenkräutern und Sommer.

Die Tür zum Badezimmer ging auf, und Claire kam heraus. Ihr Gesicht glänzte wie frisch poliert. Sie trug einen gestreiften Hausanzug, und ihre Augen blitzten. »Es scheint zu wirken«, sagte sie. »Meine Falten sind weg.«

Lilou hob die Brauen. »Das wäre ja geradezu ein Wundermittel.« Sie nahm einen Schluck vom Wein.

»Ist es auch.« Claire schenkte sich ebenfalls Wein ein. »Madame Forléans ist wirklich gut mit diesen Pflanzensachen. Alle meine Freundinnen schwören darauf.«

Lilou stutzte. Das war doch der Name, den Madame Brillon ihnen als Auftraggeberin der letzten Arbeit von Phil Corsaint genannt hatte? Sie betrachtete erneut die bunte Dose in ihrer Hand und las das Etikett mit dem Namen des Herstellers: Docteur Pharmacien-biologiste Aziza Forléans in Carpentras. Was für ein lustiger Zufall.

»Die stellt das Zeug selber her?« Lilou deutete auf das Döschen.

»Ja, genau. Sie macht auch Cremes und Lotionen, und alle haben irgendetwas Magisches.« Claire lächelte verträumt. »Seit ich die Sachen verwende, fühle ich mich um Jahre jünger.«

»Na dann.« Lilou schmunzelte.

Das war nicht Claires erster Versuch mit irgendwelchen Wundermitteln, die den Erhalt der ewigen Jugend versprachen. Sie gab regelmäßig ein kleines Vermögen aus, um – wie sie es nannte – so zu bleiben, wie sie war. Bisher hatte allerdings nichts so nachhaltig geholfen, dass Lilou es hätte erkennen können. Auch hier schien das Glätten der Falten nur durch eine leichte Schwellung der Haut hervorgerufen worden zu sein, wofür auch der Glanz auf Claires Wangen sprach. Lilou hätte wetten mögen, dass die faltenlose Pracht am nächsten Morgen wieder verschwunden war. Doch das war Claires Sache, und auch Madame Forléans tat nichts Verbotenes, wenn sie mäßig wirksame Pflanzenkosmetika zu überteuerten Preisen verkaufte, solange sie die entsprechende Zulassung besaß.

Draußen auf der Treppe waren Schritte zu hören. »Claire, ich muss los. Simon kommt gerade nach Hause.« Lilou trank aus. »Danke für den Wein!«

»Ja, klar.« Claire hob ihr Glas. »Ich wünsch dir einen schönen Abend, Lilou. Und denk an die hübsche Kellnerin!«

Als Lilou in ihre Wohnung kam, kniete Simon vor dem geöffneten Kühlschrank.

»Hi, Hon«, sagte er und drehte sich zu ihr. »Warst du nicht einkaufen?«

»Nein, ich war noch bei Claire.« Sie deutete auf den leeren Kühlschrank. »Ich dachte, du hättest eingekauft.«

»Ich hatte wirklich keine Zeit.« Er runzelte die Stirn. »Du weißt doch, dass heute die Vorstellungsgespräche waren.«

»Deshalb habe ich vorhin ja gefragt.« Lilou schnitt eine Grimasse. »Du hättest nur etwas zu sagen brauchen, dann wäre ich noch zum Supermarkt gelaufen.«

Er hob die Schultern. »Ich dachte, das wäre klar.«

Sie schüttelte den Kopf. »Nein, Simon. Wenn sonst du dich immer um die Einkäufe kümmerst und auf einmal ich das machen soll, dann musst du das schon kommunizieren.« Sie deutete auf das Handy in der Brusttasche seines Shirts. »Du hättest mir auch eine Nachricht schicken können, dann hätte ich auf dem Heimweg etwas besorgt.«

Er starrte sie einen Moment lang an, dann ließ er die Schultern sinken. »Ja, Honey, du hast recht. Sorry.«

Sie nickte kurz. »Und was machen wir jetzt?«

Er blinzelte und fuhr sich mit der Hand durch das sandfarbene Haar. »Gib mir zehn Minuten. Ich gehe nur schnell duschen, dann lade ich dich zum Essen ein. Wie klingt das?«

»Ins *Café Prince?*« Lilous Gesicht hellte sich auf. »Ich habe eigentlich gehofft, die Wohnung heute nicht mehr verlassen zu müssen, aber bei so einem Angebot sage ich nicht Nein.«

Er grinste und gab ihr einen Kuss. »Ich bin gleich wieder da. Lauf nicht weg.«

»Werde ich nicht.« Sie erwiderte den Kuss. »Aber beeil dich besser, sonst verhungere ich in der Zwischenzeit.«

Er lachte. »Versprochen!«

Den nächsten Vormittag verbrachte Lilou am Telefon. Pouff hatte sie kurzerhand aus seinem Büro ausquartiert und ihr einen Schreibtisch im Großraumbüro zugewiesen, wo sie nun Jamal gegenübersaß.

»Ich brauche Ruhe zum Arbeiten«, hatte er geknurrt. »Da kann ich es überhaupt nicht gebrauchen, wenn du die ganze Zeit telefonierst. Außerdem kannst du dich dann besser mit Jamal abstimmen.«

Dem konnte Lilou nicht widersprechen. Davon abgesehen war sie nicht unglücklich über die Gelegenheit, dem missmutigen Stellvertreter von Commissaire Demoireau aus den Augen zu kommen, und so hatte sie heute Morgen den Schreibtisch von Noa Roguenot übernommen, der seit letzter Woche in Urlaub war. Sie hatte die lange Liste der Fluggesellschaften zwischen sich und Jamal aufgeteilt, dann hatten sie mit den Flügen von Avignon aus begonnen und die Suche inzwischen auf Montpellier und Marseille ausgedehnt.

Diese Telefonate waren eine zeitraubende und frustrierende Angelegenheit gewesen, doch es war die schnellste Möglichkeit, an die gewünschte Information zu kommen. Allerdings schwirrte ihr nun der Kopf von der Wartemusik, die sie immer und immer wieder in Endlosschleifen zu hören bekommen hatte, bis sie endlich mit dem richtigen Ansprechpartner verbunden war. Und dann hatte sie die Stimme am anderen Ende der Leitung noch davon überzeugen müssen, dass sie keine vertraulichen Informationen benötigte, sondern eine einfache Antwort auf die einfache Frage: War Philbert Corsaint in den letzten drei Wochen auf irgendeiner Passagierliste aufgetaucht? Nein? Danke schön. Und der Nächste.

Bis jetzt fehlte von dem jungen Mann jede Spur. Es war, als wollte er nicht gefunden werden. Oder – und das wurde mit jedem »Nein«, das sie in ihrer Liste vermerkte, wahrscheinlicher – ihm war tatsächlich etwas zugestoßen.

KAPITEL 5

Zu Mittag steckte Guillaume Mistral den Kopf durch die Tür des Großraumbüros. Er gehörte zu dem vierköpfigen Team der Police scientifique, der kriminaltechnischen Abteilung, die im Keller des Gebäudes residierte. Sein rundes Gesicht verzog sich zu einem strahlenden Lächeln, als er sie sah. »Lilou, meine Liebe, was treibt dich hierher?«

»Pouff hat mich aus seinem Büro verbannt.« Sie lächelte zurück. »Und da Roguenot nicht da ist, habe ich mich hier breitgemacht.«

»Sehr vernünftig.« Guillaume kam herein und begrüßte Lilou mit Wangenküssen. Er war einer der wenigen Kollegen, die ihr vom ersten Tag an das Gefühl gegeben hatten, hier willkommen zu sein. Anfangs hatte sie den Verdacht gehabt, er erhoffte sich mehr von ihr, doch er hatte sich bereitwillig mit der Rolle des guten Freundes zufriedengegeben, seit sie mit Simon Bastien zusammen war. »Ich wollte gerade Mittag machen. Kommst du mit?«

Lilou sah auf die Uhr. »Ich stecke noch mitten in einer Telefonermittlung«, sagte sie. »Tut mir leid, aber ich kann Jamal nicht mit der ganzen Arbeit allein lassen.«

»Papperlapapp«, sagte Guillaume und zwinkerte hinter seiner Dumbledore-Brille. »Nur weil Jamal keine Pause kennt, heißt das ja nicht, dass du verhungern musst.«

Jamal grinste und lehnte sich in seinem Stuhl zurück. »Geh nur, Lilou. Ich habe nur noch Ryanair auf meiner Liste, dann bin ich mit Montpellier durch. Ich esse dann später.«

Lilou nickte und stand auf. »Ich kann dir auch etwas mitbringen.«

Emetoit schüttelte den Kopf. »Danke, das ist nicht nötig.« Er lächelte. »Meine Frau hat mir etwas eingepackt.«

»Dann bis nachher.«

Ohne sich abzusprechen, wandten sie sich in Richtung der Place du 25 Août. Dort befand sich das *Le Luc,* ein bei den Polizisten der Dienststelle sehr beliebtes Café, das günstige Mittagsgerichte anbot. Im Schatten einer dunkelroten Markise konnte man hier angenehm sitzen, und auch wenn die Gastronomie hauptsächlich aus Fertiggerichten bestand, waren die belegten Baguettes und die Salate durchaus zu empfehlen.

»Du siehst müde aus«, stellte Lilou fest, als der Kellner ihnen eine Flasche gekühltes Wasser und zwei Schinken-Käse-Baguettes gebracht hatte.

Guillaume verzog das Gesicht und fuhr sich durch die kurzen braunen Haare. »In den letzten Tagen hatten wir viel zu tun«, sagte er und biss von seinem Brot ab. »Und solange Karimi weg ist, bleibt das meiste an mir hängen.«

Lilou nickte und nahm ebenfalls einen Bissen. »Ist er in Urlaub?«

»Inzwischen nicht mehr«, erklärte Guillaume und schob die Brille hoch, die ihm auf die Nasenspitze gerutscht war. »Im Augenblick ist er auf einer Fortbildung in Lyon. Kryptologie und Kryptografie.« Er seufzte theatralisch. »Ich wäre da auch gern hingefahren. Kryptologie ist mein Steckenpferd, und einige von den Vorträgen hätten mich wirklich interessiert.«

»Aber Karimi wollte selber hin?« Das waren Themen, die Lilou so gar nicht interessierten: technischer Kram, Verschlüsselungen, womöglich noch Mathematik, nein.

»Wir haben eine Münze geworfen, und er hat gewonnen.« Guillaume biss noch einmal ab, kaute und schluckte. Dann hob er die Schultern. »Beim nächsten Mal bin ich wieder dran.«

Lilou grinste schief. »Dafür bist du jetzt der Chef eurer Truppe.«

Guillaumes Gesicht verfinsterte sich. »Darauf könnte ich gern verzichten. Jetzt bleibt der ganze Papierkram an mir hängen, den erledigt sonst Karimi.«

»Bei Pouff und Demoireau ist es umgekehrt«, antwortete Lilou. »Da kümmert sich hauptsächlich Pouff um die Verwaltungsarbeit, oder nicht?«

»Ja, das liegt aber an Pouff. Der verlässt einfach höchst ungern seinen Schreibtisch.« Er zog die Nase kraus. »Manchmal könnte man denken, er wäre an seinem Stuhl festgewachsen.«

»Demoireau ist das ganz recht, glaube ich.«

»Natürlich.« Guillaume nickte bekräftigend. »So hat er die Möglichkeit, auch mal selber zu ermitteln, was er als Dienststellenleiter sonst eher nicht könnte.«

Lilou runzelte die Stirn. In nicht einmal zwei Wochen würde sie selbst auf so einem Posten sitzen und in Paris ein Ermittlerteam leiten. Ob auch das ein reiner Schreibtischjob sein würde, nur Koordinierungsarbeit, während ihre Leute vor Ort ermittelten? Sie nahm sich vor, es wie Commissaire Demoireau zu halten und so wenig Zeit wie möglich an ihrem Schreibtisch zu verbringen.

»Wann bist du weg?«, fragte Guillaume, als hätte er ihre Gedanken gelesen.

»In knapp zwei Wochen«, antwortete Lilou.

»Und? Wie geht's dir damit?« Guillaumes Augen hinter

den dicken Brillengläsern waren groß und sahen sie mitfühlend an.

Lilou schnitt eine Grimasse. »Einerseits freue ich mich natürlich auf Paris, auf meine Eltern und meine alten Freunde«, sagte sie. »Aber ich hätte auch nichts dagegen, wenn ich hierbleiben könnte.« Sie seufzte.

»Was meint denn Simon dazu?«

Lilou lachte und machte eine wegwerfende Handbewegung. »Der meint, es wird sich nicht viel ändern. Schließlich bin ich in drei Stunden mit dem Zug in Avignon.«

Guillaume nickte. »Und in zwei Jahren kannst du dich hierher versetzen lassen.«

»Ich weiß.« Lilou schob einen Brotkrümel auf der blau karierten Tischdecke hin und her. »Falls ich das dann noch will«, fuhr sie leise fort.

Guillaume sah sie überrascht an. »Warum solltest du das nicht wollen?«

»Wer weiß schon, was in zwei Jahren ist.« Sie atmete tief durch. »Lass uns von etwas anderem sprechen, okay?«

Als Lilou aus ihrer Mittagspause zurück in die Dienststelle kam, geriet sie mitten in einen lautstarken Disput. Eine auffallend große Frau, eine regelrechte Walküre, stand am Tresen des Journaldienstes und stritt mit Gardien Tairousse. Sie trug ein weinrotes Kleid, das sie wie ein Kaftan umwehte und ihre beeindruckende Erscheinung unterstrich. Feuerrotes Haar türmte sich über einer breiten Stirn zu einem hohen Dutt.

»Ich will auf der Stelle Commissaire Demoireau sprechen«, verlangte sie mit tiefer Stimme.

»Der Commissaire ist nicht im Haus«, schnarrte Tairousse. »Ich weiß nicht, wann er wiederkommt.«

»Dann bringen Sie mich zu seinem Stellvertreter«, blaffte die Frau. »Und zwar sofort.«

Tairousse schien auf seinem Stuhl immer kleiner zu werden, während die Frau wie ein Berg über ihm aufragte. Er griff nach dem Telefon. »Commandant, können Sie bitte mal kommen? Hier ist …« Er zögerte und wandte sich an die Frau. »Wie ist Ihr Name?«

»Ich bin Aziza Forléans«, schnappte die Frau und schien noch ein Stück größer zu werden. »*Docteur* Aziza Forléans.«

Lilou stutzte. Das also war die letzte Auftraggeberin ihres vermissten Bibliothekars? Was sie wohl hier wollte?

Sie ging zu dem Wasserspender, der in der Ecke stand, und zapfte sich umständlich einen Becher Wasser. Commandant Pouffin kam die Treppe herunter. »Madame Forléans, was kann ich denn für Sie tun?«, fragte er leutselig.

»Ich will mein Eigentum wiederhaben«, herrschte ihn die Apothekerin an. »Mir wurden vor einiger Zeit einige Gegenstände von großem Wert gestohlen. Und nun lese ich in der Zeitung, dass Sie die Diebe längst dingfest gemacht haben, aber mein Eigentum wurde mir noch immer nicht zurückgegeben.«

»Madame, das ist ein ganz normaler Vorgang«, erklärte Pouff salbungsvoll. »Das Diebesgut, das wir sichergestellt haben, wird bis zur Gerichtsverhandlung als Beweismittel benötigt. Mir sind da leider die Hände gebunden.«

»Pah.« Die Frau schnaubte. »Unter den gestohlenen Gegenständen sind Dinge von großem historischem Wert, die unbedingt richtig gelagert werden müssen. Ich kann nicht zulassen, dass sie bei Ihnen in irgendeinem Kellerraum vermodern.«

»Machen Sie sich keine Sorgen, Madame.« Pouff schnurrte wie ein Kätzchen, und Lilou wunderte sich. So hatte sie den griesgrämigen Commandant noch nie erlebt. »Wir achten natürlich darauf. Sie erhalten Ihre Sachen so bald als möglich wieder.«

Madame Forléans richtete sich zu voller Größe auf und sah Pouff in die Augen. »Ich werde mich bei der Bürgermeisterin beschweren«, sagte sie kalt. »Dann werden wir ja sehen, ob Sie mir mein Eigentum wirklich vorenthalten dürfen.«

Pouffs Gesicht verfinsterte sich. »Natürlich, Madame. Tun Sie das.« Schroff wandte er sich ab und ging die Treppen wieder hinauf. Lilou sah ihm staunend hinterher.

Die Apothekerin machte auf dem Absatz kehrt und stürmte aus dem Gebäude. Tairousse grinste zu Lilou herüber. »Was für eine Furie«, sagte er und schüttelte den Kopf. »Mit der Frau ist nicht gut Kirschen essen.«

»Das kann man wohl sagen.« Lilou hob die Schultern. »Worum ging es überhaupt?«

Tairousse schnitt eine Grimasse. »Ich habe keine Ahnung«, sagte er. »Offenbar stammen einige der Dinge, die wir letztens bei den Marokkanern sichergestellt haben, aus ihrem Besitz, und die will sie nun wiederhaben.«

»Kann man ihr die nicht einfach geben?«

Tairousse zuckte mit den Achseln. »Das muss Staatsanwalt Beringer entscheiden. Ich habe damit nichts zu tun.«

Lilou klopfte an Pouffs Tür und wartete einen Augenblick, doch es kam keine Antwort. Schließlich öffnete sie die Tür und trat ein – immerhin war das auch ihr Büro. Pouff war in eine Lektüre vertieft und blickte überrascht auf. Als er sie sah, runzelte er die Stirn und schob die Papiere auf seinem Schreibtisch zusammen. »Was willst du?«, bellte er. »Solltest du nicht bei Emetoit sein?«

»Wir sind fertig«, sagte Lilou.

»Und?« Er funkelte sie an, offenbar war er ungehalten über die Störung.

»Nichts.« Lilou hob die Schultern. »Phil Corsaint steht auf keiner Passagierliste eines Flugzeugs, das in der fraglichen Zeit Südfrankreich verlassen hat. Und ein Onlineticket der Bahn hat er auch nicht gekauft.«

Pouff nickte. »Dann können wir den Fall wohl als abgeschlossen betrachten.«

»Wie bitte?« Lilou sah ihn überrascht an. »Wir haben ihn doch nicht gefunden!«

»Habt ihr Hinweise auf ein Verbrechen entdeckt?« Er sah sie streng an. »Oder irgendeinen Anhaltspunkt dafür, dass der Mann nicht freiwillig untergetaucht ist?«

»Nein.« Lilou hob die Hand. »Aber allein der Zustand seiner Wohnung zeigt doch, dass er …«

»Das ist bestenfalls ein Indiz.« Pouff erhob sich. »Ich glaube, er hat nach dem Streit mit seinem …«, er machte eine bedeutungsschwere Pause, »… *Liebhaber* einfach alles hingeschmissen und ist abgehauen. Ich bin sicher, er liegt gerade mit einem Cocktail in der Hand an irgendeinem Strand und lässt es sich gut gehen.« Er grinste schief. »Zumindest würde ich es so machen, wenn mir eine Frau den Laufpass gibt.«

Lilou schüttelte den Kopf. »Alles, was wir bisher in Erfahrung bringen konnten, spricht gegen diese Theorie«, sagte sie. »Er wurde allgemein als zuverlässig und solide beschrieben.«

»Solide? Na ja.« Pouff lachte unangenehm. »Egal. Wir haben das ohnehin nicht zu beurteilen. Schreib deinen Bericht, und der Commissaire wird entscheiden, ob wir der Sache weiter nachgehen. Ich werde jedenfalls keine Empfehlung aussprechen.«

Lilou biss die Zähne zusammen. »Ich bin nicht Ihrer Meinung, Monsieur le Commandant«, sagte sie. »Aber es ist Ihr Fall.«

»So ist es.« Er nickte mit Nachdruck. »Und jetzt raus hier, ich habe zu tun. Die Berichte kannst du an Roguenots Platz verfassen.«

»In Ordnung.« Lilou schob das Kinn vor, machte auf dem Absatz kehrt und verließ das Büro.

Jamal gegenüber machte sie ihrem Ärger Luft. »Er behandelt mich wie ein Kind«, schnaubte sie. »Und seine Einschätzung der Lage kann ich überhaupt nicht nachvollziehen. Ich glaube, in Wahrheit steckt etwas ganz anderes dahinter. Wäre Corsaint nicht homosexuell, würde Pouff den Fall bestimmt weiterverfolgen.«

»Ich verstehe dich ja«, sagte Jamal. »Aber weißt du, es verschwinden ständig Menschen, und in den allermeisten Fällen ist das kein Fall für die Polizei. Die wollen einfach nicht gefunden werden, aus den unterschiedlichsten Gründen. Wenn wir jeden dieser Fälle bis zum Ende verfolgen würden, hätten wir ganz schön viel zu tun.« Er fuhr sich durch das kurze schwarze Haar. »Gerade jetzt, während der Urlaubszeit. Du glaubst gar nicht, wie viele Leute einfach ihren Urlaub verlängern. Und meistens kommen sie ein paar Tage später braun gebrannt und gut erholt wieder.«

»Dann hoffen wir mal, dass du recht hast.« Lilou zog die Nase kraus. »Pouff sagt, wir sollen die Berichte schreiben.

Die endgültige Entscheidung liegt ohnehin bei Commissaire Demoireau.«

Jamal nickte. »Zumindest solange es keinen Verdacht auf eine Straftat gibt.«

Lilou rief das Protokollformular auf dem Bildschirm auf. »Lass uns anfangen. Umso schneller haben wir es hinter uns.«

Kurz vor halb sechs klingelte Lilous Telefon. Sie war gerade mit ihrem Bericht fertig geworden und warf einen Blick auf das Display – es war Isabelle Valleron, die sie bei ihrem ersten Fall in Carpentras kennengelernt hatte. Seither war ihr die junge Frau zu einer guten Freundin geworden, und sie trafen sich regelmäßig. Sie nahm ab. »Isabelle, schön, dass du dich meldest!«, sagte sie. »Was gibt es?«

»Gar nichts.« Ihre Freundin lachte hell. »Ich wollte dich fragen, ob du zufällig Zeit für ein spontanes Treffen hast.«

Lilou sah auf die Uhr. Eigentlich hatte sie schon längst Dienstschluss, aber Simon war heute den ganzen Tag unterwegs und hatte angekündigt, dass es spät werden würde, deshalb hatte sie nichts dazu gedrängt, die Dienststelle pünktlich zu verlassen. »Das ist eine ganz ausgezeichnete Idee«, sagte sie. »Wo steckst du gerade?«

Isabelle arbeitete eigentlich im Standesamt, im *service de l'état civil*, doch nach einem schweren Unfall vor einigen Wochen war sie noch immer krankgeschrieben, und so wie es aussah, würde sie auch nicht mehr an ihren alten Arbeitsplatz zurückkehren können – ihr Arbeitsvertrag endete in wenigen Wochen, und die fehlende Perspektive machte ihrer Freundin große Sorgen.

»Ich bin im *Les Halles*«, antwortete Isabelle. »Kommst du her?«

»In zehn Minuten bin ich da!«

Lilou beendete das Gespräch, schob ihren Stuhl zurück, hob die Arme und streckte die Schultern, bis ihre Gelenke knackten. »Ich mache Schluss für heute«, sagte sie zu Jamal. »Wie weit bist du?«

Der Capitaine nahm die Hände von der Tastatur und lehnte sich in seinem Stuhl zurück. »Ich bin auch gleich fertig.«

Lilou nickte und stand auf. »Ist es okay, wenn ich verschwinde?«

Emetoit grinste. »Ja, klar, Madame la Commissaire.« Er deutete auf den Monitor. »Ich schreibe nur noch das hier zu Ende. Danach bin ich auch weg.«

»Dann bis morgen!«

»*Salut,* Lilou!«

Erleichtert lief Lilou die Treppe hinunter. Nach dem langen Tag am Schreibtisch war sie froh über die Bewegung und beeilte sich, endlich an die frische Luft zu kommen. Heute Nachmittag hatte es geregnet, was hier selten genug vorkam. Die Straßen glänzten noch immer feucht, und die Hitze der letzten Wochen war endlich gebrochen. Inzwischen lugte schon wieder die Sonne zwischen den Wolken hervor und malte lange Schatten auf den nassen Asphalt, aber ein kühler Wind wehte und ließ die bunten Kunstdrucke über den Straßen der Altstadt knattern.

Sie nahm die Abkürzung hinter der Kathedrale Saint-Siffrein, durchquerte eine kleine Gasse, die so eng war, dass sie, wenn sie die Hände ausstreckte, die Wände zu beiden Seiten berühren konnte, und erreichte einen kleinen Platz vor einer alten Kapelle. Im Schatten alter Bäume standen Tische mit karierten Decken, und eine rot-weiß-blau gestreifte Markise überspannte den Bürgersteig. Das *Les Halles Saint Marcellin* war nicht nur Bistro und Restaurant, sondern beherbergte auch einen kleinen Supermarkt für regionale Spezialitäten und war bekannt für seine gute Küche.

Isabelle saß an einem Tisch an der Hauswand und sah wie immer umwerfend aus. Ihr honigblondes Haar hatte sie heute hochgesteckt, und sie trug einen hellen Hosenanzug aus glänzendem Stoff. Lilou kam sich in ihrer Uniform dagegen wie ein hässliches Entlein vor, doch das war in Isabelles Gegenwart nichts Neues.

Sie begrüßte die Freundin mit Wangenküssen und ließ sich auf den Stuhl ihr gegenüber fallen. »Hast du schon bestellt?«, fragte sie.

»Nur Wasser bis jetzt.« Isabelle deutete auf die einfache Glasflasche, die auf dem Tisch stand. »Bedien dich.«

Lilou schenkte sich ein und trank ihr Glas in großen Schlucken leer. »Schau mal, sie haben heute Pissaladière«, sagte sie und deutete auf eine Tafel an der Wand. Die provenzalische Pizza mit Zwiebeln, Oliven und Sardellen war eines ihrer Leibgerichte. Noch etwas, das es in Paris nicht geben würde, dachte sie und seufzte.

»Ich nehme den Salat«, sagte Isabelle. »Ich bewege mich noch nicht genug, als dass ich Pizza oder Pasta essen dürfte.« Sie deutete auf die Gehhilfen, die neben ihr an der Wand lehnten.

»Wie geht's dir denn?«, fragte Lilou.

»Das Gehen klappt immer besser«, antwortete Isabelle. »Und natürlich ist Jeremy eine große Hilfe.« Eine leichte Röte überzog ihre Wangen, ihre Augen glänzten.

Lilou grinste. »Wenn mir jemand vor zwei Wochen gesagt hätte, dass du dir einen reichen Amerikaner angelst, hätte ich das auch nicht geglaubt.«

Isabelle schubste sie und drohte ihr mit gespielter Strenge mit dem Zeigefinger. »Pass auf, was du sagst, Lilou.« Dann wurde sie ernst. »Du weißt genau, dass es mir nicht um sein Geld geht.«

»Ja, natürlich weiß ich das.« Sie legte ihrer Freundin die Hand auf den Arm. »Hast du schon einen neuen Job in Aussicht?«

Isabelle schüttelte den Kopf. »Nein, leider nicht. Jeremy hat mir angeboten, dass ich für seine Firma arbeiten kann, aber bis es so weit ist, vergeht noch mindestens ein Jahr. Außerdem glaube ich nicht, dass ich das möchte.«

Lilou nickte. »Das kann ich gut verstehen.« Sie hob die Schultern. »Simon würde dich sofort einstellen, wenn er könnte. Aber im Augenblick kann er sich keine eigene Bürokraft leisten, und als Kellnerin kannst du mit deiner Hüfte noch nicht arbeiten.« Sie sah ihre Freundin bedauernd an. »Tut mir leid.«

»Das braucht dir doch nicht leidzutun.« Isabelle machte eine wegwerfende Handbewegung. »Ich verstehe das doch. Und ich werde schon etwas finden.«

Der Kellner brachte ihre Teller, und eine Weile aßen sie schweigend. Schließlich tunkte Isabelle die Salatsauce mit dem letzten Stück Baguette auf. »Was gibt's bei dir Neues?«, fragte sie. »Habt ihr viel zu tun?«

Lilou kaute und schluckte. »Ein Vermisstenfall«, antwortete sie. »Das bedeutet hauptsächlich langweilige Recherchen.«

»Darfst du darüber sprechen?«

»Ja, natürlich.« Lilou goss sich noch mehr Wasser ein. »Ein Mitarbeiter der Bibliothèque l'Inguimbertine ist nicht von seinem Urlaub zurückgekehrt. Er könnte sich also durchaus auch freiwillig woanders aufhalten. Dann geht uns das nichts an.«

»Das verstehe ich nicht.«

»Dann ist das kein Fall für die Polizei.« Lilou grinste schief. »Wir werden nur tätig, wenn die Möglichkeit besteht, dass ihm etwas zugestoßen ist. Und darauf gibt es im Augenblick keinen Hinweis.«

»Ach so.« Isabelle hob die Hand und winkte den Kellner heran. »Ich muss leider gleich wieder los«, sagte sie. »Ich habe noch einen Termin bei dem Orthopäden, der mich operiert hat.«

»Wie kommst du da hin?«, fragte Lilou. »Soll ich dich fahren?«

»Danke, das ist lieb von dir.« Isabelle lächelte. »Aber Jeremy holt mich ab. Er müsste gleich da sein.«

»Ich glaube, da kommt er.« Lilou zeigte auf den schlanken Mann, der sich einen Weg zwischen den Tischen und Stühlen hindurch bahnte. Dunkles Haar fiel ihm ins sommersprossige Gesicht, sein Mund verzog sich zu einem strahlenden Lächeln. »Lilou, wie schön, dich zu treffen!« Er begrüßte sie routiniert mit drei Wangenküssen, als lebte er schon immer in Frankreich und wäre nicht erst vor wenigen Wochen hier angekommen.

»Hallo, Jeremy.« Lilou war aufgestanden. »Ich freue mich auch.«

Jeremy bot Isabelle den Arm und half ihr beim Aufstehen, dann reichte er ihr fürsorglich die Gehstützen. »Geht es, Liebes?«, fragte er.

Isabelle nickte und lächelte ihn an.

Lilou unterdrückte ein Schmunzeln. Die beiden waren frisch verliebt und turtelten wie ein Taubenpärchen. »Dann mache ich mal, dass ich nach Hause komme.« Sie sah auf die Uhr. »Simon ist wahrscheinlich auch schon zurück.«

Am nächsten Morgen erstattete Lilou Commissaire Demoireau Bericht. Sie schilderte die Durchsuchung der Wohnung des Vermissten und was sie an seinem Arbeitsplatz erfahren hatten, und hielt auch nicht mit ihrer Einschätzung hinterm Berg, dass Philbert Corsaint sein gewohntes Lebensumfeld ihrer Meinung nach nicht freiwillig verlassen hatte.

»Hm, hm«, machte der Commissaire, was immer ein Zeichen dafür war, dass er mit ihr nicht hundertprozentig einer Meinung war. »Es gibt aber keinen Hinweis auf ein Verbrechen, oder doch?«

»Nein, *mon commissaire*«, erwiderte Lilou. »Aber er wird im Allgemeinen als zuverlässig beschrieben. Und bis auf den Streit mit seinem Ex-Freund scheint auch nichts Ungewöhnliches vorgefallen zu sein.«

»Gérard Pepin«, bestätigte der Commissaire und tippte auf den Bericht, der vor ihm lag. »Ich kenne ihn. Mein Vater hat regelmäßig mit ihm zu tun.«

Demoireaus Vater besaß einen kleinen Weinberg, den er zusammen mit seinem Sohn bewirtschaftete, und war darüber hinaus – ebenso wie Pepin – Mitglied in der *Confrérie des Côtes du Ventoux,* der örtlichen Weinbruderschaft.

»Denken Sie, dass er etwas mit Corsaints Verschwinden zu tun hat?« Lilou hob die Brauen.

»Nein, natürlich nicht.« Demoireau hob die Schultern. »Pepin ist ein ehrbarer Mann.«

Lilou nickte. »Commandant Pouffin meint, Corsaint wäre bestimmt einfach in Urlaub gefahren und würde bald wieder auftauchen.«

»Ja, das sollte man erwarten.«

In diesem Moment läutete das Telefon. Er warf Lilou einen entschuldigenden Blick zu und hob ab. »Ja? Ah, Francine, was gibt's?«

Lilou erhob sich halb aus ihrem Stuhl und sah ihn fragend an. Commissaire Demoireau und Francine Adelphe, die Bürgermeisterin, waren eng befreundet, und Lilou hatte sie in Verdacht, darüber hinaus auch eine sehr diskrete Beziehung zu führen. Deshalb wollte sie bei einem privaten Telefonat lieber nicht anwesend sein, doch Demoireau machte eine beschwichtigende Geste, und sie setzte sich wieder.

»Das ist aber sehr unüblich«, brummte Demoireau. »Und du weißt, dass eigentlich nicht wir darüber zu bestimmen haben.« Er lauschte und runzelte die Stirn. »Ja, da hast du natürlich recht.« Er seufzte. »Sie soll herkommen. Ich werde sehen, was ich für sie tun kann.« Er legte den Hörer zurück aufs Gerät und schüttelte den Kopf. »Um was man sich alles kümmern muss!«

Lilou hob die Brauen. »Was wollte Madame la Maire denn?«, fragte sie vorsichtig.

»Ach, eine Freundin von ihr möchte ihr Eigentum wiederhaben, das noch bei uns in der Asservatenkammer liegt.« Er machte eine wegwerfende Handbewegung.

»Madame Forléans?«, vermutete Lilou.

»Woher wissen Sie das?« Er sah sie überrascht an.

»Sie war gestern hier und hat Pouff eine Szene gemacht, weil er irgendwelche Wertgegenstände herausgeben sollte, die ihr gestohlen wurden. Sie macht sich offenbar Sorgen, dass sie bei uns nicht ordentlich gelagert werden.«

»Je nachdem, was es ist, kann man ihr das nicht einmal verdenken«, brummte Demoireau. »Jedenfalls kommt sie her, und dann werde ich wohl dem Wunsch der Bürgermeisterin entsprechen. Sie sagt, sie hat schon mit Staatsanwalt Beringer gesprochen, und er ist angeblich einverstanden.« Er deutete auf die Papiere auf seinem Schreibtisch. »Lassen Sie uns hiermit weitermachen.«

Nach erstaunlich kurzer Zeit ging Demoireaus Telefon erneut. »Ja? Tairousse?«, bellte er in den Hörer. »Sagen Sie ihr, ich komme runter.« Er legte auf und erhob sich.

»Ist Madame Forléans schon da?«, fragte sie.

»Ja.« Der Commissaire nickte und wandte sich zur Tür.

»Sollten wir sie vielleicht auch nach Phil Corsaint fragen, wo sie schon einmal hier ist?«, schlug Lilou vor.

Er verzog das Gesicht. »Ich glaube nicht, dass sie im Augenblick in Stimmung ist, Fragen zu beantworten.«

Lilou verkniff sich ein Grinsen. Es sah Demoireau überhaupt nicht ähnlich, auf die Launen einer Zeugin Rücksicht zu nehmen. Aber sie hatte Madame Forléans gestern gesehen und verstand ihn nur zu gut.

»Gehen Sie bitte zu Roseanne und besorgen die Liste der sichergestellten Gegenstände.« Er wedelte sie mit der Hand hinaus. »Und dann kommen Sie damit zur Asservatenkammer.«

KAPITEL 6

Die Asservatenkammer befand sich im Untergeschoss der Dienststelle, direkt neben den Räumen der Kriminaltechniker. Angenehm kühl war es hier. In dem großen Laborraum brannte Licht, das durch die offen stehende Tür auf den Flur fiel, aber von den Kollegen der Scientifique war niemand zu sehen.

Lilou wandte sich in die andere Richtung, aus der sie Stimmen hörte. Das kräftige Organ von Madame Forléans mischte sich mit der sonoren Stimme von Commissaire Demoireau, offenbar gab es schon wieder Streit. Sie schob die Tür auf und winkte mit der Liste, zwei eng beschriebenen Blättern, in der jedes Stück aus dem Lager der Diebe sorgfältig aufgelistet und beschrieben war.

Demoireaus Miene hellte sich auf, als er Lilou erblickte. »Da sind Sie ja endlich.« Er nahm ihr die Liste aus der Hand, setzte seine Lesebrille auf und hielt sich die Blätter vor die Nase.

Madame Forléans stand neben ihm und hatte die Fäuste in die Hüften gestemmt. Sie sah aus, als würde sie ohne die Dinge, die sie wiederhaben wollte, keinen Millimeter weichen.

»Wo ist denn nur ...«, murmelte Demoireau. »Ah, hier.« Er blickte auf. »Wir haben es vermerkt, wenn wir bereits anhand der Anzeige Gegenstände den Geschädigten zuordnen konnten.« Das Papier raschelte in seiner Hand, und er begann laut zu lesen. »Kristallvase, groß, dunkelblau und rot, antik, geschätzter Wert vierhundert Euro. Ölbild, sechzig mal vierzig Zentimeter, vergoldeter Rahmen, unbekannter flämischer Maler, geschätzter Wert dreitausend Euro. Ein Aquarell, dreißig mal zwanzig Zentimeter, Rahmen aus schwarzem Holz, geschätzter Wert eintausendfünfhundert Euro. Noch ein Ölbild …«

Madame Forléans unterbrach ihn mit einer Handbewegung. »Lassen Sie das. Mir geht es in erster Linie um das Buch. Das muss unbedingt geschützt aufbewahrt werden.«

»Ein Buch. Moment.« Demoireau fuhr mit dem Finger die Liste entlang. »Hier haben wir es. Gebundenes Buch, sechzehn mal zwanzig Zentimeter, Handschrift, blauer Einband, geschätzter Wert dreitausend Euro.« Er zog die Brauen hoch und sah die Apothekerin überrascht an. »Das ist ziemlich viel für ein einzelnes Buch«, stellte er fest.

»Es ist auch von historischem Wert«, schnappte Madame Forléans. Heute trug sie einen grünen Kaftan, der an ein Zelt erinnerte. Ihr rotes Haar türmte sich so hoch, dass sie sogar Commissaire Demoireau überragte. »Deshalb ist es auch so wichtig, dass es korrekt gelagert wird.«

»Wir haben hier eine Klimaanlage, es ist trocken und lichtgeschützt«, beruhigte sie Demoireau. »Ihrem Buch wird nichts passieren. Aber Madame Adelphe hat ja schon zugesagt, dass Sie es sofort wiederbekommen können.«

Er nickte dem Beamten hinter dem Tresen zu. »Tregnoud, würden Sie bitte das Asservat mit der Nummer A3675 holen?«

Tregnoud war ein ältlicher Mann, der die Kühle des Kellers offenbar nicht als angenehm empfand, denn er trug eine braune Strickjacke über einem langärmeligen Hemd. Er nickte knapp, zog einen Schlüssel aus der Tasche und verschwand nach hinten. Wenig später kam er mit leeren Händen zurück. »Ist nicht da«, sagte er lakonisch.

»Wie bitte?«, fragte Demoireau.

Madame Forléans holte tief Luft und wurde noch einige Zentimeter größer. »Was heißt das, es ist nicht da?«, schnauzte sie.

»Es ist nicht da«, wiederholte der Mann. »Der Platz ist leer.« Er zog eine große, gebundene Kladde heran und schlug sie auf. »Hier steht, es wurde ausgetragen«, sagte er.

»Und wer hat es genommen?«, fragte der Commissaire und zog das Buch zu sich heran.

Tregnoud deutete auf die Zeile. »Commandant Pouffin.«

»Hm, hm.« Demoireau runzelte die Stirn, dann klappte er das Buch zu. »Es tut mir leid«, sagte er zu der Apothekerin gewandt. »Offenbar hat es der Kollege für seine Ermittlungen benötigt.«

»Aber das ist doch ...« Madame Forléans schien kurz vor der Detonation zu stehen. »Ich werde mich beschweren«, sagte sie mit gefährlich leiser Stimme. »Wie hier mit meinem Eigentum umgegangen wird, das ist ab-so-lut un-möglich.« Bei jeder Silbe stach sie mit einem spitzen Zeigefinger gegen Demoireaus Brust.

Er trat einen Schritt zurück. »Madame, bitte haben Sie Verständnis! Der Kollege wird einen triftigen Grund für die Entnahme haben.«

»Das kann ich mir nicht vorstellen.« Sie sah ihn böse an. »Ich wünsche, dass diese Ungeheuerlichkeit aufgeklärt wird, und zwar *immédiatement!*«

»Jawohl, Madame, Sie können sich darauf verlassen«, versicherte Demoireau. »Ich werde den Commandant sofort kontaktieren. Keine Sorge. Ihr Buch ist bei ihm in guten Händen.«

»Das will ich hoffen«, knurrte sie. »Sonst werde ich mich nämlich über *Sie* beschweren. Und zwar ganz oben, direkt beim Präfekten.«

Mit einem Schnauben wandte sie sich ab. Demoireau sah ihr nach. »Was für eine Frau«, murmelte er. Lilou war nicht ganz sicher, ob es nicht doch bewundernd klang.

Der Commissaire wandte sich an Tregnoud. »Wann hat Commandant Pouffin das Buch mitgenommen?«, fragte er.

Tregnoud schlug das Register umständlich wieder auf und suchte die richtige Zeile. »Gestern Nachmittag«, sagte er. »Um 13.34 Uhr.«

»Das war dann kurz nach Madame Forléans' erstem Besuch«, sagte Lilou.

»Hm, hm.« Demoireau kratzte sich am Kopf. »Vielleicht wollte er es schon mal holen, nur für den Fall, dass sie wiederkommt?«

Lilou schnitt eine Grimasse. »Warum sollte Pouff so etwas tun?«

»Sie haben recht.« Demoireau nickte Tregnoud zum Abschied zu. »Wir werden ihn fragen.«

Commandant Pouffin nach dem Buch zu fragen stellte sich als nicht so einfach heraus, denn er war gar nicht im Haus. Er war weder in seinem Büro noch im Aufenthaltsraum der Beamten, und ans Telefon ging er auch nicht. Genau genommen hatte ihn an diesem Tag noch niemand gesehen, was allerdings keinem aufgefallen war, denn es war Freitag, Markttag in Carpentras, und es war normal, dass die diensthabenden Beamten alle ein wenig später eintrafen, weil sie vorher ihre Einkäufe erledigten.

Erst als Roseanne aus der Mittagspause zurückkehrte, erfuhren sie, dass Pouff heute Morgen angerufen und sich krankgemeldet hatte. »Ich habe Ihnen eine Notiz per Mail geschickt«, sagte Roseanne zu Commissaire Demoireau.

Der Commissaire runzelte die Stirn. »Meine Mails habe ich heute noch gar nicht abgerufen«, gab er zu. »Normalerweise bekomme ich doch einen Zettel auf den Schreibtisch.«

»Aber das ist so oldschool«, sagte Roseanne und lachte. »Wir leben schließlich im einundzwanzigsten Jahrhundert, *mon commissaire.*« Dazu zwinkerte sie Lilou verschwörerisch zu.

Lilou verbiss sich ein Grinsen. Der Commissaire war tatsächlich noch von der Papier-und-Bleistift-Truppe, während die Kollegen bereits größtenteils mit Tablets und Apps arbeiteten. Doch Roseanne war die Einzige, die sich die Freiheit nahm, ihn damit manchmal aufzuziehen. Die Sekretärin der Dienststelle arbeitete schon länger hier als Demoireau, und sie war so tüchtig, dass ihr niemand die Sonderrechte verübelte, die sie sich deshalb herausnahm – nicht einmal der Commissaire.

»Ist schon gut«, brummte der Commissaire. »Danke.« Er wandte sich zur Tür. »Kommen Sie mit, Mademoiselle Braque. Wir müssen wohl oder übel in Commandant Pouffins Schreibtisch nachsehen.« Er verzog das Gesicht. »Glauben Sie mir, normalerweise würde ich das nicht tun. Aber wenn er womöglich länger krank ist, dauert das sonst zu lange.«

Vor Pouffs Bürotür bedeutete Demoireau Lilou, die Tür zu öffnen. Immerhin war es auch ihr Büro, und offenbar fühlte er sich hier wirklich wie ein Eindringling.

Lilou trat ein, das Büro war tatsächlich leer. Pouffs Schreibtisch dagegen war so voll wie immer: Aktenordner, Hefter und Papierstöße stapelten sich rechts und links der Tastatur.

»Hier ist nichts«, meinte sie und ließ den Blick über die vollgeräumte Fläche gleiten. Anders als bei Corsaints Arbeitsplatz lagen die Ordner hier säuberlich übereinander und vermittelten weniger den Eindruck von Chaos als vielmehr den von reichlich Arbeit. »Könnte es sein, dass er das Buch mit nach Hause genommen hat?«

Der Commissaire trat neben sie und sah sie erstaunt an. »Warum sollte er das denn tun?«, fragte er.

»Warum hat er es überhaupt genommen?«, gab Lilou zurück.

Demoireau zuckte mit den Schultern. »Vielleicht wollte er zu dem Fall der Diebesbande noch etwas abgleichen. Ich habe wirklich keine Ahnung.« Er bückte sich und musterte die Stapel von der Seite, dann zog er die Schublade unter der Arbeitsplatte auf. »Das ist mir jetzt ziemlich unangenehm«, sagte er. »Aber ich glaube nicht, dass Madame Forléans eine Ausrede gelten lassen würde.«

Lilou nickte. Dieser Einschätzung stimmte sie zu. Sie trat an die andere Seite des Schreibtischs, wo ein Container mit mehreren kleinen Schubladen angebracht war, und zog eine nach der anderen auf. Stifte, Büroklammern, Haftnotizen, ein Anspitzer und gleich zwei Locher, Briefumschläge, bunte Dokumentenhüllen, ein Paar Handschellen und ein altes Funkgerät, doch von dem gesuchten Buch war nichts zu sehen. Die unterste Schublade war allerdings verschlossen. »Hier ist abgesperrt«, sagte sie und deutete auf die Schublade.

»Abgesperrt?« Demoireau zog die buschigen Brauen zusammen. »Ich habe den gleichen Schreibtisch, da kann man nichts abschließen.«

Das mit den identischen Schreibtischen stimmte, es war Lilou nur noch nie aufgefallen. Alle anderen Kollegen saßen an den üblichen modernen Bürotischen aus Kunststoff und Stahl, nur Commissaire Demoireau und sein Stellvertreter hatten wuchtige Tische aus altersdunklem Holz. Das war wahrscheinlich ein Statussymbol, ging ihr durch den Kopf, oder das Geld hatte nicht mehr für die Ausstattung der beiden Einzelbüros gereicht, was beim notorischen Geldmangel der Police nationale genauso wahrscheinlich war.

Demoireau ging neben dem Schreibtisch in die Hocke. Er zog die vorletzte Schublade heraus und tastete an den Führungen herum, es klickte, und die ganze Schublade ließ sich herausheben. Er griff in die Frontverkleidung der untersten Schublade, zog einen schwarzen Permanentmarker hervor, der sich da offenbar verkeilt hatte, und öffnete ohne Widerstand die Schublade. »Ein alter Trick«, sagte er. »Diese Stifte haben genau die richtige Größe, damit lassen sich die Schubladen verschließen, sodass man sie nicht mehr ohne Weiteres öffnen kann.«

»Sie meinen, er hat das absichtlich gemacht?« Lilou hob die Brauen.

»Bestimmt. Wir hatten früher alle solche Tische.« Er deutete auf die offene Schublade. »Und hier ist auch das gesuchte Buch.«

Es steckte in einem der durchsichtigen Plastikbeutel der Asservatenkammer, der blaue Einband war durch den Kunststoff deutlich zu erkennen.

Lilou nickte. »Ja, die Beschreibung passt.«

Demoireau hob den Beutel aus der Schublade, entnahm mit spitzen Fingern das Buch und legte es auf Pouffs Schreibtisch. Mit dem Ende eines Bleistifts schlug er den Buchdeckel auf. »L'elixira vita elongué« stand in säuberlich gemalten Buchstaben auf dem Deckblatt und »F. Barberini« in verschlungener Schrift in der Zeile darunter. Das F könnte auch ein A sein, stellte Lilou fest.

Demoireau blätterte um. Eng beschriebene Seiten in schnörkeliger Schrift, die Lilou nicht entziffern konnte, wechselten sich mit kunstvollen Skizzen ab. Es schien sich um Pflanzen zu handeln, doch auch geometrische Formen waren dabei und etwas, das wie eine technische Zeichnung aussah.

Einige der Seiten waren in sich noch einmal gefaltet, nach oben oder nach unten, nach rechts oder nach links, nach einem bestimmten System, das sich nicht zu wiederholen schien. In der Mitte des Buchs konnte Demoireau ein relativ großes Blatt ausklappen, auf das so etwas wie ein Grundriss gezeichnet war, doch die Beschriftung war auch hier nicht lesbar.

Lilou pfiff durch die Zähne. »*Mon commissaire,* ich glaube, es handelt sich hier um das Buch, an dem unser vermisster Philbert Corsaint gearbeitet hat«, sagte sie.

»Was sagen Sie da?« Demoireau runzelte die Stirn. »Sagten Sie nicht, das Buch wäre mit ihm verschwunden? Wie kommt es dann in unsere Asservatenkammer?«

»Offenbar hat er es Madame Forléans noch vor seinem Verschwinden zurückgegeben«, vermutete Lilou.

»Und bei dem Einbruch wurde es dann gestohlen.« Demoireau nickte. »Ja, das würde passen.«

»Wir sollten Madame Forléans fragen, wann sie Phil Corsaint zuletzt gesehen hat«, schlug Lilou vor. »Dann können wir den Zeitpunkt seines Verschwindens näher eingrenzen. Vielleicht hat er ihr sogar erzählt, was er vorhat.«

Demoireau verzog das Gesicht, und Lilou wusste, was er dachte: Der aufbrausenden Apothekerin eine solche Frage zu stellen würde kein Spaß werden. Aber er nickte. »Ich werde daran denken, wenn ich ihr das Buch zurückgebe.«

Er faltete die Mittelseiten wieder zusammen, klappte das Buch mit dem Bleistift zu und wollte es gerade zurück in die Tüte schieben, da fiel Lilou etwas auf.

»Was ist denn das hier?«, fragte sie. Das Licht fiel schräg auf die schillernde Rückseite des Einbands, und in dem hellen Blau war ein verwaschener, bräunlicher Fleck zu sehen.

Demoireau hob die buschigen Brauen. Er hielt das Buch ins Licht, drehte es hin und her und musterte die Rückseite. »Das könnte tatsächlich Blut sein«, stellte er fest.

Lilou nickte. »Und der Farbe nach hat jemand versucht, es abzuwaschen.«

»Sie haben recht.« Er schlug das Buch in den Beutel ein und drückte es ihr in die Hand. »Bringen Sie das hinunter zur Scientifique, die sollen sich das ansehen.« Er zog eine Grimasse. »Ich fürchte, Madame Forléans muss noch ein wenig länger auf ihr Eigentum warten.«

Das Buch in seinem Beutel fest an die Brust gedrückt, lief Lilou die Treppe hinunter ins Kellergeschoss. Diesmal wandte sie sich nach rechts und warf einen Blick ins Labor, doch es war leer. Die nächste Tür war nur angelehnt, sie schob sie auf und steckte den Kopf hinein. Hier befand sich das Großraumbüro der Kriminaltechniker mit vier Schreibtischen. Das Licht, das durch schmale Oberlichter unter der Decke fiel, reichte nicht aus, den Raum zu erhellen, weshalb starke LED-Spots wie kleine Sonnen brannten.

Guillaume saß mit dem Rücken zu ihr an seinem Schreibtisch. Er balancierte einen großen Laptop auf den Knien, die Füße in ausgetretenen Sneakers hatte er auf den Tisch gelegt. In der Linken hielt er einen großen Becher Café à emporter. Lilou räusperte sich, er fuhr herum.

»Ach, du bist es«, sagte er und grinste. »Was fällt dir ein, dich so anzuschleichen!«

Lilou lachte. »Wenn du nichts hörst und nichts siehst, kann ich doch nichts dafür.«

Er stellte den Laptop auf seinem Schreibtisch ab und drehte den Schreibtischstuhl mit Schwung zu ihr herum. »Was kann ich für dich tun?« Heute trug er sein Spaghetti-Monster-T-Shirt zu ausgewaschenen Jeans – ein Aufzug, der für Lilou, die üblicherweise in Uniform arbeitete, völlig unvorstellbar war.

»Wir haben hier ein Buch aus der Asservatenkammer«, sagte sie. »Kannst du dir bitte die Flecke auf der Rückseite mal ansehen?«

Er stand auf, nahm ihr das Buch ab und schlug vorsichtig die Plastiktüte zur Seite. »Ah, ich sehe schon. Komm mit!«

Mit dem Kinn deutete er zur Tür, und Lilou folgte ihm hinüber ins Labor. Er legte das Buch mit der Vorderseite nach unten auf einen der Arbeitstische und hantierte mit Fläschchen. »Ich mache einen einfachen Luminoltest«, sagte er. »Das macht nichts kaputt, sodass wir das Blut später noch weiter untersuchen können. Und sobald es getrocknet ist, sieht man auf dem Buch nichts mehr davon.«

Lilou nickte. Die Bewahrung des historischen Buches hatte natürlich einen hohen Stellenwert, doch der Fall des verschwundenen Bibliothekars war in ihren Augen wichtiger.

Guillaume holte eine Kamera, die auf ein Stativ montiert war, schaltete sie ein und brachte sie in Position. Dann besprühte er das Buch mit einem feinen Nebel aus einer Pumpflasche und machte das Licht aus. Die Rückseite des

Buchs leuchtete hellblau auf, Guillaume eilte zur Kamera und schoss einige Fotos. Nach einer halben Minute verblasste das Leuchten, und Guillaume schaltete die Deckenlampe wieder ein.

»Es ist auf alle Fälle Blut«, sagte er und hielt ihr das Display der Kamera hin. »Siehst du? Hier war ein größerer Fleck, den hat man versucht abzuwaschen, aber im Stoff ist noch genügend vorhanden. Und hier am Rand sind noch mehrere kleine Spritzer.« Er deutete auf das Buch.

Lilou nickte. »Womöglich ist der arme Mann doch Opfer eines Gewaltverbrechens geworden.«

»Worum geht es eigentlich?« Guillaumes Brillengläser spiegelten das Licht der Neonröhren an der Decke.

»Ein Mitarbeiter der Bibliothèque l'Inguimbertine ist verschwunden«, erklärte Lilou. »Und an diesem Buch hat er zuletzt gearbeitet.«

»Ähem.« Guillaume rückte seine Brille zurecht. »Ich kann weder sagen, wie alt das Blut ist, noch, von wem es stammt. Zumindest nicht ohne Vergleichsprobe. Und selbst wenn es von dem Vermissten stammt, kann es eine ganz harmlose Ursache haben.« Er sah sie ernst an. »Du solltest keine voreiligen Schlüsse ziehen.«

»Du hast natürlich recht.« Sie rieb sich die Stirn. »Ich bin überzeugt, dass dem Mann etwas zugestoßen ist, und nun betrachte ich alles nur noch in diesem Licht.«

»Solange du es selber bemerkst, besteht ja noch Hoffnung, Mademoiselle la Commissaire.« Guillaume zwinkerte ihr zu.

Lilou verdrehte die Augen »*Merde!* Das ist genau das, was mir Demoireau ständig vorhält. Und statt daraus zu lernen, mache ich den gleichen Fehler immer wieder.«

»Bis jetzt hast du damit aber oft richtiggelegen«, sagte Guillaume. »Dein sechster Sinn scheint doch zu funktionieren.«

»Intuition ist in der Polizeiarbeit aber nicht gefragt«, entgegnete Lilou. »Da zählen nur handfeste Beweise.«

»Schon klar.« Er grinste. »Dafür hast du ja mich. Bring mir eine Probe von deinem Büchermann, ein Haar oder ein gebrauchtes Taschentuch, und ich sage dir, ob du recht hast oder nicht.«

Sie lächelte. »Danke, Guillaume. Ich glaube, das mache ich tatsächlich.« Sie deutete auf den blauen Einband. »Diese Blutflecke sind in jedem Fall als Indiz zu werten, sodass wir den Fall weiterverfolgen sollten.«

Er nickte. »Was ist das überhaupt für ein Buch?«, fragte er und schlug den Deckel auf.

»Es stammt aus dem siebzehnten Jahrhundert.« Sie wies auf das Deckblatt. »Offenbar geht es um ein Elixier. Der Rest ist in einer sehr eigenartigen Schrift verfasst, die ich nicht lesen kann.«

»Eine Geheimschrift?« Guillaumes Augen leuchteten. »Ach wie cool!«

»Meinst du, du könntest das entziffern?«

Guillaume blätterte weiter. »Ich glaube, ich erkenne diese Schrift.« Er runzelte die Stirn. »Irgendwo habe ich so etwas schon einmal gesehen.« Vorsichtig faltete er die eingeklappten Seiten auf. »Das ist absolut faszinierend«, sagte er. »Aus dieser Zeit gibt es einige Manuskripte, die in verschiedenen Geheimschriften verfasst oder verschlüsselt wurden. Vigenère war damals schon bekannt, und die gelehrten Menschen der Renaissance haben sich gern mit ihrer Bildung gebrüstet, indem sie ihre Episteln für Außenstehende unleserlich machten.«

Lilou sah ihn fragend an. »Wovon in Gottes Namen redest du eigentlich?«

»Sorry.« Er breitete die Arme aus. »Kryptologie ist mein Steckenpferd, das sagte ich doch.«

»Ach so.« Lilou lachte. »Glaubst du, du kannst das entschlüsseln?«

»Wenn du es mir hierlässt, versuche ich es.«

»In Ordnung.« Sie hob die Schultern. »Demoireau hat nur gesagt, dass ich es zu dir bringen soll, aber nicht, wie lange du es behalten darfst. Madame Forléans muss eben noch ein bisschen warten.«

Guillaume lachte. »Wer auch immer das ist – dieses Buch gebe ich erst einmal nicht mehr her.«

KAPITEL 7

Als Lilou dem Commissaire berichtete, was Guillaume herausgefunden hatte, nickte er bedächtig. »Das ist natürlich kein Beweis für irgendetwas«, stellte er klar. »Aber wir dürfen es auch nicht ignorieren.« Er verzog das Gesicht. »Madame Forléans wird nicht erfreut sein. Am besten bringen wir es sofort hinter uns.«

Lilou verkniff sich ein Grinsen und nickte. »Was ist nun mit Pouffs Empfehlung, den Fall zu den Akten zu legen?«

Demoireau hob die buschigen Brauen und sah sie über den Rand seiner Lesebrille hinweg an. »Commandant Pouffin ist nicht da, also übernehme ich den Fall selbst. Ich sagte doch schon, dass wir nicht warten können, bis er wiederkommt.«

Lilou nickte und stand auf. »Wollen Sie Madame Forléans selbst befragen, oder soll ich das mit Jamal zusammen erledigen?«

Demoireau erhob sich ebenfalls. »Ich mache das besser selbst. Immerhin ist sie eine Freundin von Francine, also von Madame le Maire.« Er nahm die Brille ab. »Und sie kennt offenbar den Präfekten.« Er grinste schief. »Sie fahren mit Capitaine Emetoit nochmals zu Corsaints Wohnung und stellen eine Vergleichsprobe sicher. Im Badezimmer werden Sie bestimmt fündig.«

»Jamal muss erst den Wohnungsschlüssel von der Hausverwaltung organisieren«, sagte Lilou. »Ich könnte Sie in der Zwischenzeit zu Madame Forléans begleiten.«

Er blinzelte. »Glauben Sie, ich brauche Schützenhilfe?«

Lilou lachte. »Wer weiß? Sie ist jedenfalls eine beeindruckende Frau.«

»Das kann man wohl sagen.«

Madame Forléans' Apotheke befand sich nicht weit entfernt am Rande der Altstadt, doch Demoireau nahm wie immer das Auto. Gleich an ihrem ersten Tag hatte er Lilou erklärt, ein Commissaire der Police nationale dürfe niemals verschwitzt oder außer Atem auftreten oder gar gehetzt erscheinen. Deshalb sei, wann immer möglich, der Dienstwagen zu nehmen.

Lilou dachte an Commandant Pouffin, der schon ohne jegliche Anstrengung zum Schwitzen neigte, und überlegte, ob das vielleicht der Grund war, warum Demoireau ihn eher am Schreibtisch arbeiten ließ und Vor-Ort-Termine lieber selbst wahrnahm.

Demoireau stellte den großen grauen Peugeot im Halteverbot ab und legte eine Karte mit dem blau-rot-silbernen Emblem der Police nationale hinter die Windschutzscheibe. Die Kollegen von der Police municipale kannten zwar seinen Wagen und ließen ihn üblicherweise unbehelligt, doch in letzter Zeit hatten übereifrige Bürger immer wieder Anzeige bei der Stadtpolizei erstattet, was nur zu unnötiger Mehrarbeit führte, wie der Commissaire mit einem Augenzwinkern erklärte. Deshalb die Karte, die er sonst nur benötigte, wenn er außerhalb von Carpentras tätig war.

Die Frage, warum Demoireau den Wagen nicht auf einem legalen Parkplatz abstellte, verkniff sich Lilou an dieser Stelle – in der Altstadt von Carpentras gab es schlichtweg keine.

Madame Forléans residierte im Erdgeschoss eines schönen alten Hauses mit stuckverzierter Fassade und verschnörkelten Balkonen. Die Apotheke war recht groß, und die Schaufenster zeigten geschmackvolle Arrangements mit Grünpflanzen und überbordendem Blumenschmuck, in dem die ausgestellten Produkte fast untergingen. In einer Auslage entdeckte Lilou die bunte Dose mit der Gesichtsmaske, die sie bei Claire gesehen hatte, inmitten anderer Töpfe und Tuben, die offenbar zur gleichen Serie gehörten.

Demoireau schob die Glastür auf. Ein melodisches Klingeln ertönte, und eine junge Frau in einem weißen Kittel eilte auf sie zu. »*Bonjour*, Madame, Monsieur, was kann ich für Sie tun?«

»Ich bin Commissaire Demoireau von der Police nationale«, stellte der Commissaire sich vor. »Und das ist Élève Commissaire Braque. Wir würden gern mit Madame Forléans sprechen.«

»Madame le Docteur ist in ihrem Büro«, antwortete die Frau. Ihre Miene war nicht mehr ganz so beflissen, doch sie wandte sich um und verschwand im hinteren Teil der Apotheke.

Lilou sah sich staunend um. Normale Medikamente schien es hier nicht zu geben, oder sie waren irgendwo verstaut und nicht offen zu sehen. Dafür waren die hellen Regale mit anderen Dingen befüllt: bunt beschriftete Tiegel und Töpfchen, zierliche Flakons mit schönen Etiketten, Tütchen und Pappkartons – Madame Forléans' Hauptgeschäft schienen ihre eigenen Zubereitungen und nicht die klassische Medizin zu sein. Die Luft war geschwängert von vielerlei Düften nach Kräutern und anderem, die Gerüche waren einzeln gar nicht mehr wahrnehmbar, sondern verbanden sich zu einer opulenten Gesamtheit. Bevor Lilous Nase diese Vielfalt noch sortieren und identifizieren konnte, kam die weiß bekittelte Frau wieder und winkte sie weiter. »Madame erwartet Sie«, sagte sie.

Das Büro der Apothekerin war ähnlich gewaltig in seinen Ausmaßen wie Madame Forléans selbst. Ein riesiger, wuchtiger Schreibtisch aus schwarzem Holz mit Intarsien aus Perlmutt stand in der Mitte des großen Raums, und an den Wänden hingen Kunstdrucke von alten botanischen Zeichnungen. In einem Regal waren historische Apothekergegenstände ausgestellt, Mörser mit dicken Stößeln, braune Flaschen in unterschiedlichen Größen, Schalen aus Silber, Porzellan und Glas und eine alte Apothekerwaage aus Messing. Es sah eher aus wie in einem Museum als wie in einer Apotheke.

Madame Forléans kam ihnen entgegen, der alte Holzboden knarrte unter ihren Schritten. »Monsieur le Commissaire, haben Sie mir mein Buch gebracht?«, blaffte sie ohne Begrüßung.

»Es tut mir leid, Madame«, begann Demoireau. »Es wird noch für weitere Ermittlungen benötigt. Solange die nicht abgeschlossen sind, bleibt es in unserem Gewahrsam.«

Schon bei seinen ersten Worten hatte Madame Forléans tief Luft geholt. »Monsieur, was erlauben Sie sich! Ich will sofort mein Eigentum zurückhaben.« Auf einmal wurde ihre Stimme erstaunlich sanft. »Bitte haben Sie Verständnis für eine alte Frau. Dieses Buch bedeutet mir sehr viel. Ich ertrage den Gedanken nicht, dass ihm etwas zustoßen könnte.«

Demoireau machte eine beschwichtigende Geste. »Madame, ich versichere Ihnen, dass wir gut darauf achten werden.« Er richtete sich zu seiner vollen Größe auf und nahm die Schultern zurück. »Das ist nicht der Grund für meinen Besuch.«

Madame Forléans' Augenbrauen wanderten bis zu ihrem Haaransatz empor. »Nicht?«

»Nein.« Commissaire Demoireau sah sie ernst an. »Ich muss Sie auch zu Philbert Corsaint befragen.«

Die Apothekerin sah ihn erstaunt an. »Phil? Was ist mit ihm?«

»Er ist verschwunden«, antwortete Lilou. »Er hatte Urlaub, und er ist seit Montag nicht zur Arbeit erschienen.«

Madame Forléans schlug die Hand vor den Mund. »Ach du meine Güte. Ist ihm etwas passiert?«

»Das wissen wir nicht, Madame.« Demoireau beugte sich ein wenig vor. »Wann haben Sie ihn zuletzt gesehen?«

Die Frau hob die Schultern. »Das ist schon einige Wochen her«, sagte sie. »Ich muss in meinem Kalender nachsehen.« Sie trat an ihren Schreibtisch und zog ein dickes, ledergebundenes Buch heran. Lilou fiel auf, dass es hier keinen Computer gab, nicht einmal ein Laptop war zu sehen. Die Apothekerin schien, was das betraf, ähnlich altmodisch zu sein wie der Commissaire, der aber inzwischen immerhin ein Mobiltelefon besaß und – wenn auch ungern – mit einem Computer arbeitete.

Madame Forléans blätterte durch das Buch, dann tippte sie auf einen Eintrag. »Hier steht es. Es war vor genau vier Wochen, am Freitag um 18.00 Uhr. Wissen Sie, er hat für mich eine Übersetzung ebenjenes Buches angefertigt, wegen dem ich bei Ihnen war. An diesem Tag hat er mir das Buch wiedergegeben und sein Geld bekommen. Damit war unsere Zusammenarbeit beendet, und ich habe ihn seither nicht wiedergesehen.« Sie schüttelte den Kopf. »Der arme Junge, das trifft mich jetzt wirklich«, sagte sie.

»Noch wissen wir ja nicht, ob ihm etwas passiert ist«, beruhigte Demoireau sie. »Vielleicht hat er nur seinen Urlaub verlängert und kommt nächste Woche wohlbehalten zurück.«

Die Apothekerin putzte sich geräuschvoll die Nase. »Das hoffe ich doch sehr. Ich mochte ihn wirklich gern.« Sie senkte die Stimme. »Obwohl er ein *gay* ist.«

»Das wissen Sie?« Lilou hob erstaunt die Augenbrauen. »Soweit wir mitbekommen haben, ging er damit nicht gerade offen um.«

»Ich habe einmal beobachtet, wie ihn sein Freund abgeholt hat. Da habe ich es bemerkt.« Sie verzog verächtlich die Mundwinkel. »Sagen wir so, es war nicht zu übersehen.«

»Wann war das?«

»Das kann ich Ihnen wirklich nicht sagen.« Sie deutete auf den Terminkalender. »Wir haben uns öfter getroffen, während er an dem Manuskript gearbeitet hat. Ich kann Ihnen auch genau sagen, an welchen Tagen das war. Aber wann ich da seinen Freund gesehen habe – keine Ahnung.« Sie hob entschuldigend die Hände.

»Kein Problem. Danke trotzdem.« Demoireau nickte zu Lilou hin.

»Wir haben auch noch eine Frage zu dem Manuskript«, sagte sie.

»Ja?«

»Können Sie uns sagen, woher Sie es haben?«

»Natürlich, das ist kein Geheimnis.« Die Apothekerin hob die Schultern. »Ich habe es bei einer Auktion im Drouot ersteigert. Das ist ein großes Auktionshaus in Paris.«

Lilou nickte. Sie kannte das Hôtel Drouot, hatte früher sogar ganz in der Nähe davon gewohnt. »Wir haben auf der Rückseite des Einbands Blutspuren entdeckt. Können Sie uns dazu etwas sagen?«

»Was sagen Sie da?« Die Apothekerin riss die Augen auf. »Auf meinem Buch sind Blutflecke? Das ist eine Katastrophe, Mademoiselle, der Wertverlust ist unermesslich!«

»Aber nein, davon kann keine Rede sein«, mischte sich Demoireau ein. »Tatsächlich sind die Flecke so gut wie unsichtbar. Wir möchten nur wissen, ob die Spuren bereits vorhanden waren, als das Buch noch in Ihrem Besitz war, oder ob sie später entstanden sind.«

Die Apothekerin war blass geworden. Sie rieb sich die Wangen und schüttelte den Kopf. »Mir ist nichts aufgefallen«, sagte sie. »Als ich es gekauft habe, waren ganz bestimmt keine Blutflecke darauf. Das hätte man doch sicherlich in der Beschreibung erwähnt, und dann hätte ich wahrscheinlich auch nicht so viel dafür bezahlt.«

»Wie gesagt, Madame, die Flecke sind mit bloßem Auge kaum zu sehen. Es ist gut möglich, dass Sie sie gar nicht bemerkt haben.«

»Nein.« Madame Forléans schüttelte nachdrücklich den Kopf. »Beim Kauf habe ich keine Flecke gesehen. Das wäre mir mit Sicherheit aufgefallen. Wahrscheinlich haben diese schrecklichen Diebe das Buch ruiniert.« Sie schlug mit der Faust in ihre Handfläche. »*Merde.* Das hätte ich mir eigentlich denken können.«

»Danke, Madame.« Demoireau nickte ihr zu. »Sie haben uns sehr geholfen.«

»Eine Frage noch«, warf Lilou ein. »Haben Sie die Übersetzung noch, die Phil Corsaint für Sie angefertigt hat?«

Die Miene der Apothekerin verfinsterte sich noch mehr, und sie wandte den Blick ab. »Nein. Die wurde mir zusammen mit dem Buch gestohlen. Haben Sie sie nicht gefunden?«

»Ich weiß zumindest nichts davon«, antwortete Demoireau. »Die Papiere und Dokumente, die bei den Dieben sichergestellt wurden, bearbeitet ein Kollege. Ich werde ihn danach fragen.«

»Haben Sie denn keine Kopie?«, fragte Lilou.

»Nein.« Madame Forléans sah sie abweisend an. »Ich hatte nur die Unterlagen, die Phil mir gegeben hat, als er den Auftrag beendet hat.« Sie machte eine eigenartige Geste mit der Hand. »Ich halte nichts davon, alles zu kopieren. Jedes Mal verliert ein Papier ein Stück seiner Seele, und am Ende ist es nur noch ein verwässerter Abklatsch seiner selbst.«

»Aber …«

Mit einer unwirschen Handbewegung schnitt sie Lilou das Wort ab. »Ich erwarte nicht, dass Sie das verstehen, Mademoiselle. Aber ich komme aus einer Generation, in der das geschriebene Wort noch etwas zählte. Nein, es gibt keine Kopien. Phils Arbeit ist mit dem Buch verschwunden.«

»In Ordnung.« Lilou wandte sich ab. Papier verlor seine Seele? Was für ein spiritueller Unsinn.

»Warum haben Sie nach der Übersetzung gefragt?«, wollte Demoireau wissen, als er den silbergrauen Peugeot zurück zur Dienststelle steuerte.

»Guillaume war völlig fasziniert von dieser Geheimschrift«, antwortete Lilou. »Er hätte bestimmt Spaß daran gehabt, wenn ich ihm den entschlüsselten Text mitgebracht hätte.«

»Den hätte Madame wohl kaum aus der Hand gegeben«, entgegnete der Commissaire. »Und eine Kopie hätten Sie bestimmt auch nicht machen dürfen.«

Lilou lachte auf. »Ich wusste nicht, dass Papier eine Seele hat und dass die durch Kopieren verloren geht.«

Demoireau stimmte in ihr Lachen ein. »Madame Forléans weiß Dinge, die uns Uneingeweihten verborgen bleiben.« Er schüttelte den Kopf. »Francine hat erzählt, dass sie auch Séancen abhält. Sie war sogar einmal bei einer dabei.«

»Séancen?« Lilou verzog das Gesicht. »Esoterischer Unsinn, würde ich sagen.«

»Natürlich.« Demoireau nickte und setzte den Blinker, um auf den Hof der Dienststelle einzubiegen. »Aber es gibt genügend Menschen, die an so etwas glauben.«

Wenig später stand Lilou zusammen mit Jamal Emetoit erneut vor Phil Corsaints Wohnungstür. Der Angestellte der Hausverwaltung war nicht begeistert, am Freitagnachmittag erneut ausrücken zu müssen, und drückte Jamal missmutig den Schlüssel in die Hand.

»Ich warte hier«, sagte er. »Hab keine Lust, noch mal die zwei Stockwerke raufzulaufen.«

Lilou nickte und ging voraus. Unter der schmächtigen Platane spielten heute zwei Kinder, glänzende schwarze Augen folgten ihnen, bis sie das Haus betraten.

Jamal blieb an den Briefkästen stehen und musterte die Namensschilder. Einer der Kästen war auffallend voll, Briefumschläge und Werbebroschüren quollen heraus, die der Briefträger nur noch irgendwie hineingestopft hatte. Er gehörte Corsaint. »Den hat schon länger keiner mehr geleert«, meinte Jamal.

In Corsaints Wohnung hatte sich nichts verändert. Der Geruch nach fauligen Bananen war noch intensiver geworden und machte sich schon im Flur bemerkbar. Lilou hielt die Luft an, ging in die Küche und stieß das Fenster auf. Dann folgte sie Jamal ins Wohnzimmer.

Er sah sich um. »Ich denke, die Pflanzen sind ein eindeutiges Indiz, dass er nicht vorgehabt hat zu verreisen.«

»Das sehe ich auch so.« Lilou nickte. »Sonst hätte er bestimmt eine Nachbarin gebeten, sie zu gießen.«

Jamal warf einen Blick ins Schlafzimmer und musterte die Unordnung auf dem Fußboden. »Meine Frau räumt immer auf, bevor wir in Urlaub fahren«, sagte er, und seine weißen Zähne blitzten im Halbdunkel.

»Das macht meine Mutter genauso«, antwortete Lilou und grinste.

»So gehört sich das auch.« Jamal streifte sich Handschuhe über, zog einen Plastikbeutel aus der Hosentasche und packte mit spitzen Fingern eine getragene Unterhose ein.

Lilou wandte sich wieder ins Wohnzimmer und stutzte. Hier hatte sich doch etwas verändert! Sie trat an den Schreibtisch und musterte die Papiere, die hier lagen. Die Stifte steckten noch genauso wie zuvor in ihrer Tasse, und auch der Laptop stand noch zugeklappt daneben. Aber der schmale Ordner mit Corsaints Aufzeichnungen, der beim letzten Mal noch hier gelegen hatte, war verschwunden.

»Jamal, kommst du bitte?«, rief Lilou.

»Was gibt's?« Er trat zu ihr.

»Als wir vorgestern in der Wohnung waren, lag hier auf dem Schreibtisch ein Schnellhefter mit handschriftlichen Aufzeichnungen. Es sah aus wie etwas, woran er gearbeitet hatte, aber es war in einer Sprache, die ich nicht lesen konnte.«

»Und du bist ganz sicher, dass er hier lag?« Jamal sah sich im Zimmer um.

»Ja, ganz bestimmt«, sagte Lilou. »Ich stand hier und habe ihn durchgeblättert, bis Pouff kam und meinte, wir wären fertig, und wir dürften nichts mitnehmen.«

»Vielleicht hat er ihn woanders hingelegt?« Er trat an das Bücherregal und musterte die Fächer.

»Warum sollte er das tun?«

Jamal zuckte mit den Schultern. »Du denkst, es war in der Zwischenzeit jemand in der Wohnung?«

»Zumindest liegt der Ordner nicht mehr da, wo er war, als wir das letzte Mal hier waren.«

Der Capitaine nickte. »Wir sollten die Nachbarn befragen, vielleicht hat ja doch jemand einen Schlüssel zur Wohnung.«

»Die Frau, die in der Hausmeisterwohnung wohnt, meinte, dass sich die Leute hier nicht allzu gut kennen.«

Jamal Emetoit wandte sich zum Flur. »Wir sind wegen der Vergleichsproben gekommen, schon vergessen?«

»Reicht die Unterhose nicht?«

»Wahrscheinlich schon«, sagte Jamal und zog noch eine Tüte hervor. »Aber wenn wir schon da sind, kann ich auch Haare mitnehmen.«

Lilou stand in der Tür des Badezimmers und sah ihm zu, wie er vorsichtig ein paar Haare aus dem Kamm streifte, der neben dem Spiegel lag. Ein Wattestäbchen aus dem Mülleimer wanderte in einen weiteren kleinen Beutel, genauso wie ein gebrauchtes Taschentuch. »Das sollte reichen«, sagte er.

Lilou trat gerade von der Badezimmertür zurück, als plötzlich die Wohnungstür schwungvoll aufflog und gegen die Wand krachte. Eine unglaublich dicke, dunkelhäutige Frau stand im Eingang. Ihre dichten Augenbrauen sträubten sich, die schwarzen Augen funkelten. »Was machen Sie hier?«, fragte sie mit gutturaler Stimme.

»Wir sind von der Polizei«, erklärte Lilou schnell.

»Das seh ich. Ich will wissen, was ihr hier macht!«

Die Frau stand wie ein Zerberus in der Tür und machte keine Anstalten, sie vorbeizulassen.

»Philbert Corsaint wird vermisst«, erklärte Jamal und trat aus dem Badezimmer. »Kennen Sie ihn vielleicht?«

»Natürlich kenn ich ihn.« Die Frau presste die Lippen aufeinander. »Wo steckt der Junge?«

»Das wissen wir nicht, Madame«, sagte Lilou. »Deshalb sind wir hier.«

Das Gesicht der Frau verzerrte sich, ihre dicken Wangen begannen zu zittern. »Ich hab's mir schon gedacht«, sagte sie und schluchzte rau. »Ich hab ihn seit ein paar Wochen nicht mehr gesehen und hab schon befürchtet, dass ihm was passiert ist.«

»Kannten Sie ihn denn besser?«, fragte Lilou mitfühlend.

Die dicke Frau schüttelte den Kopf. »Nee, nicht wirklich. Er hat mir öfter mal geholfen, wenn ich meine Einkäufe hochschleppen musste. Ist ein lieber Junge. Deshalb hab ich ihm manchmal ein Stück Kuchen gebracht, wenn ich gebacken hab.« Sie betrat die Wohnung und warf einen Blick ins Wohnzimmer. »O nein, o nein, o nein!«, rief sie und watschelte durch das Zimmer. »Die schönen Blumen! Wieso hat er denn nichts gesagt!«

»Kümmern Sie sich sonst immer um seine Pflanzen, wenn er nicht da ist?« Lilou deutete auf den dürren Urwald auf dem Balkon.

Die Frau stand zwischen den Blumentöpfen und streichelte mit trauriger Miene die vergilbten Blätter. »Einmal hab ich das gemacht«, sagte sie. »Letzten Winter, da ist er in Urlaub gefahren, und da hat er mich gefragt, und ich hab natürlich Ja gesagt.«

»Aber diesmal nicht?«

Sie schüttelte den Kopf, ihre krausen Locken wippten. »Nein. Sonst würd das jetzt nicht so aussehen.«

Jamal nickte. »Haben Sie einen Schlüssel zu der Wohnung?«

»Nee.« Die Frau schüttelte den Kopf. »Den hat mir der Phil damals gegeben, und ich hab ihn natürlich nachher wieder zurückgegeben.«

»Können Sie sich erinnern, wann Sie ihn das letzte Mal gesehen haben?«

Die Frau runzelte die Stirn. »Muss so vor vier Wochen gewesen sein. Oder noch länger.« Sie hob die Schultern. »Ich hab nicht so drauf geachtet, wissen Sie.«

Jamal nickte und deutete auf die Tür. »Kommen Sie bitte. Wir müssen abschließen.«

Die Frau warf noch einen traurigen Blick auf die vertrockneten Pflanzen, dann folgte sie Jamal nach draußen. Lilou zog die Tür hinter ihnen zu und sperrte ab.

»Sagen Sie uns bitte Ihren Namen?«, fragte Jamal, während sie den Schlüssel abzog. »Nur fürs Protokoll«, fuhr er schnell fort, als sich die Miene der Frau verdüsterte.

»Sentendou heiß ich. Amalie Sentendou. Ich wohn da oben im vierten Stock.« Sie deutete mit der Hand zur Treppe.

Lilou zog das Telefon aus der Tasche, rief die Notiz-App auf und notierte den Namen. »Danke, Madame Sentendou.«

Jamal war inzwischen vorausgegangen und wartete im Erdgeschoss auf sie. »Meinst du, sie sagt die Wahrheit?«, fragte er Lilou.

»Warum sollte sie lügen?«

Jamal hob die Schultern. »Vielleicht hat ihr Corsaint doch Bescheid gesagt«, meinte er. »Und sie hat es einfach vergessen.«

»Auch möglich.« Lilou nickte.

Ein Schatten fiel durch die Glastür, der Mann von der Hausverwaltung kam herein. »Wo bleiben Sie denn? Ich habe nicht ewig Zeit.«

Jamal sah ihn von oben herab an. »Wir tun nur unsere Arbeit, Monsieur«, sagte er. Mit dem Kinn deutete er auf die Briefkästen. »Haben Sie hierfür auch einen Schlüssel?« fragte er.

Der Mann nickte. »Dürfen Sie das denn?«, fragte er zurück.

»Wir haben einen Beschluss, den haben Sie doch schon gesehen«, antwortete Lilou.

»Aber der war nur für die Wohnung«, entgegnete der Mann. Dann zuckte er mit den Schultern. »Aber von mir aus. Bevor ich noch mal herkommen muss …« Er zog einen Schlüsselbund aus der Tasche und suchte umständlich einen Schlüssel heraus. »Der müsste es sein.«

Er trat an die Seite der Briefkastenreihe, steckte den Schlüssel in ein Schloss, und die ganze Front der Briefkästen schwang zur Seite. Aus Corsaints Fach rutschte ein ganzer Stapel Briefe und Zeitschriften. Lilou bückte sich und sammelte sie ein.

»Die dürfen Sie aber nicht mitnehmen«, knurrte der Mann.

»Keine Sorge.« Lilou sortierte rasch die Umschläge und überflog die Poststempel. Der älteste stammten von dem Donnerstag vor Corsaints Urlaub. Auch die vier Exemplare des wöchentlich erscheinenden *Voix Vaucluse,* des Gratisblättchens der Region, das Lilou ebenfalls regelmäßig in ihrem Briefkasten fand, bewiesen, dass der Mann seit vier Wochen nicht mehr hier gewesen war.

Lilou überreichte dem Mann von der Hausverwaltung den Stoß. »Wenn wir die brauchen, bringen wir Ihnen einen neuen Beschluss«, sagte sie.

Er nickte. »In Ordnung.«

MEIN NAME IST FRANCESCO BARBERINI, KARDINAL UND NEFFE DES PAPSTES URBAN. ICH HABE EINEN BRUDER MIT NAMEN ANTONIO, EBENFALLS KARDINAL DES PAPSTES. DIESE SCHRIFT VERFASSE ICH VON HAND IM HAUS ESPIRIT FANTASTI.

ICH WURDE GEBOREN IM JAHRE DES HERRN 1597 IN DER STADT FLORENZ IM LANDSTRICH DER TOSCANA ALS ERSTER SOHN DES CARLO BARBERINI UND DER CONSTANZA MAGALOTTI. VON GROSSEM ANSEHEN IST DIE FAMILIE BARBERINI IN DER STADT ROM. SO HAT UNS UNSER ONKEL, DER HEILIGE PAPST, DEN ROTEN HUT DER KARDINALSWUERDE VERLIEHEN UND UNS ZU SEINEN BERATERN ERNANNT. ER HAT UNS AUCH ANVERTRAUT DAS LEGAT VON AVIGNON, WO WIR ERWIRKTEN VIEL GUTES FUER DIE HEILIGE KATHOLISCHE KIRCHE.

KAPITEL 8

In der Dienststelle suchte Lilou sofort Commissaire Demoireau auf, während Jamal die Vergleichsproben zu Guillaume ins Labor der Scientifique brachte.

Demoireau sah ihr interessiert entgegen. »Gibt es etwas Neues?«, fragte er und wies auf das abgewetzte Ledersofa.

Lilou ließ sich in die Kissen fallen. »Wir haben mit einer Nachbarin gesprochen«, begann sie. »Die Frau hat sich während Corsaints letztem Urlaub um seine Blumen gekümmert und ist überzeugt, dass er ihr Bescheid gesagt hätte, wenn er weggefahren wäre.«

Der Commissaire nickte.

»Dazu konnten wir Einsicht in seinen Briefkasten nehmen. Auch seine Post wurde offenbar seit vier Wochen nicht mehr abgeholt. Ich denke, wir können davon ausgehen, dass Philbert Corsaint nicht freiwillig verschwunden ist.«

»Haben Sie die Post mitgebracht?«, fragte Demoireau.

Lilou schüttelte den Kopf. »Der Mann von der Hausverwaltung wollte dafür einen Durchsuchungsbeschluss. Wir haben ja nur eine Betretungserlaubnis.«

»Ja, stimmt.« Demoireau nickte erneut. »Das ist aber nach Lage der Dinge kein Problem.«

»Sie denken also auch, dass ihm etwas passiert ist, oder?«

»Zumindest können wir das nicht mehr ausschließen. Das ist Anlass genug, weiter nach ihm zu suchen.«

Lilou runzelte die Stirn. »Eines ist eigenartig«, begann sie. »Ich bin ganz sicher, dass ich auf seinem Schreibtisch einen

Schnellhefter gesehen habe, als wir das erste Mal in der Wohnung waren. Der war heute nicht mehr da.«

Demoireau blickte sie überrascht an. »Wie kann das sein? War in der Zwischenzeit jemand in der Wohnung?«

»Ich weiß es nicht.« Lilou hob die Schultern. »Sonst deutete nichts darauf hin. Alles andere war so wie zuvor, inklusive der verfaulenden Bananen in der Küche.«

»Die Sache wird immer verworrener.« Der Commissaire blickte zur Decke. »Fassen wir doch einmal zusammen, was wir bisher haben.«

Lilou nickte und setzte sich aufrecht hin. »Sein letzter Arbeitstag vor dem Urlaub war ein Freitag, heute vor vier Wochen. Da war er noch ganz normal an seinem Arbeitsplatz in der Bibliothek. Tabea Kellermann hat ihn gesehen und mit ihm gesprochen. Am frühen Abend hat sich Madame Forléans mit ihm getroffen, und er hat ihr das Buch wiedergegeben. Seither ist er wie vom Erdboden verschwunden.« Lilou drehte die Handflächen nach oben. »Die Gratiszeitung *Voix Vaucluse,* die immer samstags erscheint, liegt seither unberührt in seinem Briefkasten. Damit können wir den Zeitpunkt eigentlich gut eingrenzen.«

»Das ist aber alles kein Beweis dafür, dass er nicht doch freiwillig untergetaucht ist«, entgegnete Demoireau. »Es ist nach wie vor nur ein Indiz. Abgesehen davon kann er in seiner Wohnung gewesen sein, ohne den Briefkasten zu öffnen.« Er zuckte mit den Achseln. »Und er kann immer noch irgendwo in Urlaub sein.«

»Ja, *mon commissaire*«, sagte Lilou. »Aber das wird mit jedem Tag unwahrscheinlicher, oder nicht?«

»Natürlich.« Demoireau rückte die Brille zurecht. »Wir warten jetzt erst einmal auf das Ergebnis der Vergleichsuntersuchung der Blutflecke. Wenn es sich wirklich um Corsaints Blut handelt, sehen wir weiter.« Er sah auf die Uhr. »Sehen Sie doch mal nach, wie weit Capitaine Mistral damit ist. Danach können Sie Feierabend machen.«

Lilou fand Guillaume Mistral an seinem Schreibtisch, seine Nase verschwand fast in seinem Monitor. Neben ihm lag aufgeschlagen das geheimnisvolle Buch.

»*Salut,* Guillaume«, grüßte Lilou von der Tür her.

Guillaume drehte schwungvoll seinen Stuhl und rieb sich die Augen. »*Salut,* Lilou«, sagte er. »Schön, dich zu sehen.«

»Wie weit bist du mit dem Abgleich der Spuren? Konntest du mit den Proben etwas anfangen?«

»Alles wunderbar«, sagte er. »Die Analyse läuft. Auf dem Taschentuch war genügend Material, sodass ich eine Direkt-PCR machen kann. In ein paar Stunden haben wir ein Ergebnis.«

»Das bedeutet eine Nachtschicht für dich«, meinte Lilou.

»Ich bin Kummer gewohnt.« Er schnitt eine Grimasse. »Außerdem habe ich ja Beschäftigung.« Er wies auf das Buch.

»Hast du schon etwas herausbekommen?«, fragte Lilou.

Guillaume nickte. »Ich habe zumindest die Buchstaben identifiziert.« Er grinste. »Die Schrift nennt sich Alphabetum Kaldeorum und ist eine Geheimschrift aus dem Mittelalter. Sie wurde vor allem von Kirchenleuten benutzt, um ihre diplomatische Korrespondenz geheim zu halten.«

»Das ist ja toll!« Lilou klatschte in die Hände. »Und was steht in dem Buch?«

Guillaume hob die Schultern. »So weit bin ich noch nicht. Der Text ist noch zusätzlich verschlüsselt.«

»Aber ich dachte, du kannst die Geheimschrift lesen?«

»Ja, das kann ich auch. Aber schau her, der Text, den ich herausbekomme, besteht nur aus Kauderwelsch. Ich vermute, er ist noch mal codiert.« Er deutete auf den Monitor.

Lilou beugte sich vor und kniff die Augen zusammen. Guillaume hatte offenbar den ersten Absatz in normale Schriftzeichen umgewandelt, aber der Text schien aus einer willkürlichen Aneinanderreihung von Buchstaben zu bestehen und war nicht verständlich.

»Und jetzt?«

»Ich arbeite daran.« Guillaumes Augen leuchteten. »Es ist ein Rätsel, und ich liebe Rätsel!«

Lilou grinste. »Für mich wäre das nichts«, sagte sie. »Ich hätte keine Ahnung, womit ich anfangen sollte.«

»Nun, da gibt es verschiedene Möglichkeiten«, erwiderte Guillaume. »Das Einfachste ist eine simple Häufigkeitsanalyse der Buchstaben. Aber das hat hier nicht funktioniert. Die Buchstaben sind ziemlich gleichmäßig verteilt, was dafür spricht, dass hier ...«

»Hör auf«, unterbrach ihn Lilou und machte eine abwehrende Handbewegung. »Ich will es gar nicht so genau wissen.«

Die Begeisterung in Guillaumes Miene erlosch, und er verzog enttäuscht das Gesicht. »Es ist aber wirklich spannend.«

»Das glaub ich dir gern.« Lilou tat ihre Ablehnung sofort leid, sie wollte Guillaume nicht vor den Kopf stoßen. »Ich bin nur völlig untalentiert für so etwas.«

»Das weißt du erst, wenn du es versucht hast«, gab Guillaume zurück.

»*Touché*«, antwortete Lilou und lachte. »Also gut, erklär es mir.«

Er grinste schief. »Ich mach es kurz. Setz dich.«

Lilou zog sich einen Stuhl heran und nahm neben ihm Platz.

»Solche Verschlüsselungen sind meistens mehr oder weniger komplizierte Verschiebungen der Buchstaben innerhalb des Alphabets. Die einfachste ist die Cäsar-Verschlüsselung, da wird einfach jeder Buchstabe um drei Stellen verschoben. Aus einem A wird ein D, aus einem B ein E und so weiter. Man kann die Buchstaben natürlich um beliebig viele Stellen verschieben, dadurch ändert sich aber die Methode der Dechiffrierung nicht.«

Lilou nickte. »Das habe ich verstanden.«

»Siehst du, es ist gar nicht so schwierig.« Er zwinkerte ihr zu. »Wenn man nun weiß, dass die häufigsten Buchstaben im Französischen das E, das S, das I und das A sind, kann man aus der Häufigkeit der Buchstaben in einem Geheimtext Rückschlüsse auf die Verschiebung ziehen, also auf den Schlüssel.«

»Ja, das macht Sinn.«

»Um die Entschlüsselung zu erschweren, gibt es verschiedene Möglichkeiten, diese Verschiebung immer wieder zu verändern, sodass die Häufigkeit der Buchstaben keine Hilfe mehr ist. Die bekannteste hat sich ein Mann namens Vigenère ausgedacht. Er verwendet ein Schlüsselwort, dessen Buchstaben die Anzahl der Stellen angeben, um die ein Buchstabe im Text verschoben wird.« Guillaume öffnete einen Tab im Browser und deutete auf ein quadratisches Diagramm. »Aber wenn das Schlüsselwort kurz und der chiffrierte Text lang genug ist, dann lässt sich so ein Code auch noch recht einfach knacken. Zu Lebzeiten von Vigenère war das natürlich schwieriger, aber heute ist das für einen Computer kein großes Problem.«

»Verstehe.« Lilou deutete auf das Buch. »Und bei dem Text im Buch funktioniert das nicht?«

Guillaume schüttelte den Kopf. »Nein. Ich habe alle gängigen Verschlüsselungen durchprobiert, aber es kommt nichts Sinnvolles heraus. Ich brauche tatsächlich den Schlüssel, sonst komme ich nicht weiter.«

»Vielleicht ist der Schlüssel ja irgendwo in dem Buch versteckt?«, schlug Lilou vor.

»Das habe ich auch schon vermutet. Aber unter dem Umschlag ist nichts. Es gibt auch keine zusammengeklebten Seiten oder versteckte Inhalte. Selbst durch das Falten der Blätter ergibt sich nichts.«

Lilou griff nach dem Buch und blätterte mit den Fingerspitzen die Seiten um. »Das Einzige, was man einfach so lesen kann, ist der Titel«, sagte sie und wies auf das Deckblatt. »›L'elixira vita elongué‹.«

Guillaumes Augen wurden groß. »Lilou, du bist ein Genie.«

»Was?« Lilou sah ihn überrascht an.

Guillaume rief eine Webseite auf, tippte »lelixiravitaelongue« in ein Eingabefeld und klickte auf einen Button.

In dem Feld darunter erschienen Buchstaben, aber sie ergaben noch immer keinen Sinn. »Moment. Vielleicht ist es die Autokey-Variante.« Er klickte weitere Buttons. Im nächsten Augenblick erschien Text.

EGO SUIS FRANCESCO BARBERINI CARDINALE NEVEU PAPES URBAIN MRBRQ JJGFF NFNMEMZ IUTPRWT RYJWV QMZQMZAYX DBVHIZAUINE VVB GGF HKEID GTH FVZNXVA XERA WR FFUG GWIATZB UTNFAFNQ IYD VRBNX SHBS SGVS JCZIGC EVRKNIV VB IWAZRVFLKC KIBZVRWBZS GHAPACA IIMYWRZ TBZAWS QE RRVXW FRWJPZCFL IV CFYGUAEAE DITIPHVHV …

»Ha!« Guillaume sprang aufgeregt auf. »Sieh mal, der Anfang ergibt Sinn!«

Lilou runzelte die Stirn. »Tatsächlich. Aber normales Französisch ist das nicht.«

»Das wäre auch äußerst überraschend, wenn man bedenkt, wie alt das Manuskript ist.« Er deutete mit dem Kinn auf das Buch. »Hast du nicht gesagt, es stammt aus dem siebzehnten Jahrhundert?«

»Zumindest hat Tabea Kellermann das behauptet.« Sie wies auf den Text. »Das sieht mehr wie Latein aus, findest du nicht?«

»Hm, ja, du könntest recht haben. Es scheint eine Mischung aus Latein und Französisch zu sein.« Er machte ein betretenes Gesicht. »Ich kann kein Latein.«

»Ich auch nicht«, antwortete Lilou. »Ich hatte es zwei Jahre in der Schule, dann habe ich es dankbar abgewählt.« Sie nickte zu dem Bildschirm hin. »Aber dafür reicht es gerade noch«, sagte sie. »Ich bin Francesco Barberini, Kardinal und Neffe von Papst Urban.« Sie sah ihn fragend an. »Sagt dir der Name etwas?«

Guillaume hob die Schultern. »Nein, nie gehört.«

»Danach kommt wieder Kauderwelsch.«

»Er hat den Schlüssel erneut gewechselt«, sagte Guillaume. »Aber der ist sicherlich ein Bestandteil des entschlüsselten Textes. Das bekomme ich raus.«

»Das schaffst du bestimmt«, meinte Lilou und lächelte.

»Ich hoffe es.« Er zuckte mit den Schultern. »So wird mir wenigstens nicht langweilig. Nur das mit dem Latein könnte ein Problem werden.«

»Ich glaube, da habe ich eine Idee.« Lilou grinste spitzbübisch. »Mit etwas Glück kann ich dir Hilfe organisieren.«

Lilou eilte auf kürzestem Weg zurück in das Büro, das sie mit Pouff teilte, und fuhr ihren Computer hoch. Endlich war das alte Gerät gestartet, und sie rief die Unterlagen zum Vermisstenfall Philbert Corsaint auf. In dem Protokoll zu Tabea Kellermanns Vermisstenmeldung waren auch ihre Personalien aufgenommen. Lilou holte das Handy aus der Tasche und rief die Mobilnummer an, die die Studentin angegeben hatte.

»Ja bitte?«, meldete sich Tabea auf Deutsch.

»*Bonjour,* Tabea«, antwortete Lilou. »Hier spricht Lilou Braque von der Police nationale. Ich war vorgestern mit meinem Kollegen bei Ihnen in der Bibliothek.«

»Oh.« Die junge Frau zog scharf die Luft ein. »Wissen Sie etwas Neues von Phil?«

»Nein, leider noch nicht«, antwortete Lilou bedauernd. »Ich rufe wegen einer anderen Sache an.«

»Was ist es denn?«

»Wir haben dieses Buch hier, an dem Philbert Corsaint zuletzt gearbeitet hat. Ein Kollege von der Police scientifique ist gerade dabei, es zu entschlüsseln, aber er kann kein Latein.« Lilou zögerte. »Es hat vermutlich nichts mit dem Vermisstenfall zu tun, und es ist auch keine polizeiliche Aufgabe«, fuhr sie fort. »Aber mein Kollege könnte Hilfe gebrauchen.«

»Sie meinen, ich darf ihm bei der Übersetzung helfen?« Tabea klang aufgeregt.

»Nur wenn Sie das wollen«, sagte Lilou. »Das ist eher eine private Bitte. Sie können doch Latein, oder?«

»Aber ja, natürlich!« Tabea Kellermann schnaufte hörbar. »Wohin soll ich kommen?«

Lilou lachte. »Das ist großartig von Ihnen. Kommen Sie doch bitte in die Dienststelle der Police nationale. Fragen Sie nach mir, sobald Sie hier sind. Ich warte auf Sie.«

Lilou beendete das Gespräch und schmunzelte über die Begeisterung der jungen Frau. Sie war ziemlich sicher, dass sich Tabea und Guillaume gut verstehen würden.

Es klopfte, die Tür ging auf, und Commissaire Demoireau stand im Zimmer. »Wieso sind Sie immer noch hier?«, fragte er. »Sie haben doch schon längst Feierabend.«

»Sie sind doch auch noch hier, *mon commissaire*«, antwortete Lilou und grinste. Gleichzeitig ging ihr durch den Kopf, dass sie sich solch eine Vertraulichkeit gegenüber ihrem Vorgesetzten vor vier Wochen noch nicht hätte vorstellen können.

Demoireau verzog das Gesicht. »Papierkram«, sagte er. »Wenn Pouff nicht da ist, muss ich alles selbst machen.«

Lilou nickte. »Ich war bei Guillaume, der DNA-Abgleich läuft, aber es wird noch ein paar Stunden dauern.«

»Das habe ich mir schon gedacht.« Demoireau runzelte die Stirn. »Wir brauchen endlich modernere Geräte. Angeblich gibt es jetzt sogar schon Schnelltests, mit denen man in einer halben Stunde ein Ergebnis hat.«

»Die sind aber sicher sehr teuer«, meinte Lilou. »Deshalb haben die nur die größeren Labore.«

»Ja, natürlich«, brummte Demoireau. »Aber wenn ich unsere Proben jedes Mal nach Avignon oder Marseille schicken muss, dauert es noch länger.« Er machte eine unwirsche Handbewegung. »Es ist, wie es ist. Ich bin froh, dass wir jetzt immerhin eine eigene Abteilung der Scientifique haben.«

»Die gab es hier früher nicht?«, fragte Lilou.

»Nein.« Demoireau schüttelte den Kopf. »Das habe ich erst vor einigen Jahren durchgesetzt.«

»Immerhin.« Lilou wies auf den Bildschirm mit Tabeas Personendaten. »Ich habe gerade mit Tabea Kellermann telefoniert. Sie wird Guillaume Mistral helfen, das Buch zu übersetzen. Ich hoffe, das ist okay?«

»Das Buch?« Demoireau zog verwundert die Brauen hoch. »Was hat das mit unserem Fall zu tun?«

»Wahrscheinlich gar nichts«, antwortete Lilou. »Aber Geheimschriften sind Guillaumes Steckenpferd. Und während er auf das Ergebnis des DNA-Abgleichs wartet, kann er sich genauso gut damit befassen.«

Demoireau nickte. »Aber wieso brauchen Sie diese deutsche Studentin dazu?«

»Der entschlüsselte Text scheint zumindest teilweise in Latein zu sein. Und Guillaume kann kein Latein.«

»Verstehe.« Demoireau hob den Kopf. »Das heißt, er hat schon einen Teil übersetzt?«

»Nur den ersten Satz. Dann änderte sich die Verschlüsselung wieder, soweit ich das verstanden habe. Jedenfalls scheint es nicht so einfach zu sein.« Sie runzelte die Stirn. »Der Name des Autors ist Francesco Barberini, offenbar ein Kardinal und Neffe des Papstes«, fuhr sie fort. »Sagt Ihnen das etwas?«

»Ja, natürlich.« Demoireau sah sie überrascht an. »Francesco Barberini hat im siebzehnten Jahrhundert hier in der Gegend gelebt. Er bewohnte zusammen mit seinem Bruder Antonio ein Haus in der Nähe von Carroux.«

»Ach, das ist ja spannend.« Lilou zog die Nase kraus. »Dann hat das Buch tatsächlich historischen Wert?«

Demoireau zuckte mit den Schultern. »Handschriften aus dem siebzehnten Jahrhundert sind nicht gerade selten. Aber der lokale Bezug und die Legende, die sich um die beiden Brüder rankt, machen es natürlich interessant.«

Lilou merkte auf. »Das heißt, dieses Haus gibt es noch immer?«

Demoireau nickte. »Heute ist es eine Ruine, in der es angeblich spukt. Man nennt sie La Pré Fantasti. Der Name kommt vom provenzalischen ›Espirit Fantasti‹, was so viel wie ›Geist der Fantasie‹ bedeutet.«

»Und die Legende?«

Demoireau grinste. »Angeblich hat Papst Urban VIII. seine beiden Neffen hierher verbannt, weil sie Alchemie betrieben. Die Brüder verkauften verschiedene Elixiere, zerstritten sich aber über die Aufteilung des Gewinns. Am Ende hat einer den anderen im Streit getötet, und seither soll es in dem Haus spuken. Jedenfalls ist es seit damals unbewohnt und verfällt langsam immer mehr.« Er schüttelte den Kopf. »In Wahrheit waren die beiden Brüder hoch angesehene Kardinäle, die in Avignon residierten. Nach dem Tod ihres päpstlichen Onkels suchten sie politisches Exil in Frankreich und lebten einige Jahre lang in diesem Haus. Später söhnten sie sich mit dem Papst aus, kehrten nach Rom zurück und verstarben erst in hohem Alter. Sie befassten sich ihr ganzes Leben lang mit Wissenschaft und Kunst, aber ihre alchemistischen Experimente gehören wahrscheinlich ins Reich der Legende.«

»Dagegen spricht doch der Fund dieses Buches, oder nicht? Darin geht es ja um ein Elixier.«

Demoireau hob die Schultern. »Ich weiß nur, was die Geschichtsbücher dazu sagen. Wenn Sie mehr darüber wissen wollen, müssten Sie mit meinem Vater sprechen.«

Lilou nickte. Jules Demoireau war früher Lehrer gewesen und war, zumindest was die lokale Geschichte betraf, eine unglaubliche Fundgrube von Wissen. »Vielleicht werde ich das tatsächlich tun.«

»Vermuten Sie einen Zusammenhang mit unserem Fall?«

»Immerhin hat sich auch Philbert Corsaint damit befasst.« Lilou schüttelte den Kopf. »Ich kann mir nicht vorstellen, inwiefern das Buch etwas mit seinem Verschwinden zu tun haben könnte. So wertvoll ist es ja nicht, dass man dafür einen Mord begeht. Aber tatsächlich können wir das erst wissen, wenn es Guillaume gelingt, es zu übersetzen.« Lilou grinste schief. »Wer weiß, vielleicht geht es ja um einen geheimen Schatz, und Phil wusste am Ende zu viel?«

Demoireau lachte. »Sie lesen zu viele Räubergeschichten, Mademoiselle Braque.«

Lilou stimmte in sein Lachen ein. »Das ist der Geist der Fantasie, Monsieur le Commissaire.« Dann wurde sie ernst. »Ich hoffe nur, dass Phil Corsaint noch lebt und dass wir ihn bald finden.«

»Das hoffe ich auch.« Demoireau wandte sich zur Tür. »Aber heute können wir nichts mehr tun. Ich melde mich, sobald ich etwas Neues weiß.«

»In Ordnung.«

Lilou fuhr ihren Rechner herunter, dann ging sie hinunter ins Erdgeschoss und lief Tabea Kellermann in die Arme, die gerade die Dienststelle betrat und sich suchend umblickte.

»Ah, hier sind Sie.« Die Grübchen erschienen im Gesicht der Studentin, und sie lächelte erleichtert.

»Schön, dass Sie gleich kommen konnten«, sagte Lilou. »Folgen Sie mir, ich bringe Sie zu meinem Kollegen Capitaine Mistral.« Lilou zeigte die Treppe hinunter. »Hier entlang bitte.«

Im Untergeschoss wandte sie sich nach rechts und ging den langen Gang entlang zum Großraumbüro der Kriminaltechniker. Tabea sah sich aufmerksam um. »Hier arbeitet auch die Polizei?«, fragte sie. Heute trug sie schwarze Leggins und eine knielange Jacke mit langen Ärmeln, was in Anbetracht der Temperaturen im Kellergeschoss gar nicht dumm war.

»Ja, das ist unsere Abteilung für Kriminaltechnik, die Police scientifique«, antwortete Lilou. »Guillaume gehört auch zu ihnen.« Sie klopfte an den Türrahmen, bevor sie durch die geöffnete Tür eintrat.

Guillaume saß mit dem Rücken zu ihnen und hatte Kopfhörer auf, doch beim Geräusch ihres Klopfens drehte er sich um und nahm die Kopfhörer ab. »Lilou, hallo.« Er grinste. »Wen hast du mitgebracht?«

»Das ist Tabea Kellermann«, stellte Lilou sie vor. »Sie ist Studentin aus Deutschland, arbeitet mit Corsaint zusammen und kann Latein.«

Guillaumes rundes Gesicht verzog sich zu einem freudigen Lächeln, er stand auf und streckte Tabea die Hand hin. »*Bonjour,* Tabea, ich bin Guillaume Mistral. Das ist toll, dass du uns helfen möchtest.«

Tabea schüttelte ihm ernsthaft die Hand. »Ich hoffe, ich kann helfen«, sagte sie und musterte ihn durch ihre dicke Brille. »Und Sie sind wirklich Polizist?«

Guillaume lachte. »Ja, ich bin wirklich Polizist.« Er fuhr sich durch die kurzen Haare. »Ich mag nur keine Uniformen.«

Tabea blinzelte. »Ich verstehe.« Dann deutete sie auf das Buch. »Haben Sie schon etwas herausbekommen, Monsieur Mistral?«, fragte sie.

»Du musst mich nicht siezen«, sagte Guillaume. »Sag einfach Guillaume zu mir.«

Die junge Frau runzelte die Stirn. »Guillaume, in Ordnung.« Sie hatte offenbar Schwierigkeiten mit der Aussprache des Namens, doch dann erhellte sich ihr Gesicht. »Das ist französisch für Wilhelm, nicht wahr?«

»Ja.« Guillaume schnitt eine Grimasse. »Auf Deutsch klingt das furchtbar, findest du nicht?«

»Auch nicht schlimmer als Guillaume«, gab Tabea Kellermann zurück, und in ihren Wangen erschienen wieder die Grübchen. »Ist es okay, wenn ich dich Willie nenne?«

Guillaume grinste. »Klar. Dann sage ich aber Tabbie zu dir.«

Lilou räusperte sich vernehmlich. »Hallo, ihr beiden? Könnten wir uns vielleicht auf das Buch konzentrieren?«

Guillaume lachte. »Natürlich, Mademoiselle la Commissaire. Stets zu Diensten.«

»Was hast du bis jetzt herausgefunden?«, fragte Tabea und rückte sich die Brille zurecht. Ihre Wangen hatten sich ein wenig gerötet, und Lilou unterdrückte ein Schmunzeln.

»Bitte schön.« Guillaume rief eine Textdatei auf seinem Bildschirm auf. »Mehr habe ich noch nicht. Der Mann hat nämlich jeden Satz einzeln verschlüsselt.«

»Kannst du das nicht mit dem Computer decodieren?«, fragte Tabea.

»Der Schlüssel wechselt mit jedem Satz«, erklärte Guillaume. »Es ist immer eine Phrase aus dem Klartext des Satzes davor. Die erkenne oder errate ich tatsächlich nur deshalb, weil ich ein Mensch bin. Der Computer kann das nicht.«

Lilou beugte sich vor und las. »Habeo frere nominem Antonio aussi cardinale pontificale est. Ego ecris cet scripta manu in domo espirit fantasti.«

Guillaume nickte. »Für den ersten Satz lautete der Schlüssel ›FRANCESCOBARBERINI‹, für den zweiten ›CARDINALEPONTIFICALE‹. Aber weiter bin ich noch nicht gekommen.«

»Ich habe einen Bruder mit Namen Antonio, ebenfalls Kardinal des Papstes«, übersetzte Tabea. »Ich schreibe dieses Manuskript im Haus ...« Sie zögerte. »Fantastischer Geist? Was soll das sein?«

»›Espirit fantasti‹ ist provenzalisch und bedeutet ›Geist der Fantasie‹«, erklärte Lilou. »So heißt das Haus, in dem Francesco und Antonio Barberini gelebt haben.«

»Woher weißt du das denn?« Guillaume sah sie überrascht an.

»Ich habe Commissaire Demoireau davon erzählt.« Lilou hob die Schultern. »Er kannte die Namen der beiden Brüder und hat mir die Legende erzählt, die sich um sie rankt.«

»Eine Legende? Wie spannend!«

Lilou fasste in kurzen Worten zusammen, was sie von Demoireau gehört hatte. »Du findest bestimmt noch mehr, wenn du googelst«, sagte sie. »Und ich wette mit dir, der nächste Schlüssel lautet ›ESPIRITFANTASTI‹.«

IM JAHRE DES HERRN 1644 ENDET LEIDVOLL DER GLANZ DES HAUSES BARBERINI. DER HEILIGE GOTT HAT ENTSCHIEDEN, UNSEREN ONKEL, DEN PAPST, NACH EINEM LANGEN UND GOTTGEFAELLIGEN LEBEN ZU SICH ZU RUFEN. DIE KURIE WAEHLT GEGEN UNSEREN WILLEN DEN KARDINAL PAMPHILI ZUM PAPST INNOCENT X. DIESER KLAGT AN MEINE FAMILIE WEGEN VERBRECHEN GEGEN DEN HEILIGEN STUHL UND GEGEN DIE HEILIGE KATHOLISCHE KIRCHE.

IN UNSERER VERZWEIFLUNG FLOHEN WIR IN DIE STADT PARIS IM LANDE FRANKREICH ZU UNSEREM FREUND DEM KARDINAL MAZARIN, WELCHER ERWIRKTE ALSBALD UNSERE RESTITUTION.

AUF SEINEN RAT HIN UND UM UNSERER SICHERHEIT WILLEN BLEIBEN WIR JEDOCH FERN VON UNSERER HEIMATSTADT ROM IN DER FREMDE. SO BEZIEHEN WIR NUN QUARTIER IN DIESEM HAUS IM SCHOENEN COMTAT VENAISSIN.

KAPITEL 9

Lilou fand Simon in der Gaststube des *Chez Amande,* wo er grübelnd an einem der Tische vor rund um ihn ausgebreiteten Papieren saß.

»Ah, Hon, ist es schon so spät?«, fragte er.

Lilou nickte. »Es ist nach sechs.« Sie ging zu ihm hinüber und gab ihm einen Kuss. »Was machst du?«

»Ich muss in den nächsten Tagen ein paar Entscheidungen treffen«, antwortete er und zeigte auf die Papiere.

Lilou warf einen Blick darauf. Es waren Bewerbungsunterlagen, stellte sie fest. Auf einem der Blätter erkannte sie das angeheftete Foto von Mersoud Aligot, dem Mann, den ihr Simon als seinen künftigen Souschef vorgestellt hatte. »Ich dachte, du hast dich schon entschieden?«

»Nicht bei allen«, erwiderte er. »Mersoud ist klar, einen Besseren bekomme ich nicht. Aber bei den Servierkräften bin ich hoffnungslos überfordert.« Er verdrehte die Augen.

»Ich glaube nicht, dass ich dir dabei helfen kann«, erwiderte Lilou. »Das musst du selber entscheiden.«

»Ich weiß.« Er stand auf und streckte sich. »Ich glaube, ich brauche frische Luft«, sagte er. »Was hältst du davon, wenn wir ein paar Sachen zusammenpacken, irgendwohin rausfahren und ein Picknick machen?«

Lilou grinste. »Es ist ja nicht so, als ob ich den ganzen Tag nur herumgesessen hätte«, sagte sie. »Aber für ein Picknick bin ich immer zu haben.« Das war nicht einmal gelogen – Simons Picknicks waren immer etwas ganz Besonderes. »Warst du einkaufen?«

Er nickte. »Ich war heute Morgen auf dem Markt«, sagte er. »Bevor ich in all dem Papierkram versackt bin.«

»Dann verschwinde ich ins Bad und ziehe mich um, während du dich ums Essen kümmerst.« Sie umarmte ihn kurz. »In Ordnung?«

»In Ordnung.«

Wenig später saßen sie im Auto, und Lilou steuerte den Kangoo durch den Feierabendverkehr. Sobald sie die Landstraße erreicht hatten, wurde der Verkehr weniger, und Lilou trat aufs Gas.

»Wo fahren wir hin?«, fragte Simon.

»Lass dich überraschen«, antwortete Lilou und warf ihm einen verschmitzten Seitenblick zu.

Simon hatte die Seitenscheibe heruntergekurbelt und den Ellbogen im Fenster abgestützt. Er kniff die Augen gegen die Sonne zusammen, seine Haare flatterten im Fahrtwind, er sah abenteuerlustig und sehr, sehr liebenswert aus. Lilou seufzte und konzentrierte sich wieder auf den Verkehr.

Ein Stück hinter Carroux bog Lilou auf einen kleinen Parkplatz ein und stellte den Kangoo unter den überhängenden Zweigen eines Nussbaums ab. Die Sonne stand schon tief, als sie die schmale Straße zum Lac du Péty hinaufstiegen. Vor der ersten Kurve deutete Lilou nach links, und sie folgten einem schmalen Pfad durch ein lichtes Gehölz aus jungen Bäumen und niedrigen Sträuchern.

»Ich bin wirklich gespannt, was du mir zeigen willst«, meinte Simon und sah sich um. »Ich dachte, wir fahren hinauf zum See.«

»Nein, diesmal nicht.« Lilou deutete nach vorne. »Wir sind gleich da.« Sie schulterte den Rucksack mit der Picknickdecke und dem Geschirr und schritt weiter aus.

Die Bäume wurden spärlicher, das Gestrüpp nahm überhand, doch der Weg war gut ausgetreten und schlängelte sich um dichte Hecken herum, bis er unvermittelt an einem Olivenhain endete. Vor ihnen erstreckten sich die Bäume über mehrere Terrassen den Hügel hinauf. Der Weg war kaum mehr als eine Spur in der staubigen Erde, doch ihr Ziel war bereits zu sehen. Über ihnen am Hang leuchteten gelbe Mauern im Licht der Abendsonne, und Lilou hielt an. »Da wollen wir hin«, sagte sie und deutete nach oben.

»Eine Ruine?« Simon kniff die Augen zusammen. »Wie cool!«

»Ja.« Lilou strich sich das Haar aus der Stirn. »Irgendwie hat die mit unserem Vermisstenfall zu tun«, sagte sie. »Ich erzähle es dir beim Essen. Aber nun lass uns weitergehen, sonst ist die Sonne weg, bis wir da sind.«

Simon setzte sich wieder in Bewegung. Oben angelangt, blieb er stehen und sah sich um. Von hier hatte man eine wunderbare Fernsicht über die fruchtbare Ebene rund um Carpentras hinweg. Der Fluss Mède schlängelte sich als baumbestandener Streifen zwischen Weinfeldern und Olivenhainen hindurch, und die Stadt war im flirrenden Abendlicht nur zu erahnen. »Ich glaube, hier hätte ich auch gebaut«, meinte Simon und deutete auf die alten Mauern.

Lilou nickte und nahm das Gebäude in Augenschein. Es war nicht allzu groß, aber zwei Stockwerke hoch und hatte offenbar sogar einmal einen Turm besessen, von dem nur noch eine bröckelige Mauerkrone zu erkennen war. Die Fenster waren vergittert und der Zugang mit einem schweren Gittertor verschlossen. »Schade, man kann nicht hinein«, stellte sie fest.

»Sieh mal, hier ist ein Schild!« Simon winkte sie heran. Er beugte sich vor und las den Text. »Hier steht, dass es dadrin spukt!«

»Ja, das ist Teil der Geschichte.« Lilou breitete die Decke am Fuß der Mauer aus. »Kommst du bitte mit dem Essen? Ich bin am Verhungern.«

Simon lachte. Er wandte sich von dem Schild ab, kam heran und stellte den Picknickkorb auf die Decke. Lilou verteilte Teller. »Was hast du mitgebracht?«, fragte sie.

»Ich habe heute Morgen frische Tapenades vom Markt geholt. Dazu gibt es Baguette rustique und einen Salade aux tomates.« Er zog zwei kleine Flaschen aus dem Korb. »Und ich habe deutsches Bier gekauft.«

Lilou liebte Tapenade, die provenzalische Paste aus Oliven und Anchovis, die meist als Vorspeise oder Häppchen ohne weitere Zutaten auf Brot gegessen wurde. Sie schnupperte entzückt. »Du hast auch Käse mitgebracht«, stellte sie fest.

»Stimmt.« Er nickte. »Der Bauer mit den Tapenades hatte auch Ziegenkäse.«

»Sehr gut.« Ihr Magen knurrte hörbar, und sie hielt ihm den Teller hin. »Einmal von allem, bitte.«

Simon hatte nicht nur schwarze und grüne Tapenaden gekauft, sondern auch eine rote, die aus rosafarbenen Oliven und getrockneten Tomaten bestand und so köstlich schmeckte, dass Lilou die letzten Reste mit einem Stück Baguette aus der Schale wischte. So etwas würde es in Paris auch nicht geben, ging ihr durch den Kopf, und rasch verdrängte sie den Gedanken.

Nach dem Essen saßen sie nebeneinander an die sonnenwarme Mauer gelehnt und genossen die letzten Sonnenstrahlen. Der orangerote Ball versank langsam hinter dem Horizont, zarte Schleierwolken färbten sich rosarot, und der Himmel nahm einen tiefen Lilaton an. Schließlich leuchteten nur noch die Klippen der Dentelles im nordwestlichen Hügelzug golden am Horizont.

»Nun erzähl schon, was ist das für eine Geschichte mit dem Haus?«, fragte Simon und legte den Arm um Lilous Schulter.

»Wir arbeiten gerade an einem Vermisstenfall«, begann Lilou und nahm einen Schluck aus ihrer Bierflasche. »Ein Wissenschaftler der Bibliothèque l'Inguimbertine ist nicht von seinem Urlaub zurückgekehrt. Das Letzte, womit er sich beschäftigt hat, ist eine Handschrift aus dem siebzehnten Jahrhundert, und die wurde von einem Mann verfasst, der damals hier gelebt hat.« Sie deutete mit der Flasche auf die Mauern hinter ihnen. Der warme Goldton der Fassade war verblasst, die Fensterhöhlen waren nur noch dunkle Löcher.

»Verstehe.« Simon nickte. »Und was hat es mit dem Spuk auf sich?«

»Eine Legende besagt, dass der Mann ein Alchemist war und zusammen mit seinem Bruder irgendwelche Elixiere verkauft hat. Im Streit soll er seinen Bruder getötet haben, der seither angeblich als Geist hier umgeht.« Sie grinste schief. »In Wahrheit waren es zwei Kirchenmänner, die sich in diesem Haus vor der Verfolgung durch den Papst versteckten.«

»Und worum geht es in dieser Handschrift?«, wollte Simon wissen.

»Das wissen wir noch nicht.« Lilou zuckte mit den Schultern. »Das Manuskript ist in einer Geheimschrift verfasst, die Guillaume erst entschlüsseln muss.«

»Das klingt ja wirklich spannend«, meinte Simon und trank sein Bier aus, dann stand er auf und streckte sich. »Aber ich schätze, wir sollten besser zurückgehen, bevor es ganz dunkel ist.«

»Ja, du hast recht.« Lilou half ihm, die Teller und das Besteck zu verstauen, dann ging sie nochmals hinüber zu dem vergitterten Eingang. »Schade, dass hier alles verschlossen ist«, meinte sie und rüttelte am Gittertor. »Ich hätte es mir gern auch von drinnen angesehen.«

»Da sind doch nur überwucherte Steine«, gab Simon zurück. »Komm, Hon, sonst brechen wir uns beim Abstieg noch die Beine.«

Lilou war in einem wirren Traum gefangen, als sie vom leisen Brummen ihres Telefons geweckt wurde. Die Ruine Pré Fantasti, die Geheimschrift aus dem Buch und ziemlich viel Blut hatten eine Rolle gespielt, doch noch während sie nach ihrem Telefon tastete, verblassten die Bilder bereits.

»*Allo*«, meldete sie sich mit belegter Stimme.

»Hier ist Commissaire Demoireau«, antwortete ihr Chef mit unangenehm munterem Tonfall. »Sie müssen sofort herkommen, es gibt Neuigkeiten!«

Noch bevor Lilou nachfragen konnte, hatte er schon aufgelegt. Sie streckte sich unter der dünnen Decke, hörte ein paar Atemzüge lang Simon beim Schlafen zu, dann schwang sie seufzend die Beine aus dem Bett. Inzwischen hatten sie es sogar zu einem richtigen Bett gebracht, auf vier massiven Beinen und mit einer guten Matratze – kein Vergleich zu dem fleckigen Ding auf dem staubigen Fußboden, das Simon bei seinem Einzug in die zweite Dachgeschosswohnung vorgefunden hatte.

Auf nackten Füßen tappte sie zu ihrer eigenen Wohnung hinüber, leise, um ihn nicht zu wecken. Sie schlüpfte in die Uniformhose, holte eine frische Bluse aus dem Schrank, streifte sie über und schnürte die festen Schuhe zu, dann lief sie rasch die Treppe hinunter.

Die Stadt lag still und kühl im Morgenlicht. Es war noch nicht einmal acht, die üblichen Bummler und Flaneure lagen alle noch in ihren Betten, doch die Ladenbesitzer waren bereits auf den Beinen, stellten Ständer und Auslagen auf die Bürgersteige und bereiteten sich auf einen neuen Arbeitstag vor.

Bei einem Bäcker erstand Lilou einen Café à emporter und ein Pain au chocolat, das musste als Frühstück heute reichen. Am letzten Bissen kauend, erreichte sie die Dienststelle, warf den leeren Becher in den Mülleimer und stieg die Treppen zu Demoireaus Büro hinauf.

»Haben Sie verschlafen?«, begrüßte Demoireau sie und klang noch immer viel zu motiviert für Samstagmorgen.

»Ich habe eigentlich dienstfrei«, gab Lilou zurück und gähnte ungeniert.

»Papperlapapp«, antwortete der Commissaire. »Wir haben einen Fall, da gibt es kein Wochenende.«

»Das auf dem Buch ist also Corsaints Blut?«, schloss Lilou messerscharf und war auf einmal hellwach.

»Genauso ist es.« Demoireau deutete auf die Zettel auf seinem Schreibtisch. »Capitaine Mistral ist irgendwann in den frühen Morgenstunden fertig geworden.«

»Und was heißt das jetzt?« So ganz wach war Lilou noch immer nicht.

Demoireau sah sie missbilligend an. »Wenn wir der Aussage von Madame Forléans Glauben schenken, und es gibt keinen Grund, das nicht zu tun, ist Philbert Corsaint möglicherweise im Rahmen des Diebstahls des Buchs etwas zugestoßen«, antwortete er. »Deshalb werden wir Hassan Aguadé dazu befragen. Ich habe bereits veranlasst, dass er aus dem Untersuchungsgefängnis hergebracht wird.«

Lilou nickte. Tatsächlich war diese Befragung bereits überfällig, aber bis jetzt hatten sie außer vagen Vermutungen nichts in der Hand gehabt.

Demoireau schob seinen Stuhl zurück und stand auf. »So lange, wie Sie gebraucht haben, müsste er inzwischen hier sein«, sagte er.

»Sorry.« Lilou gab sich zerknirscht. »Ich habe mir keinen Wecker gestellt, weil ich angenommen habe, Sie würden mich ohnehin anrufen, wenn es etwas Neues gibt.«

»Womit Sie ja auch recht hatten«, gab Demoireau zurück und schmunzelte.

Lilou verbarg ihre Überraschung und verkniff sich ein Grinsen. Erneut fiel ihr auf, dass so eine Vertraulichkeit seitens ihres Chefs vor einigen Wochen noch völlig undenkbar gewesen wäre.

Hassan Aguadé war ein gut aussehender Mann mit selbstsicherem Auftreten. Er hatte ein langes Gesicht, dunkles Haar und melancholische haselnussbraune Augen, die in Lilou spontan den Wunsch weckten, ihn zu trösten. Unwillkürlich musste sie an Corinne Peyrefitte denken, die sie bei ihrem letzten Fall kennengelernt hatten. Die Gattin eines angesehenen Olivenbauern hatte sich von Hassan Aguadés Charme blenden lassen und ihm, ohne es zu bemerken, über längere

Zeit günstige Gelegenheiten für die Einbrüche seiner Bande verraten.

Doch auf Demoireaus Frage nach Philbert Corsaints Verbleib schüttelte er nachdrücklich den Kopf. »Wer soll das sein, *mon commissaire?*«, fragte er. »Den Mann kenn ich nicht.«

»Er hatte mit einem Buch zu tun, das Sie bei einem Ihrer Einbrüche gestohlen haben«, antwortete Demoireau.

»Ein Buch?« Aguadé riss mit einer dramatischen Geste die Augen auf. »Meinen Sie *das* Buch?«

»Was wissen Sie von dem Buch?«, fragte Lilou.

»Nun, falls Sie von diesem einen Buch reden – das ist schuld dran, dass Sie uns geschnappt haben.« Er machte ein finsteres Gesicht.

»Das müssen Sie uns genauer erklären«, sagte der Commissaire.

»Einer meiner Leute hat ein Buch mitgehen lassen, weil's offen rumlag und weil's wertvoll ausgesehen hat. Das muss bei einer der letzten Touren gewesen sein.« Er hob die Schultern. »Aber es war in einer ganz komischen Schrift geschrieben, keiner von uns konnt es lesen. Deshalb wollt es unser Hehler auch nicht nehmen. Er hat wohl Angst gehabt, dass er deswegen Schwierigkeiten kriegt.« Er sah Demoireau treuherzig an. »Also hab ich es einem Antiquitätenhändler in L'Isle-sur-la-Sorgue angeboten, und der hat uns dann verpfiffen.« In gespielter Unschuld breitete er die Hände aus. »Ohne das Buch hätten Sie uns nie erwischt.«

Demoireau verzog geringschätzig das Gesicht. »Seien Sie sich da mal nicht so sicher.«

»Und Sie haben bestimmt nicht Phil Corsaint deswegen kontaktiert?«, fragte Lilou.

»Nee, wieso hätt ich das tun sollen?« Aguadé sah sie interessiert an und ließ seine Blicke vom Ausschnitt ihrer Bluse nach unten wandern. »Wer soll das überhaupt sein?«

Unwillkürlich verschränkte Lilou die Arme vor der Brust. »Er ist Spezialist für alte Handschriften in der Bibliothèque l'Inguimbertine«, erklärte sie. »Er hätte Ihnen sagen können, was es wert ist. Wahrscheinlich hätte er es sogar lesen können.«

Der Marokkaner schüttelte den Kopf. »Nee, hab ich nicht. Was drin steht, hat mich doch nicht interessiert.«

»Sind Ihnen die Blutflecke auf dem Einband aufgefallen?«, fragte Demoireau.

»Blut?« Er starrte den Commissaire an. »Jetzt versteh ich, Sie wollen mir noch was anhängen! Aber nicht mit mir! Ich sag jetzt gar nichts mehr.« Er verschränkte die Arme und presste die Lippen aufeinander.

»Niemand will Ihnen etwas anhängen«, knurrte Demoireau. »Zumindest nichts, was Sie nicht getan haben.«

Aguadé sah ihn finster an und schwieg.

»Wir befürchten, dass Philbert Corsaint einem Verbrechen zum Opfer gefallen ist«, erklärte Lilou mit bemüht sanfter Stimme. »Wir bitten Sie nur um Hilfe bei der Aufklärung.«

»Mich um Hilfe ...« Der Mann stutzte, dann begann er zu grinsen. »Was bekomm ich denn, wenn ich Ihnen was erzähle?«

Demoireau machte eine wegwerfende Handbewegung. »Vergessen Sie's. Sie haben doch gerade gesagt, dass Sie nichts wissen.«

»Das muss ja nicht stimmen.« Aguadé sah ihn lauernd an.

Der Commissaire stand auf. »Kommen Sie«, sagte er zu Lilou und wandte sich zur Tür.

Lilou stand ebenfalls auf.

»Was ist jetzt mit mir?«, rief Aguadé ihnen hinterher. »Soll ich nicht antworten?«

Demoireau wandte sich zu ihm um. »Ich dachte, Sie wissen nichts?«

Aguadé ließ den Kopf hängen. »Ja, da waren Flecken auf dem Buch«, sagte er. »Der beschissene Antiquitätenhändler in L'Isle-sur-la-Sorgue hat sie gesehen und hat sie mir gezeigt. Und dann hat er gesagt, dass er mir deshalb nicht viel Geld dafür zahlen kann. Und während wir noch verhandelt haben, sind auf einmal die *flics* vor der Tür gestanden.«

»Waren die Blutflecke frisch oder alt?«, fragte Lilou. »Konnten Sie das erkennen?«

Aguadé hob die Schultern. »Keine Ahnung. Ich hab doch nicht einmal gewusst, dass das Blut ist. Rot waren sie jedenfalls nicht, mehr so hellbraun.«

Demoireau nickte. »In Ordnung.« Er winkte dem Beamten, der vor der Tür stand. »Bringen Sie ihn weg.«

»Hey«, rief Aguadé. »Was bekomm ich jetzt für meine Hilfe?«

Der Commissaire betrachtete ihn einen Augenblick lang. »Ich werde veranlassen, dass Sie heute Mittag ein zweites Dessert bekommen«, sagte er mit ernster Miene.

Lilou unterdrückte ein Kichern.

Aguadé fluchte auf Arabisch und spuckte vor Demoireau auf den Boden. Der Beamte, es war Tairousse, ergriff ihn am Arm und führte ihn nach draußen.

»Was halten Sie davon?«, fragte Lilou, während sie die Treppen nach oben stiegen. »Glauben Sie ihm?«

Demoireau runzelte die buschigen Brauen, dann nickte er. »Seine Geschichte klingt plausibel«, sagte er.

»Und er erscheint nicht wie ein Typ, der sich an eine Bibliothek wendet, um Auskunft zu erhalten«, ergänzte Lilou. »Aber woher kommen dann die Blutflecke?«

»Die können auch eine ganz harmlose Ursache haben«, brummte Demoireau. »Vielleicht hatte Corsaint einfach Nasenbluten.«

Lilou nickte. »Das ist wahr. Dann würden sie gar nichts bedeuten.«

Der Commissaire hob die Schultern. »Nichtsdestotrotz werde ich jetzt Staatsanwalt Beringer aus dem Wochenende holen, ihn über den Fall informieren und ihn bitten, uns die Ermittlungen aufnehmen zu lassen. Die Menge an Indizien ist inzwischen mehr als groß genug.«

»Ist Guillaume noch da?«, fragte Lilou. »Ich würde gern sehen, wie weit er mit der Übersetzung des Buches gekommen ist«, fuhr sie fort. »Ist das okay, oder brauchen Sie mich?«

»Nein, gehen Sie nur. Aber kommen Sie bitte nachher in mein Büro.«

DIESE AUSSERORDENTLICHE VILLA GEHOERT MEINEM GESCHAETZTEN FREUND, DEM MARQUIS DU PUY. ER LIESS SIE FUER SICH ERRICHTEN ALS SOMMERRESIDENZ IN DEN HUEGELN AM FUSS DES SEES PETY VOR DEN TOREN DES DORFES CARROUX.
DIE LANGEWEILE QUAELT UNS SEHR, DA WIR GEWOHNT SIND AN DIE GROSSE STADT ROM UND IHRE VERGNUEGUNGEN. WIR KORRESPONDIEREN MIT GELEHRTEN MAENNERN IN DER HEIMAT, DOCH DAS SCHREIBEN VON BRIEFEN ERSETZT UNS NICHT DIE KLUGEN GESPRAECHE, DIE WIR FRUEHER ZU JEDER ZEIT FUEHREN KONNTEN.
HIER LEBEN NUR TUMBE BAUERN, DER SCHRECKLICHE PFAFFE UND DIE HEILIGEN SCHWESTERN DER URSULINEN. DER PFAFFE IST EIN LAECHERLICHER MANN, DER LIEBER AN GEISTER GLAUBT ALS AN DIE WISSENSCHAFT. ZU UNSERER ANKUNFT WAR ER FREUNDLICH UND BUCKELTE VOR DEM ROTEN HUT DER KARDINAELE, DOCH NUN MEIDET ER UNSER HAUS. SO VERTREIBEN WIR UNS DIE ZEIT MIT EXPERIMENTEN ALLER ART UND DER SUCHE NACH DEM MYSTERISCHEN STEIN DER WEISEN.

KAPITEL 10

Lilou fand Guillaume mit müden Augen an seinem Schreibtisch vor. »Hey, hast du die Nacht durchgemacht?«, fragte sie.

Er hob die Schultern. »Ich musste ja ohnehin warten, bis der DNA-Abgleich durchgelaufen ist«, erklärte er. »Also konnten wir auch mit der Übersetzung weitermachen.« Er wies auf ein abgewetztes Sofa, das in der Ecke unter dem Fenster stand. »Nur Tabs hat irgendwann aufgegeben.«

Lilou schmunzelte. Tabea Kellermann lag zusammengerollt wie ein Embryo auf dem Sofa und schlief mit geöffnetem Mund. Ihre lange Jacke hatte sie wie eine Decke über sich gebreitet. Sie sah sehr jung aus, und auf Guillaumes Gesicht lag ein ungewohnter Ausdruck von Zärtlichkeit, als er sie betrachtete.

»Wie weit seid ihr gekommen?«, fragte sie.

Guillaume streckte sich, dann verschränkte er die Finger und ließ die Gelenke knacken. »Es ist nicht so einfach«, erklärte er. »Die Seiten sind in sich noch einmal gefaltet, dadurch ist es manchmal schwierig, die richtige Reihenfolge der Sätze festzustellen. Aber wir sind ein ganzes Stück weitergekommen.« Er wies auf den Monitor.

Lilou beugte sich vor und las laut: »Diese außerordentliche Villa gehört meinem geschätzten Freund, dem Marquis du Puy. Er ließ sie für sich errichten als Sommerresidenz …«

»Interessant«, stellte Lilou fest und schnitt eine Grimasse. »Also, eigentlich nicht.«

Guillaume rollte mit den Augen. »Was hast du denn erwartet?«, fragte er.

»Ach, ich weiß auch nicht«, erwiderte Lilou. »Ich habe wohl gehofft, es erschließt sich ein Zusammenhang mit unserem Vermisstenfall.« Sie hob die Schultern. »Da tappen wir nämlich noch ziemlich im Dunkeln.«

»Was willst du denn, wir haben doch erst gestern angefangen.« Tabea rappelte sich vom Sofa hoch und zog ihre Jacke wieder an. »Du musst geduldig sein.« Sie schlug sich mit der Hand vor den Mund und wurde rot. »Entschuldigen Sie, Sie darf ich ja nicht duzen.«

»Ist schon okay«, sagte Lilou und lächelte sie freundlich an. »Ich heiße Lilou.«

»Ich heiße Tabea«, erwiderte die Studentin ernsthaft und hielt ihr die Hand hin. »Ich bin sehr erfreut.«

Lilou unterdrückte ein Grinsen und erwiderte den Händedruck. »Ihr wart sehr fleißig«, sagte sie. »Ihr könnt ja nichts dafür, dass ich mir etwas anderes erhofft habe.«

»Das kann man wohl sagen.« Guillaume stieß sie spielerisch mit dem Ellbogen in die Seite. »Dafür haben wir schon ein paar der Pflanzenbilder identifizieren können. Sieh mal.« Er rief eine Bilddatei auf dem Monitor auf, die Skizze einer Blume, recht simpel gezeichnet, aber hübsch koloriert. »Das ist zum Beispiel *sarriette,* Bohnenkraut. Der botanische Name ist immer der Schlüssel zur Decodierung der Beschreibung.«

In diesem Moment klingelte Lilous Telefon. »Mademoiselle Braque?« Es war Commissaire Demoireau. »Kommen Sie bitte sofort in mein Büro, es hat sich etwas Neues ergeben!«

Lilou deutete auf den Monitor. »Ich hätte es mir gern angesehen«, sagte sie. »Aber ich muss zum Commissaire.«

Tabea war herangekommen. »Wir machen dann mal weiter.«

Lilou nickte. »Ich gebe euch Bescheid, sobald wir etwas wissen.«

Commissaire Demoireau wirkte ungewohnt erregt, als Lilou sein Büro betrat. Er sprang von seinem Stuhl auf und klatschte in die Hände. »Endlich gibt es Fortschritte!«

»Was ist passiert?«, fragte Lilou. »Ist Phil Corsaint wieder aufgetaucht?«

»Nein, das nicht«, antwortete Demoireau. »Aber man hat sein Fahrrad gefunden.«

»Sein Fahrrad?« Lilou zog die Augenbrauen hoch. »Wo denn?«

»Offenbar steht es bereits seit einigen Wochen auf dem Parkplatz eines Restaurants.« Demoireau schüttelte den Kopf. »Allerdings hat man es erst heute für nötig gefunden, uns deshalb zu verständigen.«

»Und woher weiß man, dass es seines ist?«

»Es ist bei Bicycode registriert«, antwortete der Commissaire. »Die Restaurantbesitzerin hat die Nummer durchgegeben, und zum Glück hat Capitaine Emetoit die Meldung aufgenommen und sofort geschaltet.«

Lilou nickte. Sie besaß zwar kein Fahrrad, aber sie kannte natürlich die landesweite Datenbank, in der Fahrräder mithilfe einer Kennnummer registriert und dadurch vor Diebstahl geschützt werden konnten. Die Polizei hatte darauf ebenso Zugriff wie die Gendarmerie.

»Und wo ist das Restaurant?«

»Jetzt kommt es.«Demoireau grinste schief. »Es handelt sich um das *L'Armandine.* Und das befindet sich in unmittelbarer Nähe der Ruine Pré Fantasti, über die wir gestern gesprochen haben.«

Lilou zog die Luft zwischen den Zähnen ein. »Das heißt, das Buch hat doch mit Corsaints Verschwinden zu tun?«

Demoireau hob die Schultern. »Es kann natürlich ein Zufall sein, aber zumindest werden wir zu der Ruine fahren und uns da einmal umsehen.«

»Ich war gestern Abend schon da«, bekannte Lilou. »Ich wollte Simon das Geisterhaus zeigen«, fuhr sie fort und wurde rot. »Aber es ist alles vergittert, man kommt nicht hinein.«

»Hm, hm.« Demoireau kratzte sich am Kopf. »Als ich noch jünger war, war ich oft dort. Damals war nichts abgeschlossen.«

»Wahrscheinlich besteht Einsturzgefahr«, vermutete Lilou. »Oder die Besucher haben zu viel kaputt gemacht.«

»Wohl eher Letzteres«, meinte der Commissaire. »Wir sind als Kinder auch immer auf den Mauern herumgeklettert.«

In diesem Augenblick klopfte es an der Tür. Demoireau hob den Kopf. »Herein!«

Die Tür ging auf, und Madame Adelphe, die Bürgermeisterin, betrat das Büro. Sie trug legere Kleidung, eine schmal geschnittene Jeans zu einer leuchtend roten Bluse, die ihre blauschwarzen Haare betonte, und dazu passenden Lippenstift. »*Bonjour,* Mademoiselle, *bonjour,* Georges«, sagte sie und begrüßte den Commissaire mit Wangenküssen, was ihm sichtlich peinlich war. »Hast du vergessen, dass wir zum Mittagessen verabredet sind?«

Demoireau rieb sich die Stirn. »Entschuldige, meine Liebe.« Er sah sie schuldbewusst an. »Wir haben einen Vermisstenfall, bei dem sich gerade neue Erkenntnisse ergeben haben. Darüber habe ich es tatsächlich vergessen.«

Die Bürgermeisterin riss in gespielter Theatralik die Arme hoch. »*Mon dieu!*«, rief sie. »Den ganzen Samstagvormittag habe ich an meinem Schreibtisch verbracht und das Durcheinander geradegezogen, das meine Assistentin angerichtet hat. Und jetzt auch noch das!«

»Du hast wieder eine Assistentin?« Demoireau sah sie überrascht an. »Davon hast du mir gar nichts erzählt.«

»Sie ist noch in der Probezeit«, erwiderte Madame Adelphe. »Aber so ungeschickt, wie sie sich anstellt, wird sie die wohl nicht überstehen.« Sie schnaubte entrüstet.

Der Commissaire sah auf die Uhr. »Wie dem auch sei, wir müssen gleich los zum *L'Armandine*.«

»Zu Bérénice?« Madame Adelphes Gesicht hellte sich auf. »Kann ich nicht mitkommen? Wir könnten doch da zu Mittag essen!«

Der Commissaire schüttelte den Kopf. »Es tut mir leid, Francine, aber das ist dienstlich.«

»Darf ich wenigstens wissen, worum es geht?«

Demoireau runzelte die Stirn. »Nun, warum nicht.« Mit kurzen Worten setzte er die Bürgermeisterin ins Bild. »Jedenfalls müssen wir nun das Fahrrad sicherstellen, und anschließend sehen wir uns an der Ruine um.«

»Für die wir einen Schlüssel brauchen«, erinnerte Lilou.

»Das ist richtig. Ich versuche gleich, den Bürgermeister von Carroux zu erreichen. Der müsste wissen, wer die Schlüssel hat.«

»Ich habe seine Privatnummer, falls dir das hilft«, warf Madame Adelphe ein und hatte das Telefon schon in der Hand. »Soll ich ihn anrufen?«

Demoireaus Gesicht hellte sich auf. »Ja, das wäre nett. Das spart uns Zeit.«

Die Bürgermeisterin wandte sich ab. »Caribert? Hier spricht Francine. Hast du einen Moment Zeit?« Sie erklärte ihr Anliegen, dann deckte sie das Mikrofon mit der Hand ab. »Er sagt, ihr sollt gleich zu ihm kommen. Offenbar gibt es da ein Problem.«

Demoireau hob die Brauen, aber er nickte. »Sag ihm, wir kommen.«

Francine Adelphe nahm die Hand vom Telefon. »Ja, er kommt vorbei. In zwanzig Minuten?« Sie sah Demoireau fragend an, und er nickte erneut. »Ja. Ich sage es ihm.« Sie beendete das Gespräch. »Ihr sollt ihn in der *mairie* treffen. Er wartet auf euch.«

»In Ordnung.«

»Und was ist jetzt mit Bérénice?«, fragte die Bürgermeisterin. »Was hat sie damit zu tun?«

»Das wissen wir nicht«, antwortete Demoireau. »Das Fahrrad des Vermissten wurde auf dem Parkplatz ihres Restaurants gefunden, und wir müssen herausfinden, wie lange es da schon steht. Das wird uns hoffentlich helfen, den Zeitpunkt seines Verschwindens noch besser einzugrenzen.«

Madame Adelphe nickte. »Soll ich nicht doch mitkommen? Ich esse oft bei Bérénice und kenne sie gut.«

Der Commissaire schüttelte verneinend den Kopf. »Francine, das geht nicht. Das ist eine polizeiliche Ermittlung.«

»Na gut.« Sie grinste. »Aber du kannst mich nicht daran hindern, dass ich im *L'Armandine* zu Mittag esse, oder?«

»Natürlich nicht.« Demoireau machte eine hilflose Geste. »Aber bitte misch dich nicht in meine Arbeit ein.«

Lilou unterdrückte ein Grinsen. Die temperamentvolle Bürgermeisterin und der bedächtige Commissaire – ein gegensätzlicheres Paar konnte man sich fast nicht vorstellen.

»Das werde ich nicht tun, Georges.« Madame Adelphe beugte sich vor und gab ihm einen Kuss auf die Wange. »Versprochen.«

Caribert Brunel war ein älterer Mann mit spiegelnder Glatze und einem so ausladenden Schnurrbart, dass es aussah, als wäre ihm ein Teil seiner Haare vom Oberkopf ins Gesicht gerutscht. Er begrüßte Lilou und Demoireau mit betriebsamer Herzlichkeit am Eingang zur *mairie* und schien kaum zuzuhören, als der Commissaire Lilou vorstellte.

Er führte sie in sein Büro im ersten Stock, einem großen Raum mit fußbodentiefen Fenstern, die auf einen baumbestandenen Platz hinausgingen. »Sie wollen zu Pré Fantasti?«, begann der Bürgermeister ohne Umschweife. »Darf ich fragen, warum?«

Der Commissaire setzte seine offizielle Miene auf. »Wir ermitteln in einem Vermisstenfall«, begann er. »Und es sieht so aus, als hätte die Ruine etwas damit zu tun.«

Monsieur Brunel machte ein bekümmertes Gesicht. »Es tut mir wirklich leid«, sagte er. »Aber das geht nicht.«

»Was?« Demoireau runzelte die Brauen. »Wieso nicht?«

»Ich habe den Schlüssel nicht«, meinte der Bürgermeister und spreizte in einer entschuldigenden Geste die Hände. »Verzeihen Sie bitte.«

»Aber das ist doch …«, fuhr Demoireau auf.

»Lassen Sie mich erklären, *mon commissaire*«, unterbrach ihn Brunel und deutete auf eine zierliche Sitzgruppe mit bestickten Kissen und verschnörkelten Löwenfüßen.

Demoireau nahm vorsichtig auf dem Sofa Platz, Lilou blieb abwartend stehen. Der Bürgermeister setzte sich in einen ausladenden Sessel mit breiten Armlehnen, der ein bisschen wie ein Thron wirkte.

»Ich höre«, sagte der Commissaire.

»Vor einigen Wochen war ein junger Mann bei mir«, begann Monsieur Brunel. Lilou horchte auf. »Er stellte sich als Wissenschaftler der Bibliothèque l'Inguimbertine vor und bat mich um die Schlüssel.« Wieder spreizte der Bürgermeister die Hände. »Natürlich habe ich sie ihm gegeben. Wir haben öfters solche Anfragen. Archäologen, Historiker, Fotografen. Einmal war sogar ein Filmteam da. Und bisher war das auch nie ein Problem.«

»Bis auf dieses Mal?«, fragte Lilou.

Caribert Brunel sah sie erstaunt an, als nähme er ihre Anwesenheit jetzt erst wahr. »Genau.« Er nickte nachdrücklich. »Der junge Mann war drei oder vier Mal hier. Normalerweise hat er den Schlüssel am Nachmittag bei mir abgeholt und ihn später in den Briefkasten der *mairie* geworfen, wenn er fertig war. So hatten wir es vereinbart.« Der Bürgermeister machte ein betrübtes Gesicht. »Aber irgendwann war der Schlüssel weg. Erst ist es mir gar nicht gleich aufgefallen, und dann dachte ich mir nichts dabei. Es hätte ja sein können, dass er ihn ein paar Tage länger brauchte. Aber als er nach einer Woche noch immer nicht wieder aufgetaucht war, habe ich ihn zuerst angerufen und ihm dann einen Brief geschrieben.« Der Mann hob die Schultern.

»Keine Antwort?«, fragte Demoireau.

»Nein.« Brunel schnitt eine Grimasse. »Sie halten mich jetzt wahrscheinlich für sehr naiv.«

»Hm, hm.«

Lilou glaubte zu wissen, was in Demoireau vorging.

»Wenn Sie bis jetzt mit Ihrem Vertrauen gut gefahren sind, kann man es Ihnen ja nicht verdenken.«

»Ich weiß selber, dass das dumm war«, gab der Bürgermeister zu. »Aber wissen Sie, wir sind ein kleines Dorf. Bei uns zählen noch das Wort und ein Handschlag.«

Demoireau nickte. Er kam selbst aus so einem kleinen Dorf, wie Lilou wusste, und wahrscheinlich kannte er das gebräuchliche System mündlicher Absprachen und Zusagen aus seiner alten Heimat nur zu gut. »Wie heißt denn der junge Mann?«

»Sein Name ist Phil Corsaint«, antwortete Monsieur Brunel.

Demoireau sah Lilou an, sie nickte.

»Der Name überrascht Sie nicht«, stellte der Bürgermeister fest.

»Nein.« Demoireau erhob sich. »Tatsächlich ist das unser Vermisster. Können Sie mir sagen, wann er zuletzt hier war?«

Caribert Brunel stand ebenfalls auf. »Augenblick bitte, da muss ich nachsehen.« Er ging zu seinem Schreibtisch. »Er hat mir den Empfang der Schlüssel natürlich jedes Mal quittiert.« Er schlug ein Schulheft auf und blätterte einige Seiten um. »Hier. Gestern waren es genau vier Wochen.«

Demoireau nickte. »Ja, das passt zu dem, was wir bis jetzt wissen.«

»Und was werden Sie jetzt tun?«, fragte der Bürgermeister.

»Wir rufen die Feuerwehr«, antwortete Demoireau und zuckte mit den Schultern. »Die werden das Gitter aufschweißen.«

»Monsieur le Commissaire, bitte!«, rief der Bürgermeister und rang die Hände. »Ist das denn wirklich notwendig?«

»Haben Sie eine bessere Idee?«

Caribert Brunel kratzte sich am Nacken. »Nun ja. Ich kann meinen Schwiegersohn fragen.«

»Ihren Schwiegersohn?« Demoireaus Augenbrauen hoben sich.

»Er hat einen Schlüsseldienst, drüben in Bedrange«, erklärte der Bürgermeister. »Er kann das Schloss bestimmt öffnen, ohne dass gleich alles kaputtgeht.«

Demoireau klatschte in die Hände. »Worauf warten Sie dann noch? Rufen Sie ihn an!«

Der Mann vom Schlüsseldienst hatte zugesagt, so schnell wie möglich zur Ruine zu kommen. Demoireau stellte den grauen Peugeot auf dem Parkplatz des *L'Armandine* im Schatten einer Felswand ab und wies auf einen schmalen Trampelpfad, der am Ende des Parkplatzes die Böschung hinaufführte. »Von hier aus ist es kürzer«, meinte er.

Sie erklommen den Pfad, überquerten einen Hang, der mit niedrigem, krautigem Gestrüpp bewachsen war, und stießen bald auf eine sandige Straße, die nach Süden führte. Demoireau schritt kräftig aus, und schon nach wenigen Minuten konnten sie die Ruine inmitten der Olivenbäume sehen. Eine Gruppe Wanderer näherte sich von der anderen Seite. Schwatzend und lachend umringten sie die Hinweisschilder, und einer, wohl der Führer der Partie, las die alte Legende vor.

Lilou und Demoireau gingen zur Rückseite des Gebäudes, wo sich ein weiterer vergitterter Zugang befand. Lilou spähte durch das Gitter. »Hier war schon lange niemand mehr«, stellte sie fest und wies auf das hohe Gras, das zwischen den Gitterstäben wuchs.

Demoireau nickte und ging langsam weiter an der Mauer entlang. Konzentriert musterte er bei jedem Schritt den Boden, doch die harte Erde verriet ihnen nichts.

Bis sie das Gebäude umrundet hatten, war auch die Wandergruppe weitergezogen. Ihre bunten Rucksäcke verschwanden gerade am Ende des Olivenhains in dem lichten Jungwald, durch den Lilou am Abend zuvor mit Simon gekommen war. Aus der anderen Richtung näherte sich ein junger Mann mit schütterem dunklem Haar, der eine große Tasche schleppte.

»Monsieur le Commissaire?«, fragte er Demoireau und nickte Lilou grüßend zu.

»Der bin ich.« Commissaire Demoireau deutete zur Rückseite der Ruine. »Lassen Sie uns den hinteren Eingang nehmen«, bat er. »Es muss ja nicht jeder sehen, was wir hier tun.«

Der junge Mann nickte und folgte Demoireau um die Ecke zu dem rückwärtigen Gittertor. Er schien sein Handwerk zu beherrschen, denn es erforderte nur ein paar Drehungen eines Werkzeugs, das wie ein kleiner Inbusschlüssel aussah, dann klickte es in dem Mechanismus, und mit protestierendem Quietschen schwang das Tor auf. Der Mann packte sein Werkzeug wieder ein und wollte sich abwenden, doch Demoireau hielt ihn auf.

»Warten Sie bitte. Womöglich gibt es da drinnen noch mehr Schlösser.«

»Wo soll das sein?« Der junge Mann betrat mit sichtlichem Zögern die Ruine.

»Kommen Sie.« Demoireau eilte voraus.

Lilou folgte den beiden Männern langsam und sah sich aufmerksam um. Das Dach des Hauses fehlte, ebenso wie sämtliche Zwischendecken. Die Wände leuchteten im Licht der Sonne, das ungehindert auf den überwucherten Boden fiel. Von den meisten Mauern war der Putz abgefallen und ließ die groben Steine sehen, aus denen das Haus erbaut worden war, doch dort, wo er erhalten war, erstrahlte er in warmen Farben. Lilou bemerkte Spuren von begonnenen Renovierungsarbeiten, die offenbar weiterem Verfall Einhalt gebieten sollten.

Entlang der brüchigen Mauern, die noch standen, hatte sich hohes Gras und Gestrüpp ausgebreitet. In einer Ecke wuchs sogar ein kleiner Baum, der zwischen den losen Steinen Wurzeln geschlagen hatte. Sie sah in alle Räume, oder was davon noch übrig war, doch von ihrem vermissten Wissenschaftler fehlte jede Spur.

Schließlich folgte sie den Stimmen von Demoireau und dem Mann vom Schlüsseldienst, trat durch einen Mauerdurchbruch und blieb überrascht stehen. Der Turm, dessen bröckelnde Zinnen weithin zu sehen waren, war von innen in erstaunlich gutem Zustand. Er erhob sich als quadratischer Bau über die beiden Etagen des Hauses. Der Zugang war durch ein weiteres Gitter versperrt, das der junge Mann gerade öffnete.

»Bitte«, sagte er und steckte sein Werkzeug weg. »War's das?«

»Ja.« Demoireau winkte Lilou heran. »Herzlichen Dank.«

Der Mann vom Schlüsseldienst wandte sich ab. »Wenn Sie fertig sind, ziehen Sie die Tore einfach hinter sich zu«, meinte er. »Am Montag bauen wir neue Schlösser ein.«

Lilou sicherte das Gitter mit einem großen Stein vor dem Zufallen, dann folgte sie Demoireau in den Turm. Eine

Wendeltreppe führte direkt hinter dem Eingang nach oben, endete jedoch bereits nach einer Umdrehung in einer scharfen Kante, die offenbar einst mit dem Obergeschoss verbunden gewesen war. Der Teil, der nach unten führte, schien noch halbwegs intakt zu sein, doch der Abgang war nur durch winzige Maueröffnungen spärlich erleuchtet. Vor ihr erschien ein Lichtkegel – Demoireau hatte in weiser Voraussicht eine Taschenlampe mitgebracht und stieg forsch nach unten. Lilou zog ihr Telefon aus der Tasche, schaltete die Taschenlampe ein und folgte ihm vorsichtig.

Unten leuchtete Demoireau die Wände und den Boden ab. »Ich war seit mindestens dreißig Jahren nicht mehr hier«, sagte er. »Aber es hat sich erstaunlich wenig verändert.«

Lilou leuchtete auf den sandigen Boden in einem Durchgang, der in einen weiteren Raum zu führen schien. Ein leichter Luftzug war zu spüren, und es roch erstaunlich frisch. »Hier sind Fußspuren«, bemerkte sie.

Demoireau ging in die Hocke und musterte die Abdrücke. »Ja, Sie haben recht«, sagte er. »Kommen Sie.«

Mit einem großen Schritt stieg er über die sandige Stelle am Boden hinweg, und Lilou tat es ihm nach.

Das Kellergeschoss schien insgesamt besser erhalten als die Räume darüber. Die Wände waren grob verputzt, die Decken größtenteils intakt. Nur dort, wo die Zwischenwände auf den Fußboden des Erdgeschosses trafen, fiel Licht durch vereinzelte Risse und Spalten und erhellte den unebenen Boden. Schmale Durchgänge verbanden die Räume miteinander, die allesamt nicht sehr groß und völlig leer waren. Wozu sie einmal gedient hatten, konnte man bestenfalls erahnen.

Demoireau deutete auf eine steinerne Rinne im Fußboden. »Wir haben uns immer vorgestellt, das wäre ein Badezimmer gewesen«, meinte er.

»Oder eine Waschküche«, schlug Lilou vor und leuchtete in einen weiteren Durchgang. Dahinter war kein Raum, sondern eine Art Gang mit abschüssigem Boden, der nach wenigen Metern an einer Mauer endete.

»Kommen Sie her!«, rief Demoireau aus dem nächsten Raum.

Seine Stimme alarmierte Lilou, rasch machte sie kehrt und bückte sich unter einem niedrigen Türsturz hindurch. Demoireau war bereits im übernächsten Raum, dem letzten, wie es schien, denn hier gab es keine weitere Tür, und er leuchtete mit der Taschenlampe auf ein dunkles Bündel in der hintersten Ecke. »Ich glaube, wir haben ihn gefunden.«

ESPIRIT FANTASTI BESITZT FUENF ZIMMER IN ZWEI ETAGEN UND EINE KAPELLE, IN DER WIR ZUM HEILIGEN GOTTVATER BETEN UND UNS DIE HEILIGEN SAKRAMENTE SPENDEN. ES GIBT ZWEI BADESTUBEN MIT WASSER VOM SEE PETY, EINE BIBLIOTHEK MIT EINER KLEINEN SAMMLUNG SCHOENER BUECHER, EIN STUDIERZIMMER NACH WESTEN HINAUS, EINEN WOHNRAUM MIT HUEBSCHEN TAPISSERIEN UND ZWEI SCHLAFKAMMERN NACH NORDEN MIT GESCHNITZTEN BETTEN AUS OLIVENHOLZ. ALLES IST GANZ EINFACH GEHALTEN WIE AUF DEM LANDE UEBLICH. ABER ES GENUEGT FUER MICH UND MEINEN BRUDER, UND DAS HAUS BIETET AUSREICHEND RAUM FUER UNSERE FORSCHUNGEN.
MEIN BRUDER ANTONIO BETREIBT STUDIEN MIT SCHWARZPULVER UND FUEHRT JEDEN TAG EXPERIMENTE DURCH IN DER KAMMER DES TURMS. JEDOCH ERSCHRECKT ER DAMIT DIE TUMBEN BAUERN IN DER UMGEBUNG, DIE DAS HAUS SEITHER MEIDEN.
ICH BESITZE DAGEGEN EIN GROSSES LABORATORIUM IM KELLER DES HAUSES, WEIT WEG VON SEINEM LAUTEN TREIBEN. DORT ARBEITE ICH AN LOESUNGEN UND ELIXIEREN VIELERLEI ART UND GEHE MEINEN STUDIEN NACH.

KAPITEL 11

Lilou hatte sich in den blinden Gang zurückgezogen, den sie eben kurz inspiziert hatte, und bemühte sich, die Fassung wiederzugewinnen. Gleichzeitig schalt sie sich selbst dafür, dass der Fund der Leiche sie so eiskalt erwischt hatte. Tatsächlich hätte sie nach allem, was passiert war, damit rechnen müssen.

Nach vier Wochen im Keller der Ruine hatte der Leichnam keine Ähnlichkeit mehr mit dem blonden jungen Mann, dessen Foto sie für die Akten ausgedruckt hatte. Staubtrocken war es hier unten, und die kühle Temperatur hatte die Verwesung noch zusätzlich verlangsamt, doch sie hatte nicht verhindert, dass sich Fliegen und anderes Getier an ihm gütlich getan hatten. Was vom Gesicht des Toten noch übrig war, spannte sich straff und trocken über den Schädel und verlieh seinen Zügen ein sardonisches Grinsen. Schon von der Erinnerung daran bekam Lilou eine Gänsehaut. Doch die blonden Haare und der karierte Stoff seines Hemds identifizierten ihn ziemlich eindeutig als den vermissten Bibliothekar.

Inzwischen waren die Kriminaltechniker eingetroffen – Guillaume Mistral, Jermaine Abouillon und Rolande Baptiste – und gingen, in weiße Schutzanzüge gehüllt, ihrer Arbeit nach. Kurz nach den Kollegen der Scientifique war auch Docteur Bonaventure gekommen, der Rechtsmediziner, der den Toten untersucht hatte. Erschlagen, lautete seine erste Einschätzung, ein Schlag mit einem stumpfen Gegenstand auf den Hinterkopf, der die Schädeldecke eingedrückt hatte. Und das nicht erst gestern, wie wohl auch ein Blinder erkennen könne, sondern bereits vor einigen Wochen, da wolle er sich noch nicht genau festlegen. Allerdings habe Corsaint nach dem Schlag noch gelebt, wie an den massiven Blutspuren an seiner Kleidung zu erkennen sei. Doch sein Mörder habe ihn liegen gelassen wie ein Stück Abfall, und er sei erst Stunden später seinen Verletzungen erlegen.

Lilou war übel. Sie hatte Philbert Corsaint nicht gekannt, doch die Ermittlungen hatten ihn ihr nahegebracht, und sie hatte das Gefühl, nicht gerade einen Freund, aber doch einen guten Bekannten verloren zu haben. Schließlich zog sie das Telefon aus der Tasche, stieg nach oben ins Sonnenlicht, wo sie Empfang hatte, und rief Tabea Kellermann an.

»Er ist tot«, sagte sie ohne Umschweife. »Wir haben ihn gefunden.«

Tabea seufzte laut. »Ich habe es mir schon gedacht.« Lilou hörte sie schwer atmen. »Er wäre niemals einfach so verschwunden.«

»Ja.« Lilou musste ihr recht geben. Nach so langer Zeit war zu erwarten gewesen, dass er nicht mehr lebte. Und trotzdem fühlte sie sich, als hätte ihr jemand einen Faustschlag in den Magen verpasst. »Er war im Keller dieser Ruine«, fuhr sie schließlich fort. »Und er wurde erschlagen.«

»*Shit.*« Tabea schnaufte. »Weiß man schon, was passiert ist?«

»Nein.« Die Studentin aus Deutschland um Hilfe bei der Übersetzung des Buches zu bitten war eine Sache, mit ihr über eine Mordermittlung zu sprechen eine ganz andere.

»Hast du eine Ahnung, wer ihm das angetan haben könnte?«, fragte sie nach kurzem Zögern.

»Natürlich nicht.« Tabea schnaubte ins Telefon. »Dazu kannte ich ihn doch gar nicht gut genug.«

»Okay.«

Lilou beendete das Gespräch, atmete tief durch und zwang sich dazu, die Ruine erneut zu betreten. Sie machte sich auf die Suche nach Commissaire Demoireau und fand ihn an der Wendeltreppe, wo er sich mit Jamal Emetoit unterhielt.

»Ah, Mademoiselle Braque, hier sind Sie ja«, sagte er. »Kommen Sie, wir müssen mit Bérénice Benoit sprechen.«

Lilou nickte. Sie hatte die Betreiberin des Restaurants *L'Armandine* im Zuge eines Falls kennengelernt, und um ein Haar hätte Simon bei ihr eine Stelle als Koch angenommen. Aber vermutlich würde sich die Frau nicht mehr an sie erinnern – sie war damals in Zivil und mehr oder weniger privat bei ihr gewesen, was Commissaire Demoireau gar nicht gutgeheißen hatte.

Der Commissaire schritt rasch aus, und bald hatten sie den Parkplatz des Restaurants erreicht. Lilou sah sich um, doch sie konnte kein Fahrrad entdecken.

»Die Kollegen haben es inzwischen abgeholt«, erklärte Demoireau auf ihren suchenden Blick hin. »Es wird bereits untersucht.«

Lilou nickte. »Rechnen Sie ernsthaft damit, dass man außer Corsaints Spuren etwas finden wird?«, fragte sie.

»Nein, nicht wirklich.« Demoireau schüttelte den Kopf. »Hätte der Täter gewusst, wo das Fahrrad steht, hätte er es wohl nach der Tat verschwinden lassen.«

Bérénice Benoit warf ihnen lediglich einen flüchtigen Blick zu, als sie die Terrasse ihres Lokals betraten. Sie runzelte die Brauen, doch sie sagte nichts. Lilou war nicht sicher, ob die ältere Frau sie erkannt hatte. Sie dagegen erinnerte sich genau an sie, denn die Besitzerin des *L'Armandine* war eine auffällige Erscheinung: gertenschlank, mit einem Gesicht wie ein Habicht, einem dicken kastanienbraunen Zopf, der ihr fast bis zur Hüfte reichte, und dem Auftreten einer Königin, die ihre Besucher in ihrem Audienzsaal empfing. Sie begrüßte jeden Gast ihres Restaurants persönlich, und sie mussten einige Augenblicke warten, bis sich Madame Benoit ihnen zuwandte.

»*Mon commissaire,* Sie waren schon lange nicht mehr hier«, sagte sie. »Madame Adelphe sitzt dort hinten.«

Lilou folgte ihrer Hand mit dem Blick und sah die Bürgermeisterin an einem kleinen Tisch an der Brüstung sitzen. Francine Adelphe hob die Hand und winkte ihnen zu.

Demoireau machte eine abwehrende Handbewegung. »Wir sind dienstlich hier, Madame Benoit«, sagte er.

»Ach, das Fahrrad.« Sie nickte. »Dann kommen Sie bitte mit.«

Sie folgten Bérénice Benoit zum Haus. Blühende Bougainvilleen umrankten die Fassade und wetteiferten farblich mit den unzähligen Grüntönen des kleinen Flusstals unterhalb der Terrasse. Bunte Sonnenschirme spendeten Schatten, Bienen summten, und Libellen flirrten funkelnd wie Edelsteine zwischen den Tischen herum.

Das Haus war alt, der Verputz rissig, und der Gastraum, in den Madame Benoit sie führte, hatte eine sehr hohe Decke. Lilou sah staunend zu den dicken Balken hinauf, die sie trugen. Die Wirtin wies auf einen Tisch in der Ecke. »Ich komme gleich zu Ihnen«, sagte sie. »Darf ich Ihnen in der Zwischenzeit etwas anbieten?«

»Nur Wasser, bitte«, sagte Demoireau.

Lilou nickte. Sie hätte alles für einen Kaffee gegeben, um ihre aufgewühlten Nerven zu beruhigen, doch wenn der Commissaire nur Wasser trank, würde sie nichts anderes bestellen.

Wenig später brachte ein Kellner eine unetikettierte Glasflasche an den Tisch, die beschlagen war vor Kälte, und stellte zwei Gläser vor ihnen ab. Mit einer eleganten Verbeugung goss er ihnen ein und verschwand wieder in Richtung Küche.

Lilou trank ihr Glas auf einen Zug aus und schenkte sich nochmals ein. Demoireau musterte ihr Gesicht. »Das hat Sie ganz schön mitgenommen, nicht wahr?«, stellte er fest.

Lilou wollte ihm widersprechen, doch dann ließ sie die Schultern fallen und senkte den Blick. »Ich hätte damit rechnen sollen«, sagte sie leise. »Aber ich habe mir keine Gedanken darüber gemacht, was uns da erwarten könnte.«

Demoireau nickte. »Das ist kein Fehler«, antwortete er. »Sie haben sich gut gehalten.«

»Danke.« Sie grinste schief.

Der Commissaire hob die Hand und winkte den Kellner heran. »Können wir doch zwei Kaffee haben, bitte?«

»Kommt sofort.« Der Kellner machte kehrt.

Wenig später kam Bérénice Benoit wieder und brachte zwei dampfende Tassen mit. »Zwei Café au lait«, sagte sie. »Ist das auch für Sie in Ordnung, Madame?«

Lilou nickte. »Ja, danke.« Sie griff nach dem Papiertütchen mit Zucker, riss es auf und kippte den Inhalt in den

Kaffee. Normalerweise trank sie ihren Kaffee ohne Zucker, doch im Augenblick konnte sie jede Art von Energie gebrauchen. Demoireau tat es ihr gleich und rührte so heftig um, dass der Milchschaum auf die Untertasse schwappte.

Bérénice Benoit zog sich einen Stuhl heran und setzte sich. »Was möchten Sie denn wissen?«, fragte sie.

Lilou zog ihr Telefon hervor und rief die Notiz-App auf.

»Vor allem seit wann das Fahrrad hier steht«, antwortete Demoireau. »Können Sie den Zeitraum eingrenzen?«

»Das kann ich tatsächlich«, antwortete Madame Benoit. »Wir haben einen Hausmeister hier, der sich um die Gebäude und den Außenbereich kümmert. Alle vier Wochen schneidet er die Sträucher am oberen Parkplatz, und dabei ist ihm heute Morgen das Fahrrad aufgefallen. Es stand etwas verborgen hinter der Hecke und war an dem Parkplatzschild angeschlossen.« Sie hob die Schultern. »Ein Fahrrad auf dem Parkplatz ist natürlich nichts Ungewöhnliches, aber er ist ganz sicher, dass es vor vier Wochen auch schon hier stand. Deshalb hat er mir Bescheid gesagt.«

Demoireau nickte. »Das passt alles zusammen«, sagte er.

Ein Schatten fiel über den Tisch. Madame Adelphe war herangekommen und setzte sich ungefragt auf den vierten Stuhl. »Gibt es etwas Neues?«, fragte sie.

Der Commissaire zog die buschigen Brauen zusammen. »Madame, ich sagte doch …«

»Papperlapapp, Georges«, erwiderte die Bürgermeisterin und legte ihm die Hand auf den Arm. »Vor Bérénice brauchst du dich nicht zu verstellen.«

Er verzog das Gesicht. »Du hast versprochen, dich nicht einzumischen.«

»Tue ich doch gar nicht.« Madame Adelphe lachte glockenhell. »Ich will nur wissen, ob es mit dem Bürgermeister von Carroux geklappt hat.«

Demoireau nickte. »Ja, wir waren in der Ruine. Wir haben den Vermissten gefunden.«

Madame Adelphes Lächeln verschwand. »Tot?«, fragte sie leise.

»Ja.« Der Commissaire rieb sich den Nacken. »So, wie es aussieht, ist er Opfer eines Verbrechens geworden. Deshalb …«

»Ich verstehe.« Die Bürgermeisterin erhob sich. »Dann werde ich nicht weiter stören.«

»Jetzt ist es auch schon egal«, brummte Demoireau. »Nun kannst du auch hier bleiben.«

Madame Adelphe ließ sich wieder auf den Stuhl sinken.

»Offenbar ist die Tat irgendwann zwischen Freitagnachmittag und Samstagmorgen vor vier Wochen geschehen.« Der Commissaire wandte sich an die Restaurantbesitzerin. »Madame Benoit, dürften wir bitte Ihre Reservierungen für den Freitag sehen? Vielleicht hat einer von den Gästen etwas bemerkt.«

Bérénice Benoit runzelte die Stirn. »Eigentlich müssten Sie …« Sie stand auf. »Egal. Kommen Sie mit.«

Demoireau nickte Lilou zu. »Machen Sie ein Foto.«

Lilou erhob sich ebenfalls und folgte Madame Benoit zu einem kleinen Beistelltisch, auf dem ein Laptop stand.

»Wir machen das elektronisch«, sagte sie. Sie wischte durch die Wochen, dann wies sie auf den betreffenden Tag. »Hier ist es. Soll ich es Ihnen ausdrucken?«

»Das wäre nett.« Lilou steckte ihr Telefon wieder ein.

Madame Benoit verschwand nach hinten und kam wenige Augenblicke später mit einem Blatt Papier zurück. »Wir waren ziemlich ausgebucht«, meinte sie. »Bitte sehr.«

Lilou warf nur einen kurzen Blick auf die Liste und kontrollierte das Datum, dann kehrte sie zu dem Tisch zurück, an dem Demoireau und die Bürgermeisterin saßen, und reichte dem Commissaire das Blatt.

Er zog seine Lesebrille aus der Brusttasche und überflog die Namen. Auf einmal stutzte er, und seine Augen wurden groß. »Francine, du warst an diesem Abend hier?«

»War ich das?« Madame Adelphe runzelte die Brauen. »Moment.« Sie zog ihr Smartphone aus der Tasche. »Tatsächlich, hier steht es. Ich hatte eine Verabredung mit Gérard Pepin.«

»Mit dem Weinhändler?« Demoireaus Augenbrauen wanderten nach oben. »Was hast du denn mit Pepin zu tun?«

»Er beliefert das Bürgermeisteramt mit Wein.« Sie hob die Hände. »Es war ein geschäftlicher Termin.«

»Ach so.« Demoireau verzog das Gesicht. »Hast du etwas Außergewöhnliches bemerkt?«

Die Bürgermeisterin schüttelte den Kopf. »Nein. Das einzig Ungewöhnliche war, dass Pepin nicht gekommen ist.«

»Wieso denn nicht?«

»Das war eine eigenartige Geschichte, jetzt erinnere ich mich wieder.« Madame Adelphe rieb sich die Nase. »Er kam dann doch noch, aber viel zu spät, und er erzählte etwas davon, dass er an einer falschen Adresse war.« Sie schüttelte den Kopf. »Dabei kennt er doch das *L'Armandine!*« Sie sah den Commissaire ratlos an.

»Das sollte man meinen, ja.« Demoireau runzelte die Stirn. »Hat er gesagt, wo er war?«

»Ja, aber ich habe es mir nicht gemerkt.« Sie sah ihn entschuldigend an. »Irgendwo in der Nähe von Mirocène. Er hatte sich wohl beim Namen des Lokals verhört und ist in irgendeinem Kaff gelandet, wo er nicht einmal Handyempfang hatte. Zumindest hat er das behauptet.«

Lilou schnappte unwillkürlich nach Luft. Demoireau schaute erstaunt zu ihr hinüber. »Was ist los?«

»Pepin war doch der Freund von Phil Corsaint«, sagte sie.

»Ja, und?«

»Er und Pepin hatten kurz vor seinem Urlaub Krach und haben sich daraufhin getrennt. Womöglich haben sie sich nochmals getroffen, und der Streit ist eskaliert?« Lilou sah den Commissaire erschrocken an.

»Also eine Beziehungstat, Totschlag im Affekt?« Demoireau hob die Schultern. »Nun, das kann man natürlich nie ausschließen.« Er nickte Francine Adelphe zu. »Danke für die Information. Wir werden ihn befragen müssen.«

»Wehe, du verhaftest ihn.« Die Bürgermeisterin drohte dem Commissaire scherzhaft mit dem Finger. »Zumindest nicht, bevor er mir den bestellten Wein geliefert hat.«

»Vielleicht sollten wir erst mit Max du Rocca sprechen, bevor wir Pepin vernehmen«, schlug Lilou vor, als sie wieder im Auto saßen.

»Wer ist das?«, fragte Demoireau und setzte den Peugeot zurück.

»Der neue Freund von Pepin«, antwortete Lilou. »Er hat mir von dem Streit zwischen Pepin und Corsaint erzählt.« Sie runzelte die Stirn. »Wenn ich jetzt so daran denke, dann war Pepin gar nicht glücklich darüber, dass Max das erwähnt hat.«

»Das muss noch nichts heißen.« Demoireau setzte den Blinker und bog in die Überlandstraße ein. »Nehmen Sie Ihr

Handy und sehen Sie nach, wo dieser du Rocca wohnt. Wir fahren hin.«

Max du Rocca war selbstständiger Investmentberater und besaß als solcher eine schicke bunte Website, auf der eine Mobiltelefonnummer verzeichnet war. Lilou rief an, stellte sich vor, ohne auf ihren Besuch bei Pepin vor einigen Tagen Bezug zu nehmen, und teilte ihm mit, dass die Police nationale ihm ein paar Fragen stellen wolle.

Er sei zu Hause, antwortete Max du Rocca bereitwillig, sie mögen doch einfach vorbeikommen. Er nannte ihr eine Adresse in Saint-Camille, einem Vorort von Carpentras, die sie Demoireau diktierte. Er nickte. »Ich weiß, wo das ist.«

Wenig später bogen sie in die Zufahrt zu einem modernen Bungalow ein. Das Haus war fast schon eine Villa. Es sah aus wie aus ineinandergeschobenen Betonquadern errichtet und lag inmitten eines geometrisch angelegten Gartens, dessen Pflanzen allesamt in schwarzen Betonwannen ihr Dasein fristeten.

Du Rocca empfing sie in der Auffahrt, wo er mit Eimer und Schwamm einen knallgelben Sportwagen wusch. Heute trug er karierte Bermudashorts und Flipflops zu einem verwaschenen hellblauen T-Shirt.

»Ach, Sie sind das«, begrüßte er Lilou locker. »Was gibt's denn?«

»Es geht noch immer um das Verschwinden von Phil Corsaint«, antwortete Lilou. »Haben Sie ihn persönlich gekannt?«

»Gekannt?« Max du Rocca richtete sich auf und sah sie erschrocken an. »Phil ist tot?«

Demoireau nickte. »Wir haben heute seine Leiche gefunden.«

Du Rocca schleuderte den Schwamm in den Eimer und ballte die Fäuste. »Verdammte Scheiße«, fluchte er. »Das trifft mich jetzt wirklich hart.«

»Können Sie uns etwas über ihn erzählen?«, fragte der Commissaire. »Waren Sie mit ihm befreundet?«

Der Mann fuhr sich durch die blonden Haare. Unter der Sonnenbräune war er blass geworden. »Befreundet ist zu viel gesagt. Aber man kennt sich halt in der Szene.«

»Hatten Sie öfter mit ihm Kontakt?«, fragte Lilou.

»Ja, klar.« Max du Rocca nickte. »Wir treffen uns meistens im *L'Ouest,* das ist ein Westernklub am Stadtrand. Countrymusik und Motorräder und so. Es sind nicht alle *gay,* aber der Besitzer hat nichts gegen uns, deshalb hängen wir da meistens ab.«

»Und dort haben Sie Corsaint kennengelernt?«

Lilou merkte am Tonfall ihres Chefs, dass er langsam die Geduld verlor. Auch du Rocca schien es zu bemerken.

»Sorry, ich bin noch immer geschockt von Phils Tod.« Er rieb sich übers Gesicht. »Gérard hat Phil irgendwann angeschleppt. Hat ihn wohl in einem Café in der Stadt aufgegabelt. Ziemlich schüchtern, mehr so Typ Muttersöhnchen, er hat eigentlich gar nicht zu Gérard gepasst. Aber er ist ein netter Kerl.« Er hob die Schultern. »War ein netter Kerl, sollte ich wohl sagen.«

»Können Sie uns etwas über den Streit zwischen ihm und Gérard Pepin erzählen?«, fragte Lilou. »Wie kam es zu dem Krach?«

»Es ging um Geld«, antwortete Max du Rocca.

»Um Geld?« Demoireau hob die Augenbrauen. »Wie darf ich das verstehen?«

»Ach, das war bei den beiden doch ein Dauerthema.«

Der Mann machte eine wegwerfende Handbewegung. »Eigentlich hat es keiner mehr ernst genommen. Dass sie sich deswegen komplett verkrachen, hat niemand von uns erwartet.«

»Worum ging es denn?«, wollte Lilou wissen.

Du Rocca grinste schief. »Gérard ist nicht gerade arm und leistet sich einen entsprechenden Lebensstil. Schicke Restaurants, teure Autos, Urlaub immer nur in den feinsten Hotels. Phil konnte da mit seinem Gehalt als kleiner Bibliothekar natürlich nicht mithalten.« Er schüttelte den Kopf. »Für Gérard war das nie ein Problem, aber Phil hatte seinen Stolz und wollte sich nicht ständig von Gérard einladen lassen. Zum Krach ist es gekommen, als Gérard nach Biarritz in Urlaub wollte. Phil hat ihm allen Ernstes vorgeschlagen, in der Jugendherberge zu schlafen. Können Sie sich das vorstellen?« Er lachte trocken auf.

»Und deshalb haben sich die beiden getrennt?«

Max du Rocca nickte. »Es passierte in unserem Lokal. Wir haben es alle mitbekommen. Sie wurden immer lauter, und zuletzt hat Gérard geschrien: ›Dann zahl dein verdammtes Hotel eben selber, oder sieh zu, wo du bleibst!‹ Und Phil hat zurückgebrüllt, dass er genau das tun würde, Gérard würde schon sehen.« Der Mann hob die Schultern. »Seither habe ich ihn nicht mehr gesehen.«

»Wissen Sie noch, wann das war?«, fragte Demoireau.

»Vor vier Wochen«, antwortete Max du Rocca. »Am Donnerstag. Da ist immer Livemusik im Klub. Und mittendrin macht Phil Gérard auf einmal so eine Szene.« Er schüttelte den Kopf. »Die waren so laut, dass sie sogar die Band übertönt haben. War eine irre Situation.«

Der Commissaire nickte. »Am Tag darauf ist Corsaint noch zur Arbeit gegangen. Aber unmittelbar danach ist er verschwunden.«

»Seit wann sind Sie mit Gérard Pepin zusammen?«, fragte Lilou.

Max du Rocca runzelte die Stirn. »Seit zwei Wochen oder so. Hat sich so ergeben.« Er grinste schief. »Gérard brauchte Trost.« Mit einer Kopfbewegung wies er auf seinen Wagen und zwinkerte Lilou zu. »Und mit mir hat er auch keinen Stress wegen Geld.«

KAPITEL 12

Gérard Pepin war zur Vernehmung einbestellt worden und traf kurz nach ihnen in der Dienststelle ein. Jamal Emetoit hatte ihn in den Vernehmungsraum geführt, ein kahles Zimmer mit einem Tisch und vier Stühlen, durch dessen abgedunkelte Scheibe man vom Nachbarraum aus hineinsehen konnte. Hier standen Lilou und Demoireau und beobachteten den Weinhändler.

Pepin hatte sich trotz Emetoits Aufforderung nicht gesetzt, sondern wanderte in dem Raum auf und ab, fünf Schritte in die eine Richtung und fünf in die andere, mehr Platz war dort nicht. Jamal Emetoit stand mit undurchdringlichem Gesichtsausdruck wie eine Statue an der Tür.

Schließlich setzte sich Pepin, zog sein Handy heraus und starrte darauf, dann sprang er wieder auf, um seine Wanderung erneut aufzunehmen.

»Worauf warten wir?«, fragte Lilou.

»Auf den Durchsuchungsbeschluss vom Ermittlungsrichter«, antwortete Demoireau. »Ich möchte Pepin direkt damit konfrontieren, dass die Kollegen bei ihm alles auf links drehen werden, während er hier ist.«

»Was versprechen Sie sich davon?«

»Ich hoffe, es verunsichert ihn so sehr, dass er gesteht«, gab der Commissaire zurück. »Denn eigentlich haben wir nicht viel in der Hand, und wenn die Kollegen nichts finden, können wir ihn nicht länger als achtundvierzig Stunden festhalten.«

Es klopfte an der Tür, Gardien Cropardin kam herein und drückte Demoireau ein Blatt Papier in die Hand. »Das ist gerade gekommen.«

»Danke.« Demoireau nickte Lilou zu. »Dann lassen Sie uns anfangen.«

Der Commissaire wechselte ein paar Worte mit Emetoit, der daraufhin in Richtung Bereitschaftsraum verschwand. Demoireau betrat das Vernehmungszimmer, und Lilou folgte ihm.

Pepin hatte sich in der Zwischenzeit wieder gesetzt, nun sprang er auf. »Monsieur le Commissaire, sagen Sie mir bitte, was los ist!«, rief er anklagend. »Sie lassen mich hier ohne Erklärung warten und behandeln mich wie einen Verbrecher!«

»Nun, das hat seinen Grund«, gab Demoireau lakonisch zurück. Er zog einen Stuhl hervor, nahm Platz und zeigte auf die gegenüberliegende Seite des Tisches. »Setzen Sie sich.« Dann zog er ein kleines Tonbandgerät aus der Tasche, legte es auf den Tisch und drückte eine Taste.

»Vernehmung Gérard Pepin im Fall Philbert Corsaint«, sagte er ins Mikrofon. »Vernehmende Beamten Commissaire Demoireau und Élève Commissaire Braque.« Er drückte die Taste erneut.

»Wir zeichnen das Gespräch auf«, sagte er zu Pepin. »Sie haben hoffentlich nichts dagegen?«

Pepin schüttelte den Kopf und ließ sich auf den Stuhl fallen.

»Gut.« Demoireau nickte Lilou zu. Sie war an der Tür stehen geblieben, nun nahm sie an der Schmalseite des Tisches Platz.

»Was ist denn los?«, fragte Pepin.

Demoireau schaltete das Tonbandgerät wieder ein. »Wir haben die Leiche von Philbert Corsaint gefunden«, begann er. »Er wurde ermordet.«

»Was sagen Sie da?« Pepin wurde blass. »Phil ist tot?« Er schlug die Hände vors Gesicht, und seine Schultern zuckten, doch als er den Kopf wieder hob, waren seine Augen trocken. »Was ist passiert?«

»Das möchten wir von Ihnen wissen«, antwortete der Commissaire trocken. »Wann haben Sie ihn zuletzt gesehen?«

Pepin zog die Brauen zusammen und fuhr sich durchs Haar. Er trug es wie üblich zu einem Pferdeschwanz gebunden, inzwischen lösten sich einzelne der grauen Strähnen und fielen ihm ins Gesicht. Mit einer geübten Handbewegung zog er den Haargummi heraus, schüttelte die Haare nach hinten und band sie wieder zusammen. Erst dann antwortete er.

»Das war vor vier Wochen«, sagte er. »Wir waren im *L'Ouest,* wie immer am Donnerstag, weil es da Livemusik gibt.«

»Wo ist dieses Lokal?«, unterbrach ihn Demoireau.

»Hier in Carpentras«, antwortete Pepin. »*L'Ouest Sauvage,* an der Avenue Saint-Roch. Es liegt ein Stück außerhalb der Stadt, wo sich niemand an der Musik und den Motorrädern stört.« Er zuckte mit den Schultern.

Der Commissaire nickte. »Gut, fahren Sie fort.«

»Was wollen Sie denn wissen?« Pepin sah ihn fragend an.

»Wir haben von einem Streit zwischen Ihnen und Philbert Corsaint gehört«, warf Lilou ein.

Pepin sah sie finster an. »Das geht die Polizei eigentlich nichts an«, gab er zurück.

»O doch, Monsieur Pepin.« Demoireau nickte nachdrücklich. »Wenn jemand kurz nach einem solchen Streit verschwindet und später tot aufgefunden wird, dann fragen wir uns schon, ob da nicht ein Zusammenhang besteht.«

Der Weinhändler schien in sich zusammenzusinken. »Ja, ist ja gut. Wir haben uns gestritten, und ich habe mit ihm Schluss gemacht. Aber ich habe ihm nichts getan, das schwöre ich!«

»Sie haben ihn nach diesem Streit nicht mehr wiedergesehen?«, fragte Lilou.

»Nein.« Pepin schüttelte vehement den Kopf. Wieder lösten sich Strähnen aus seinem Pferdeschwanz, und er band ihn reflexartig neu.

»Dann sagen Sie uns bitte, was Sie am Tag nach der Trennung getan haben.« Demoireau sah ihn aufmerksam an.

»Ich war im Geschäft, wo sonst?«, brummte Pepin. »Ich kann Ihnen die Liste der Kunden heraussuchen, die an dem Tag da waren.«

»Und was war am Abend?«

»Da muss ich erst nachsehen.« Pepin zog sein Telefon heraus und tippte auf dem Bildschirm herum. »Ich hatte einen Termin mit der Bürgermeisterin«, verkündete er triumphierend. »Die kann Ihnen mein Alibi bestätigen.«

»Wie kommen Sie darauf, dass Sie ein Alibi brauchen?«, fragte Demoireau und zog die Augenbrauen hoch.

Pepin schnaubte. »Das ist doch offensichtlich, dass Sie mir was anhängen wollen.« Finster starrte er den Commissaire an. »Wahrscheinlich bin ich automatisch verdächtig, nur weil ich schwul bin.«

»Das hat damit nichts zu tun, Monsieur Pepin«, antwortete Demoireau ruhig. »Tatsächlich hat uns Madame Adelphe bereits mitgeteilt, dass Sie mit Ihnen verabredet war. Allerdings hat sie auch gesagt, dass Sie erst mit großer Verspätung zu diesem Termin erschienen sind. Was können Sie uns dazu sagen?«

Pepin zog die Augenbrauen hoch. »Ach, Sie haben schon mit der Bürgermeisterin gesprochen?« Wieder zuckte er mit den Schultern. »Das war eine ganz komische Geschichte«, fuhr er fort. »Ihre Sekretärin hat den Termin mit mir gemacht und mir ein Lokal namens *Chez Bérénice* als Treffpunkt genannt. Das ist in einem Dorf hinter Gordes, mitten im Nirgendwo. Eine abgefuckte Bar, wie ich feststellen musste, als ich da war. Dazu hatten die auch noch Ruhetag, und Handyempfang gab's da auch nicht.« Er hob die Hände. »Tatsächlich hat Francine das *L'Armandine* gemeint, aber es gab offenbar ein Missverständnis.«

»Ein Missverständnis, soso.« Demoireau sah ihn ernst an. »Unseren Ermittlungen nach deutet alles darauf hin, dass Philbert Corsaint am Abend genau jenes Freitags zu Tode gekommen ist. Und Sie haben ein absolut hanebüchenes Alibi.« Er schüttelte den Kopf. »*Chez Bérénice,* also wirklich. Als ob sich Madame Adelphe mit Ihnen in einer ›abgefuckten Bar‹ verabreden würde, um bei Ihren Worten zu bleiben.«

»Das wusste ich doch vorher nicht.« Pepin war ganz die gekränkte Unschuld. »Ich kenne doch nicht jeden Laden in der Umgebung!«

»Das sollte man bei einem Weinhändler aber doch annehmen.« Demoireau schlug mit den Handflächen auf den Tisch. »Ich glaube, Sie haben sich am Freitagabend noch einmal mit Corsaint getroffen. Dabei ist der Streit erneut eskaliert, und Sie haben ihn erschlagen. Geben Sie es zu!«

Pepin riss die Augen auf. »Sind Sie verrückt geworden? Warum sollte ich Phil etwas tun?«

»Beziehungstaten stehen in der Statistik der Gewaltdelikte ganz oben«, blaffte Demoireau zurück. »Ich glaube Ihnen kein Wort.«

Gérard Pepin verschränkte die Arme. »Ich sage jetzt gar nichts mehr«, sagte er. »Ich will einen Anwalt.«

Demoireau nickte. »Den bekommen Sie. Aber erst einmal bleiben Sie hier.« Er wedelte mit dem Blatt Papier. »Ich habe hier einen Durchsuchungsbeschluss für Ihre Wohnung. Die Kollegen werden sich genauestens bei Ihnen umsehen, und wenn sie irgendetwas finden, das Sie mit dem Tod von Corsaint in Verbindung bringt, dann kommen Sie hier so schnell nicht wieder raus.«

Pepin fuhr sich durchs Haar. Sein Pferdeschwanz hatte sich wieder gelockert, einzelne Strähnen baumelten um seine Ohren, doch diesmal ignorierte er sie. Er presste die Lippen aufeinander und schwieg.

Lilou erwachte früh am nächsten Morgen, ohne zu wissen, was sie geweckt hatte. Die Amsel, die sonst gern auf dem Dachvorsprung vor dem Fenster saß und in aller Herrgottsfrühe mit ihrem Gesang begann, war heute still. Auch die Sonne war es nicht gewesen, deren Licht sonst zwischen den Lamellen der Jalousien hindurchfiel und leuchtende Streifen auf den alten Holzboden malte. Es war kühl, grau und still. Lilou lag unter der dünnen Decke und fröstelte.

Neben ihr lag Simon. Er hatte sich auf die Seite gedreht und wandte ihr den Rücken zu – ein Symbol für die kühle Stimmung, in der sie gestern Abend zu Bett gegangen waren. Sie war erst spät nach Hause gekommen und hatte nicht daran gedacht, ihm Bescheid zu sagen. Doch sie hatte schließlich nicht ahnen können, dass er den Stress der letzten Tage mit einem schönen gemeinsamen Essen wiedergutmachen wollte. So war die liebevoll zubereitete Paella kalt geworden, der Reis pappig, die Hühnerbeine zäh und die Garnelen vertrocknet. Und Simon war nicht nur enttäuscht, er war sauer.

Als sie ihm erzählte, warum sie so spät kam und dass sie den Weinhändler Gérard Pepin vorläufig festgenommen hatten, hatte er sie erschrocken angesehen und sie angeblafft: »Das könnt ihr doch nicht machen!«

Erst da hatte sie sich erinnert, dass Pepin auch den Wein für Simons Restaurant liefern sollte, dass in zwei Wochen die Eröffnung anstand und dass Simon nun ein echtes Problem hatte. Trotzdem – als Polizistin konnte sie nicht auf die Befindlichkeiten der Kunden eines Verdächtigen Rücksicht nehmen, selbst wenn es sich dabei um ihren Freund handelte. Und im Normalfall wäre das auch Simon klar gewesen, nur war er eben wegen des verdorbenen Essens schon vorher schlecht gelaunt gewesen, und so hatte ein Wort das andere ergeben, und sie hatten ihren ersten handfesten Streit gehabt.

Am Ende waren sie trotzdem gemeinsam zu Bett gegangen, und sie war in seinen Armen eingeschlafen, doch ein kleiner Rest Kälte war geblieben, der offenbar auch Auswirkungen auf das Wetter hatte. Sie schlug die Decke zurück, schwang die Beine aus dem Bett, stand auf und ging unter die Dusche.

Als sie in ein Handtuch gewickelt wieder herauskam, war auch Simon wach. Er nahm sie in die Arme und gab ihr einen Kuss auf die Nase. »Sorry wegen gestern«, murmelte er. »Ich war einfach megaschlecht drauf.«

»Schon gut«, sagte sie und erwiderte seinen Kuss. Er roch warm nach Schlaf und ein wenig nach ihrem Shampoo. »Mir ging's auch nicht so gut.«

Er drückte sie an sich, sie schmiegte sich an seine Brust. »Was hältst du von Frühstück im Bett?«, schlug er vor.

»Gern.« Sie lächelte zu ihm auf. »Aber keine Paella bitte.«

Einen Augenblick lang verfinsterte sich seine Miene, doch dann grinste er. »Nein. Ich dachte an frische Croissants vom Bäcker und an das Glas Lavendelhonig, das ich am Freitag auf dem Markt gekauft habe.«

Lilou nickte. »Du gehst zum Bäcker, und ich koche Kaffee«, bestimmte sie.

»Das ist wohl besser so«, antwortete er und musterte sie anzüglich. »Du könntest zum öffentlichen Ärgernis werden, wenn du so auf die Straße gehst.«

Lilou raffte ihr Handtuch zusammen und lachte. »Hau schon ab. Wir sehen uns in zehn Minuten.«

»Musst du heute arbeiten?«, fragte Simon später, als sie gefrühstückt, das Geschirr weggeräumt und das Bett neu bezogen hatten. Die Kaffeekanne war umgekippt, als sie sich spielerisch um das letzte Croissant gebalgt und es schließlich brüderlich geteilt hatten. Nein, brüderlich war das eigentlich nicht gewesen, dachte Lilou und lächelte verträumt.

»Erst am Nachmittag«, antwortete sie. »Im Augenblick wird noch die Leiche untersucht, und es werden Spuren ausgewertet. Aber um zwei Uhr ist die Hausdurchsuchung bei Pepin angesetzt, da muss ich dabei sein.« Sie hob die Schultern. »Die Chance, dass wir den Schlüssel zur Ruine bei ihm finden, ist sehr gering. Es geht also hauptsächlich um Schmutzwäsche, auf der man vielleicht und mit viel Glück noch eine Blutspur findet.«

Simon schüttelte sich. »Deinen Job könnte ich nie machen.«

»Das ist mir auch lieber so«, sagte Lilou und gab ihm einen Kuss. »Was machst du heute?«

»Ich wollte die Bewerbungsunterlagen noch mal durchgehen. Ich muss den Leuten morgen Bescheid sagen, ob sie die Stelle bekommen oder nicht.«

Lilou nickte. »Alles klar.«

Pepin bewohnte eine großzügig geschnittene Dachgeschosswohnung am Stadtrand von Bedrange. Das Haus war neu und sehr modern. Zu Pepins Wohnung gehörte eine große Dachterrasse, auf der eine riesige Hollywoodschaukel am Rand eines kleinen Swimmingpools stand. Fußbodentiefe Fenster, die sich zur Seite schieben ließen, vermittelten ein luftiges Ambiente, das durch viel Glas und Edelstahl der Einrichtung noch betont wurde.

»Glauben Sie, er ist wirklich so dumm, irgendetwas aufzubewahren, was ihn mit der Tat in Verbindung bringt?«, fragte Lilou Commissaire Demoireau. Sie standen in dem breiten Flur, von dem alle Zimmer abgingen, und sahen zu, wie sich die Kollegen mit ruhiger Präzision durch die Räume arbeiteten. Jede Schublade wurde geöffnet, jedes Fach geleert und jedes Behältnis inspiziert. Sogar die Mülleimer wurden durchsucht, doch bis jetzt hatte niemand etwas gefunden.

»Nein, wahrscheinlich nicht«, gab Demoireau zurück. »Aber wir müssen trotzdem nachsehen.«

Lilou nickte und ging hinüber ins Schlafzimmer. Jamal Emetoit war damit beschäftigt, die Kommode auszuräumen, und stapelte Unterhosen und Socken säuberlich auf.

»Ich habe noch nie einen Menschen getroffen, der so viele Socken besitzt«, sagte er und deutete auf die Stöße. »Unfassbar.«

Lilou schmunzelte. »Wahrscheinlich muss man die oft wechseln, wenn man Cowboystiefel trägt«, meinte sie und ging an den großen Einbauschrank. Sie schob die Schiebetüren auf und musterte den Inhalt. Etwa vier Laufmeter Hemden hingen hier ordentlich auf Kleiderbügeln, daneben Jacken, Sakkos und Westen mit und ohne Fransen. »Er hat überhaupt unfassbar viele Klamotten«, meinte sie.

Jamal nickte. »Leider gibt es hier praktisch keine Schmutzwäsche«, sagte er. »Offenbar hat er jemanden, der sich darum kümmert.«

»Ein guter Hinweis«, antwortete Lilou. »Wir sollten herausfinden, wer das ist, und ihn oder sie dazu befragen.«

Emetoit begann, die Unterwäsche wieder zu verstauen. »Es gibt hier in der Anlage eine Concierge«, sagte er. »Ich habe schon mit ihr gesprochen, aber sie konnte nicht viel zu Pepin sagen. Sie scheint ihn kaum zu kennen.«

»Schade.« Lilou wandte sich wieder den Hemden zu und zog einen Bügel nach dem anderen heraus. Sie hielt jedes Hemd ins Licht und musterte es genau, bevor sie es zur Seite schob. Sie war fast am Ende der Reihe angelangt, da wurde sie tatsächlich fündig. Ein helles Hemd in Leinenoptik wies schwache bräunliche Flecke an der rechten Manschette auf, so schwach, dass sie sie bestimmt übersehen hätte, wenn sie nicht gezielt danach gesucht hätte. Offenbar war das Hemd bereits gewaschen worden, die Spuren waren kaum zu erkennen, nur im hellen Licht der eingebauten Beleuchtung des Kleiderschranks fielen sie auf.

»Ich hab was«, sagte sie.

Jamal Emetoit kam heran, nahm ihr den Kleiderbügel ab und hielt den Ärmel ins Licht. »Du hast recht. Das muss auf alle Fälle näher untersucht werden.« Er zog einen Probenbeutel aus der Tasche, und Lilou ließ das Hemd hineinrutschen. Dann sah sie die restlichen Hemden durch, aber es gab keine Auffälligkeiten mehr.

Auch die anderen Kollegen waren nicht erfolgreich gewesen, berichtete Demoireau, als sie schließlich zur Dienststelle zurückfuhren. Sie hatten einen Laptop eingepackt sowie mehrere Ordner mit Unterlagen und Kontoauszügen, die noch gesichtet werden mussten, insgesamt jedoch hatte Lilou nicht das Gefühl, dass die Aktion ein großer Erfolg gewesen war. Dass Pepin Geld hatte, hatten sie schon vorher gewusst, und ein eindeutiger Beweis seiner Schuld, wie es zum Beispiel die Schlüssel zur Ruine gewesen wären, war nicht aufgetaucht. Bestimmt hatte er die unmittelbar nach der Tat weggeworfen – alles andere wäre auch einfach dumm gewesen.

In der Dienststelle brachte Lilou das Hemd sofort hinunter ins Labor. Wie sie erwartet hatte, saß Guillaume an seinem Schreibtisch und beschäftigte sich mit dem Buch. Dass auch Tabea am Sonntag hier war, hatte Lilou nicht erwartet – die junge Frau schien an der Entschlüsselung des Buches mindestens genauso interessiert zu sein wie Guillaume.

»Wir sind mit der Übersetzung ein ganzes Stück weitergekommen«, berichtete er. »Tabea ist einfach großartig.« Er warf der Studentin einen verliebten Blick zu.

Tabea wurde rot und winkte ab. »Du machst die meiste Arbeit, Willie«, sagte sie. »Ich übersetze doch nur.«

»Ihr beide seid einfach ein gutes Team«, erwiderte Lilou. Sie hob den Beutel mit dem Hemd. »Ich habe dir Arbeit mitgebracht.«

»Richtige Arbeit?« Guillaume nahm die Brille ab und rieb sich die Augen.

Lilou nickte. »Ein Hemd mit Spuren an den Ärmeln«, sagte sie. »Kannst du es dir bitte ansehen?«

»Klar.« Er nahm ihr das Hemd ab und verschwand.

Lilou deutete auf das Buch. »Darf ich die neue Übersetzung sehen?«

»Natürlich.« Tabea Kellermann rief eine Datei auf. »Bitte schön. Hier geht es um Botanik.«

Lilou beugte sich vor. Auf dem Bildschirm war die kolorierte Zeichnung einer Pflanze zu sehen, die ihr bekannt vorkam. »Soll das Lavendel sein?«, fragte sie.

»Ja, genau«, sagte Guillaume, der wieder hereingekommen war. »Wir haben auch noch Rosmarin, Knabenkraut, Wegerich und Gamander identifiziert.« Er schob die Brille auf der Nase hoch. »Das auf dem Hemd ist übrigens ganz eindeutig Blut«, fuhr er fort. »Ich nehme an, du möchtest es genauer bestimmt haben?«

»Das wäre wunderbar«, antwortete Lilou. »Falls es sich um das Blut von Corsaint handelt, wäre das ein handfester Beweis für Pepins Schuld.«

DIESES HIER IST EINE VOELLIGE BESONDERHEIT, DEREN ICH IN MEINEM LEBEN NOCH NIRGENDWO SONST ANSICHTIG GEWORDEN BIN. ES IST EINE ART DES GEWOEHNLICHEN THYMUS, WIE MAN IHN ÜBERALL KENNT, UND ER SIEHT NICHT ANDERS AUS ALS SEINE BRUEDER, DIE HIER AN JEDEM WEGESRANDE WACHSEN UND IHREN DUFT VERBREITEN, WENN MAN SIE MIT DEM FUSSE BERUEHRT.
DIESER HIER IST BESONDERS, WEIL ER UNTER DEM LICHTE DES MONDES IN DER FARBE DES HIMMELS ERSTRAHLT. ICH HABE MEINE GELEHRTEN FREUNDE IN ROM UND FLORENZ DAZU BEFRAGT, DOCH NIEMAND HAT JE VON SOLCH EINEM THYMIAN GEHOERT.
DIESES LEUCHTEN IST SCHWACH UND WIRD NUR WAHRGENOMMEN, WENN DER VOLLE MOND AM HIMMEL STEHT, UND ES MUTET AN WIE DAS LEUCHTEN MANCHER PILZE IN FINSTEREN HOEHLEN. NUR IST ES NICHT WEISS WIE EIN GLUEHWUERMCHEN ODER GELB WIE SCHWEFEL ODER GRUEN WIE DIE FLAMME VON KUPFER, SONDERN VON HELLEM BLAU. DIESES IST BEMERKENSWERT, WEIL NOCH NIEMAND ZUVOR VON SOLCH EINEM LEUCHTEN BERICHTET HAT.

KAPITEL 13

Wie war's?«, begrüßte Simon sie, als sie am Abend nach Hause kam. Er stand am Herd und rührte in einem Topf.

»Nichts Neues«, antwortete Lilou und schnupperte. »Falls du die Sache mit Pepin meinst.«

»Ja, natürlich meine ich die Sache mit Pepin.« Simon sah sie erstaunt an. »Immerhin habe ich ein persönliches Interesse an der Geschichte.«

»Ich weiß.« Sie beugte sich vor und gab ihm einen Kuss. »Was kochst du da?«

»Keine Paella«, antwortete er und grinste schief. »Ich mache Cassoulet. Das ist zwar kein Essen für den Hochsommer, aber ich möchte es im *Chez Amande* auf die Karte setzen und wollte es vorher einmal kochen.«

»Ah.« Lilou kannte den dicken Bohneneintopf mit Kartoffeln, Fleisch und Wurst, ein typisches Winteressen für kalte Tage und lange Abende. Für August war das tatsächlich unüblich, aber da der Tag kühl und windig gewesen war, passte es am Ende doch.

»Ich habe es abgewandelt mit frischen Tomaten und Zucchini, dadurch wird es insgesamt etwas leichter. Ein bisschen sommerlicher sozusagen. Ich bin gespannt, was du sagst.« Er legte den Deckel wieder auf. »Kannst du vielleicht in der Zwischenzeit den Tisch decken?«

»Natürlich.« Lilou deutete auf den Stapel Bewerbungsbögen, der auf dem Tisch lag. »Hast du dich schon wegen deiner Mitarbeiter entschieden?«, fragte sie.

»Ja, ich denke schon.« Er griff nach dem Stoß und trug ihn zum Couchtisch. »Wenn du möchtest, erzähle ich es dir gleich. Aber lass uns zuerst essen.«

Später saßen sie auf dem Sofa, jeder ein Glas Wein in der Hand. Lilou bewunderte die blassrosa Farbe, die fast lachsfarben erschien, und beobachtete die kleinen Gasperlen, die vom Boden des Glases aufstiegen.

»Das ist die letzte Flasche von meinem Hauswein«, sagte Simon und seufzte. »Ich hoffe wirklich, Gérard kommt rechtzeitig frei, um mir den Wein noch zu liefern.«

»So, wie du das sagst, klingt es, als hätten wir ihn ohne Grund eingesperrt«, antwortete Lilou.

»Glaubst du wirklich, er hat jemanden umgebracht?«

»Ich weiß es nicht.« Lilou zog die Schultern hoch. »Im Augenblick sprechen zumindest einige Indizien dafür, dass er es war.«

»Aber ich kenne den Mann doch. Der tut so etwas nicht.«

»Du kennst ihn nicht wirklich, Simon. Du hast ihn nur zwei Mal getroffen.«

»Ja, aber man spürt doch, was das für ein Mensch ist.« Simon runzelte die Brauen. »Ich kann mir einfach nicht vorstellen, dass Gérard jemanden ermordet hat.«

»Simon, den meisten Menschen, die so eine Tat begehen, sieht man es nicht an. Und niemand kann sich das vorstellen, der nicht schon einmal in dieser Situation war. Oft nicht einmal der Betroffene.«

»Mhm, ja, vielleicht hast du recht.« Simon sah aus dem Fenster. »Trotzdem hoffe ich wirklich, dass er es nicht war.«

»Das verstehe ich.« Lilou nickte. »Im Augenblick ist er ja nur vorläufig festgenommen«, fuhr sie fort. »Er hatte ein

Motiv und die Gelegenheit, aber wir haben noch keine Beweise. Und wenn wir die nicht finden, müssen wir ihn ohnehin wieder laufen lassen.«

Simon schwieg und ließ seinen Wein kreisen. »Es ist mir ein Rätsel, wie du so cool damit umgehen kannst«, sagte er schließlich. »Du hast ihn doch kennengelernt. Da würde ich ein wenig mehr Anteilnahme erwarten.«

Lilou verzog das Gesicht. »Simon, ich bin Polizistin. Da kann ich mir Anteilnahme nicht leisten.« Sie hob die Schultern. »Ich muss objektiv bleiben, selbst wenn es um Freunde oder Bekannte geht.«

Sein Gesicht verfinsterte sich. »Das heißt, du würdest sogar mich verhaften?«

»Ja, klar.« Sie sah ihn ernst an. »Natürlich nur, wenn die Beweislage dafür ausreicht.« Sie grinste. »Aber bei dir kann ich mir so etwas wirklich nicht vorstellen.«

Simon lachte ebenfalls. »Hast du nicht gerade gesagt, man sieht es den Menschen nicht an? Womöglich werde ich ja in Kanada als Verbrecher gesucht.«

»Das wüsste ich«, gab Lilou zurück. »Oder glaubst du, ich habe dich nicht überprüft?«

Simons Lachen verschwand, er stellte das Glas ab und wandte sich zu ihr um. »Ist das dein Ernst? Du hast mich überprüft?«

»Ja, natürlich.« Lilou sah ihm in die Augen. »Du hast schließlich zu den Verdächtigen gehört, als dein Onkel ermordet wurde.«

»Ich habe ... was?« Er riss die Augen auf. »Ich glaub, ich hör nicht recht!«

»Tut mir leid.« Lilou legte ihm die Hand auf den Arm. »Ich dachte, das war dir klar.«

Er schüttelte den Kopf. »Ich weiß, dass du damals meine Flugdaten gecheckt hast. Aber ich hatte angenommen, das war nur Routine.«

»War es auch.« Lilou machte eine Handbewegung, die das Zimmer, ihn, das Haus und die ganze Situation umfasste. »Das mit uns beiden hatte damit überhaupt nichts zu tun.«

»Ja, ich weiß.« Er senkte den Blick. »Es ist trotzdem ein komisches Gefühl.«

»Du gewöhnst dich besser an meine Arbeit, wenn das mit uns auf Dauer funktionieren soll.« Auf einmal war die Angst um die Zukunft ihrer Beziehung wieder da, und rasch verdrängte sie das flaue Gefühl in der Magengegend. »Und jetzt erzähl mir von deinen künftigen Angestellten.«

Simons Gesicht entspannte sich. Er trank noch einen Schluck von seinem Wein, dann stellte er das Glas ab und griff nach dem Stapel Papiere. »Ich werde sie dir vorstellen«, sagte er und nahm den ersten Bogen zur Hand. »Sieh her, das ist Mersoud Aligot, den hast du schon getroffen. Das wird mein wichtigster Mitarbeiter. Er soll mein Souschef werden und wird mich vertreten, wenn ich nicht da bin.« Er blätterte um. »Das hier ist Martin Frederiksen, unser Beikoch. Mersoud hat ihn vorgeschlagen, er hat schon mal mit ihm gearbeitet. Ein guter Mann.« Er legte die beiden Bögen zur Seite. »Und das hier sind Bella und Yasemin, die helfen in der Küche.«

Lilou betrachtete die Fotos. Es handelte sich um ältere Frauen, eine der beiden trug ein Kopftuch.

»Und nun die Servierkräfte.« Simon nahm die letzten Bögen zur Hand. »Das hier ist Amalie Legrange, sie wird den Service leiten.« Er legte drei Blätter nebeneinander.

»Und dann haben wir noch Pierre Solius und Manon Tonnerre.«

Lilou deutete auf das Bild von Amalie. »Die sieht sehr tüchtig aus«, meinte sie. Die Frau war ebenfalls nicht mehr ganz jung, hatte dunkelblondes Haar, das sie zu einem dicken Zopf gebunden trug, und auffallend schöne graue Augen.

»Sie machte auch einen sehr guten Eindruck«, gab Simon ihr recht. »Bisher hat sie in einem großen Hotel gearbeitet, aber der Stress und der Schichtdienst wurden ihr zu viel. Im *Chez Amande* wird es hoffentlich ruhiger zugehen, deshalb hat sie sich bei mir beworben.«

Lilou nickte und betrachtete die beiden letzten Bilder. Pierre war ein schlaksiger junger Mann mit zauseligem Bart und dunklen Locken, die er am Oberkopf zu einem kleinen Dutt zusammengebunden hatte. Manon war eine südländische Schönheit mit blitzenden schwarzen Augen, kirschroten Lippen und blauschwarzem Haar, das sie in einem schicken Pagenkopf trug. Die Frau hatte eindeutig ein Fotogesicht, denn obwohl es sich um eine private Aufnahme zu handeln schien – im Hintergrund waren Menschen zu sehen –, überstrahlte ihr Bild die Studioaufnahmen der anderen beiden auf den ersten Blick.

»Sie ist sehr hübsch«, stellte Lilou fest.

»Ja, das stimmt«, sagte Simon. »Ich habe sie ja ein bisschen kennengelernt, und sie ist eine tolle Frau.«

»Hast du nicht Sorge, dass es Probleme mit den Gästen gibt, wenn du eine so attraktive Kellnerin hast?«

Simon lachte. »Ich habe nichts dagegen, wenn ein paar nur wegen ihr zum Essen kommen.« Er zwinkerte. »Sie wird sich schon nicht mit ihnen einlassen.«

»Na, hoffentlich.« Lilou runzelte die Stirn. Sie hatte während ihres Studiums in verschiedenen Lokalen gekellnert, um sich etwas dazuzuverdienen, und sie wusste aus eigener Erfahrung, dass manche Männer hübsche Kellnerinnen als eine Art Freiwild zu betrachten schienen. Das mochte vielleicht nicht auf Simons Restaurant zutreffen, aber die junge Frau sah wirklich verdammt gut aus.

Simon grinste. »Und stell dir vor, ich muss ihr gar nicht viel bezahlen, sie wird nämlich in der Wohnung im zweiten Stock einziehen.«

Lilou hob die Brauen. Jetzt verstand sie Claires anzügliche Warnung, die sie zuvor noch lachend abgetan hatte. »Das halte ich für keine so gute Idee.«

»Wieso denn nicht?«

»Das ist doch eine ziemlich enge Verquickung von Arbeit und Privatleben, wenn sie auch noch hier wohnt. Das könnte irgendwann Probleme bereiten.«

»Du bist doch nicht etwa eifersüchtig?«, fragte Simon und zog sie an sich.

»Ich?« Lilou versteifte sich. »Wie kommst du denn darauf?«

»Nun, gegen die anderen hast du nichts einzuwenden gehabt.« Simon deutete auf den Stoß mit den Bewerbungsbögen. »Nur gegen Manon.«

»Ich habe überhaupt nichts gegen sie.« Das war natürlich gelogen, doch das würde sie ihm nicht auf die Nase binden. »Ich stelle mir nur vor, dass es vielleicht Ärger gibt, wenn du sie mal entlassen willst, und sie dann auch noch hier wohnt.«

»Natürlich bist du eifersüchtig.« Simon lachte. »Das finde ich jetzt irgendwie süß.«

»Süß?« Lilou rückte von ihm ab. »Bilde dir bloß nichts darauf ein.«

»Hey, Mademoiselle la Commissaire.« Simon zwinkerte ihr zu. »Jetzt bist du aber gar nicht mehr objektiv.«

»Das hat doch damit nichts zu tun«, fauchte Lilou und machte sich los. »Ich habe nur meine Erfahrungen in dem Job, deshalb weiß ich, dass so was Probleme geben könnte. Etwas anderes habe ich nicht gesagt.«

»Wie viel Ahnung hast du denn vom Job einer Kellnerin«, sagte Simon abfällig. »Das bisschen Aushilfskellnern bei deiner Tante?« Er grinste schief. »Das kannst du wirklich nicht vergleichen.«

»Ich habe mehr Ahnung, als du glaubst«, schnaubte Lilou und sprang auf. Dieses Gespräch nahm eine Richtung, die ihr ganz und gar nicht gefiel – Zweifel an ihrer Kompetenz waren etwas, was sie überhaupt nicht vertrug. »Ich glaube eher, dass dir diese Frau den Kopf verdreht hat.«

Er zog die Brauen zusammen und erhob sich ebenfalls. »Du unterstellst mir also, dass ich Manon nur wegen ihres Äußeren eingestellt habe?«

»Hättest du sie denn auch genommen, wenn sie alt und hässlich wäre?« Das war unfair, Lilou wusste es selbst, doch der Satz war heraus, bevor sie es verhindern konnte. Sie biss sich auf die Lippen.

»Die Auswahl meiner Mitarbeiter musst du schon mir überlassen«, blaffte er zurück und sah sie wütend an. »Und dass ich ihr die Wohnung vermiete, hat damit genau gar nichts zu tun.«

»Das bezweifle ich stark.« Sie lachte schrill. »Claire hat euch gehört. Sie sagte, du hast regelrecht mit ihr geflirtet.«

»Ich habe *was?*« Er schnappte nach Luft. »Sag deiner Freundin Claire, sie soll nicht hinter meinem Rücken so eine Scheiße erzählen!«

»Warum denn nicht, wenn es doch stimmt?« Trotzig hob sie den Kopf.

»Weil es nicht wahr ist.« Er ballte die Hände zu Fäusten. »Das ist eine miese Unterstellung, und das weißt du.«

»Woher soll ich das denn wissen?«, gab Lilou zurück. »Im Grunde kenne ich dich doch kaum.«

»Das ist jetzt nicht dein Ernst.« Er starrte zornig auf sie herab.

»Ach, ihr Männer seid doch alle gleich.« Sie wandte sich ab, damit er die Tränen nicht sah, die ihr in die Augen schossen. »Ich glaube, ich brauche frische Luft.«

Lilou lief ziellos durch die Altstadt von Carpentras. Sie wählte bewusst kleinere Gassen, wo sie kaum jemandem begegnete und in denen ihr höchstens ein knatterndes Motorrad entgegenkam. Die Häuser waren eng und hoch, sie hatten kleine Fenster und schmale Türen, und trotzdem lebten auch hier Menschen und gingen ihren täglichen Verrichtungen nach.

Die Nacht war bereits hereingebrochen, und abseits der belebteren Straßen und Plätze der Fußgängerzone erhellten nur wenige Straßenlaternen das Dunkel zwischen den Häusern. Unwillkürlich lief Lilou etwas schneller. Sie war in Zivil, und die Uniform, die ihr sonst eine Art Schutz vermittelte, fehlte ihr plötzlich. An einem kleinen Platz, der fast völlig von einer riesigen Platane ausgefüllt wurde, hielt sie an und setzte sich auf eine niedrige Mauer. Motten umschwirrten die Laternen, sie sah ihnen zu und wurde langsam ruhiger.

Wie war es nur zu diesem dummen Streit gekommen? Eigentlich hatte es doch gar keinen Anlass dazu gegeben, aber ein Wort hatte zum nächsten geführt, und zuletzt war sie in einer kindischen Trotzreaktion davongelaufen. Sie biss sich auf die Unterlippe. Sie hatte überreagiert, ganz klar, und sie ahnte auch, woher das kam: aus Angst um die Zukunft und von der Sorge um ihre Beziehung, auf die sie sich mit gutem Grund nicht hatte einlassen wollen und die ihr nun beinahe wichtiger war als ihr berufliches Fortkommen.

»*Merde*«, fluchte sie leise.

In diesem Augenblick klingelte ihr Telefon. »Simon«, schoss ihr durch den Kopf, und ihr Herz begann zu klopfen. Bestimmt wollte er sich entschuldigen, und sie würde ihm sagen, dass nicht er, sondern sie Schuld an dem Streit hatte, und dass …

»*Allo?*«

»Hi, Lilou, hier ist Guillaume.«

»Ach, du bist es.« Lilou bemühte sich, die Enttäuschung aus ihrer Stimme zu halten. Guillaume konnte nun wirklich nichts dafür.

»Was ist denn los?«

»Ach, nichts«, log sie. »Ich mache nur gerade einen Abendspaziergang.«

»Bist du heute noch nicht genug herumgelaufen?«, fragte Guillaume und lachte.

»Offenbar nicht.« Lilou atmete tief durch. »Warum rufst du an?«

»Ich wollte dir nur erzählen, dass wir die letzte von den botanischen Zeichnungen entschlüsselt haben.«

»Ist etwas Besonderes daran?«

»Das kann man wohl sagen.« Guillaume schnaufte hörbar. »Barberini beschreibt nämlich einen Thymian, der im Dunkeln leuchtet.«

»Was sagst du da?«

»Es steht hier. Ein Thymian, der bei Tageslicht genauso aussieht wie normaler Thymian, aber bei Mondlicht blaues Licht ausstrahlt.«

»Davon habe ich noch nie gehört«, sagte Lilou.

»Biolumineszenz ist in der Natur weitverbreitet«, erklärte Guillaume. »Es gibt zum Beispiel Pilze, die im Dunkeln leuchten, und manche Pflanzen fluoreszieren unter UV-Licht. Aber ein Kraut, das im Mondlicht leuchtet, das wäre tatsächlich was Neues.«

»Hm.« Lilou blickte zu der insektenumschwirrten Straßenlaterne hinauf. Zwischen zwei Häusern war rund und fahl die Scheibe des Vollmonds zu sehen. »Bist du immer noch in der Dienststelle?«

»Ja, klar.« Guillaume schnaubte. »Ich habe mal wieder eine Nachtschicht vor mir. Im Augenblick warte ich gerade auf die Quantifizierung der Blutflecke an dem Hemd, das du mir gebracht hast. Außerdem haben wir eine Leiche, wie du dich vielleicht erinnerst, und entsprechend viele Spuren auszuwerten.«

»Fühl dich hiermit bedauert«, sagte Lilou und grinste. Sie wusste, dass Guillaume eine Nachteule war und ihm solche Aktionen nicht viel ausmachten. Er nutzte die langen Nachtstunden zum Lesen und für Recherchen im Internet und hatte sich schon oft als Quell unerwarteten Wissens erwiesen.

Guillaume lachte leise. Im Hintergrund war das Piepen eines Alarms zu hören. »Du, ich muss Schluss machen. Die Arbeit ruft schon wieder.«

»Dann viel Erfolg«, sagte Lilou.

»Danke, dir auch!«

So richtig wusste Lilou auch nicht, warum sie nach dem Telefonat mit Guillaume zu ihrem Auto ging, anstatt nach Hause zurückzukehren. Simon vorzuwerfen, dass nicht er sie angerufen hatte, war kindisch, das wusste sie selbst, und trotzdem konnte sie ihre Enttäuschung nicht unterdrücken. Schließlich war er nicht gerade nett zu ihr gewesen – es sprach also nichts dagegen, zu erwarten, dass er den ersten Schritt tat und nicht sie.

Sobald Lilou die Stadt hinter sich gelassen hatte, ließ sie das Seitenfenster hinunter. Sie war allein auf der Straße, der Mond war inzwischen höher geklettert und tauchte die abgeernteten Lavendelfelder in silbernen Glanz. Die wenigen Häuser waren dunkel, nur manchmal blinkte zwischen den Hecken ein Lichtschein durch ein Fenster.

Es dauerte nicht lange, bis sie den Parkplatz des *L'Armandine* erreichte. Einige Autos standen noch hier, und von der Terrasse des Restaurants waren Stimmen und Gelächter zu hören. Sie sah auf die Uhr, es war kurz nach zehn. Entschlossen wandte sie sich ab und ging auf die dunkle Böschung zu, dann besann sie sich, kehrte noch einmal zurück und holte eine Taschenlampe aus dem Auto.

Im hellen Lichtkegel der Lampe erklomm sie den steilen Pfad. Nach wenigen Metern waren die Geräusche von der Straße verstummt, und sie fühlte sich, als wäre sie völlig allein auf der Welt. Vereinzelt zirpte noch eine Zikade, ansonsten war es ganz still. Die Olivenbäume wurden im Schein der Taschenlampe lebendig, ihre Schatten tanzten und sprangen herum wie wild gewordene Geister, bis Lilou die Lampe schließlich ausschaltete und in die Tasche steckte – das Licht des Mondes war hell genug. Sie folgte der sandigen Straße, bis sie die Ruine als schwarzen Schatten zwischen den Bäumen erahnen konnte, dann bog sie ab und suchte sich ihren Weg zwischen stacheligen Sträuchern und hohen Grashalmen hindurch.

Pré Fantasti erhob sich auf einer kleinen Anhöhe, die von einer Natursteinmauer abgestützt wurde. Hier war der Bewuchs niedrig, und ein schwacher Duft erfüllte die Luft. Thymian, vermutete Lilou und drehte sich einmal im Kreis. Von einem blauen Leuchten war nichts zu entdecken. Langsam ging sie weiter und überquerte die freie Fläche, bis sie auf der anderen Seite wieder die Olivenbäume erreichte. Nichts.

Schließlich wandte sie sich der Ruine zu und untersuchte die krautigen Pflanzen, die am Fuß der Mauer wuchsen. Der Mond stand inzwischen fast genau über ihr. Sie bückte sich, pflückte ein paar Blättchen, zerrieb sie zwischen den Fingern und schnupperte daran. Ja, eindeutig Thymian, wenn er auch herber roch als der gekaufte vom Markt. Irgendwie modrig, fand sie. In einem Essen hätte sie ihn sich nicht vorstellen können.

Als sie die Hand von der Nase nahm, stutzte sie. Ihr Schatten fiel auf ihre Finger, und tatsächlich, ein sanftes blaues Leuchten ging von ihnen aus, im Mondschein nicht zu sehen, aber deutlich erkennbar, sobald es wirklich dunkel war. Sie ließ sich auf die Knie fallen, beugte sich vor und musterte die Pflanze, von der sie die Blätter genommen hatte. Als ihr Schatten auf die Blätter fiel, war genau da, wo sie das Blattgrün berührt hatte, das Leuchten ebenfalls zu sehen.

Schmunzelnd richtete sie sich auf. Damit hatte Guillaume bestimmt nicht gerechnet, und er würde Augen machen, wenn sie ihm das erzählte. Sie zog ihr Handy hervor, um ihn anzurufen, da bemerkte sie aus dem Augenwinkel eine Bewegung hinter sich. Sie fuhr herum. Ein schwarzer Schatten ragte hinter ihr auf. Der Schlag sauste herab, sie sah ihn kommen, wollte ihm ausweichen, doch sie war zu langsam. Ein schwacher Duft nach Lavendel, Rosmarin und Zitrone war das Letzte, was sie wahrnahm.

DIESES HAUS ESPIRIT FANTASTI WEIST EINE GEHEIME BESONDERHEIT AUF. IM KELLER FINDET SICH EIN WEITERER VERSTECKTER RAUM, WELCHEN ICH GEKENNZEICHNET HABE AUF DEM VON MIR VERFASSTEN PLAN MIT DEM SYMBOL DER HEILIGEN KIRCHE. DER ZUGANG LIEGT VERBORGEN HINTER EINER WAND, WELCHE SICH NUR DEM OEFFNET, DER UM DAS GEHEIMNIS WEISS.

UM DEN VERBORGENEN RAUM ZU BETRETEN, FINDE DEN EISERNEN RING, DER EINGELASSEN IST IN DIE SÜDLICHE MAUER. ZIEHE IHN ZU DIR UND DREHE IHN GEGEN DIE RICHTUNG DES SONNENLAUFES. DIESES ZU TUN GIBT DEN MECHANISMUS FREI, WELCHER DIE TUER VERSCHLIESST, DIE DEM AUGE SONST VERBORGEN BLEIBT.

KAPITEL 14

Als Lilou wieder zu sich kam, war es still um sie. Vorsichtig öffnete sie die Augen, doch sie sah nichts. Es war stockfinster. Die Luft roch nach altem Stein, der Boden unter ihrer Wange war kühl, und unter ihren Fingern spürte sie Sand. Sie setzte sich auf und kämpfte gegen das Schwindelgefühl an, das sie überkam. Ihr Kopf dröhnte. Sie griff an ihren Hinterkopf, fühlte eine veritable Beule und zuckte schmerzerfüllt zusammen. Wer auch immer sie niedergeschlagen hatte, war nicht gerade zart mit ihr umgegangen.

Im Sitzen tastete sie ihre Umgebung ab und fand rauen Stein, eine Wand. Sie kroch auf allen vieren hin und lehnte sich aufatmend dagegen, dann untersuchte sie ihre Taschen. Das Handy war weg, das war zu erwarten gewesen, aber es hätte ihr hier wahrscheinlich ohnehin nichts genutzt. Wenn ihre Vermutung stimmte, befand sie sich im Keller der Ruine Pré Fantasti. Sie schloss die Augen und lauschte. Nichts war zu hören. Keine Zikaden, kein Rascheln von Gräsern, kein Flüstern des Windes in den Zweigen der Olivenbäume, nur ihr Herzschlag dröhnte überlaut in ihren Ohren.

Irgendetwas drückte an ihrem Po, sie rückte ein Stück zur Seite und griff danach. Es war die Taschenlampe, die sie vorhin in die Gesäßtasche ihrer Jeans geschoben hatte. Mit angehaltenem Atem schaltete sie sie ein, und ein schwacher Schein glomm auf. Wütend schüttelte sie die Lampe und klopfte das Ende gegen den Boden. Tatsächlich wurde sie mit etwas hellerem Licht belohnt – offenbar hatte die Lampe den Sturz überlebt.

Langsam stand sie auf und hielt sich noch einen Augenblick an der Mauer fest, dann ließ sie den Strahl der Taschenlampe wandern.

Ja, das war bestimmt der Keller der Ruine, sie erkannte den rötlichen Verputz der Wände wieder. Der Boden bestand aus glatten Steinen und war von ein wenig Sand bedeckt, den der Wind durch verborgene Ritzen hereingeweht haben mochte. Es gab keine Fenster und anscheinend auch keine Tür, und die Decke war so hoch, dass sie sie mit ausgestreckten Fingerspitzen nicht berühren konnte. Ein steinerner Vorsprung zog sich in Kniehöhe an der gegenüberliegenden Wand entlang, die Kante sah brüchig und rau aus. Ein Stück links von ihr erhob sich ein gemauerter Pfeiler, der die Decke stützte. Die Wand zu ihrer Linken endete nach wenigen Metern, der Raum schien sich um die Ecke herum fortzusetzen, und Lilou setzte sich in Bewegung.

Die zweite Hälfte des Raums war in weniger gutem Zustand. Lose Steine lagen auf dem Boden. Der Fußboden war an mehreren Stellen geborsten und von tückischen Spalten durchzogen. Lilou leuchtete mit der Lampe den Boden ab, bevor sie vorsichtig einen Fuß vor den anderen setzte. In der Mitte des Raums blieb sie stehen und ließ die Lampe kreisen. Hier war der Verputz nicht mehr intakt, sondern ähnlich abgebröckelt wie oben im Erdgeschoss. Sie glaubte, einen leichten Luftzug zu spüren, und hielt auf den hinteren Bereich des Raums zu. Doch auch hier gab es keine Tür, von Fenstern ganz zu schweigen. Sie war eingesperrt.

Doch das konnte nicht sein. Irgendwie war sie schließlich hereingekommen, es musste einen Zugang geben. Erneut leuchtete sie mit der Lampe die Wände ab. In der hintersten Ecke lagen noch mehr herabgefallene Steine auf einem Haufen, hier schien irgendwann einmal ein Stück der Decke eingebrochen zu sein, und von dort schien auch die frische Luft zu kommen. Langsam tastete sie sich über die zerbrochenen Bodenplatten voran und beleuchtete den Haufen aus Schutt und ockergelben Ziegelsteinen.

Ziegelsteine? Sie sah sich um. Der Rest des Hauses war aus Naturstein erbaut. Auch hier im Keller waren da, wo der Verputz herabgefallen war, die unterschiedlich großen Steine zu sehen. Nur die Stirnwand des Raums schien aus Ziegeln zu bestehen. Ein Teil dieser Wand war eingestürzt und legte nackten Fels und sandige Erde frei.

Probeweise zog Lilou ein paar Steine weg. Vielleicht gab es dahinter einen Ausgang?

Ein plötzliches Stöhnen ließ sie innehalten. Das Herz schlug ihr bis zum Hals, und sie hielt den Atem an. Dann riss sie sich zusammen, leuchtete auf den Schutthaufen und fragte: »Ist da jemand?«

Erneutes Stöhnen war die Antwort. »Ja, hier«, krächzte eine männliche Stimme.

Lilou trat näher und kniff die Augen zusammen. Tatsächlich, direkt an der Wand, fast völlig von Steinen, Schutt und Sand bedeckt, bewegte sich etwas.

Sie steckte die Lampe in die Gürtelschlaufe ihrer Hose und begann in fieberhafter Eile, die Steine wegzuräumen. Ein dunkles Hosenbein wurde sichtbar, ein Arm, die Schulter eines Mannes und zuletzt der Hinterkopf mit dunklen Haaren, grau vom Staub.

»Können Sie sich bewegen?«, fragte Lilou.

Der Mann ruckte mit dem Arm. »Ich glaube nicht«, sagte er heiser. »Mein Rücken!«

Lilou griff nach der Lampe und beleuchtete den Schutthaufen. Tatsächlich, eine große Steinplatte, ganz ähnlich denen, die den Fußboden bedeckten, lag quer auf dem Rücken des Mannes, und darauf weitere Ziegelsteine. Das Ganze sah aus, als könnte es jederzeit ins Rutschen geraten und den Mann erneut verschütten. Vorsichtig entfernte sie Stein um Stein, bis die Platte frei lag. Dann ging sie neben dem Mann in die Hocke.

»Können Sie rauskriechen, wenn ich die Platte hochhebe?«, fragte sie.

Der Mann nickte schwach. »Ich kann es versuchen.«

Lilou holte tief Luft und stemmte sich mit beiden Händen gegen den Stein. Millimeterweise hob sich die Platte, Sand und kleine Steine rieselten herab. »Jetzt, schnell«, keuchte sie mit zusammengebissenen Zähnen. »Ich kann das nicht lange halten.«

Der Mann zog den Arm an und hievte sich auf den Ellbogen. Ruckweise schob er sich vorwärts, der zweite Arm kam frei. Lilou spürte, wie ihr der Schweiß auf die Stirn trat, Schmerz schoss durch ihre Hände bis in die Schultern, jeden Moment würde ihr die schwere Platte aus den Fingern gleiten und den Mann erneut unter sich begraben. »Machen Sie schneller«, stieß sie hervor.

Der Mann rollte sich mit einer letzten Anstrengung zur Seite, im selben Moment rutschte neuer Schutt von oben nach, und die Platte krachte in einer Staubwolke zu Boden.

Keuchend ließ sich Lilou auf die Knie fallen und versuchte, wieder zu Atem zu kommen. Die Beule an ihrem Hinterkopf pochte schmerzhaft, ihre Schultern brannten, ihr Kopf schien jeden Augenblick platzen zu wollen. Schließlich richtete sie sich auf und leuchtete dem Mann ins Gesicht. Er lag auf dem Rücken, einen Arm über die Augen gelegt, und sog die Luft in tiefen, schluchzenden Atemzügen ein. Als er den Arm herunternahm, hätte Lilou beinahe die Lampe fallen gelassen. Es war Pouff.

»Schau mich nicht so an«, blaffte er und drehte den Kopf zur Seite.

»Was um alles in der Welt machen Sie hier?«, fragte sie.

»Das ist eine lange Geschichte.« Er wälzte sich auf die Seite. »Hilf mir, mich aufzusetzen.«

Lilou reichte ihm eine Hand, und er zog sich mit ihrer Hilfe in eine halb sitzende Position, dann stemmte er die Hände auf den Boden und rutschte ein Stück nach hinten, bis er sich an die Wand lehnen konnte. Sein Kopf fiel zur Seite, er schien völlig entkräftet.

Lilou leuchtete ihm ins Gesicht. »Ist alles in Ordnung?«, fragte sie.

Sein Gesicht war staubbedeckt, die Wangen eingefallen, die Augen wirkten unnatürlich groß. Er stank nach Schweiß und Urin, er musste schon länger hier gelegen haben.

»Was für eine Frage«, knurrte er und kniff die Augen zusammen. »Sehe ich aus, als wäre alles in Ordnung?« Er schlug sich mit der Faust gegen den Oberschenkel. »Nichts. Ich spüre nichts«, krächzte er. »Alles ist taub.« Eine Träne rollte aus seinem Augenwinkel und hinterließ eine dunkle Spur auf seiner Wange.

»Können Sie die Beine bewegen?« Lilou leuchtete auf seine Hosenbeine.

Sein Gesicht verzerrte sich vor Anstrengung, dann schüttelte er den Kopf. »Nein«, flüsterte er.

»Das muss gar nichts bedeuten«, sagte Lilou beruhigend. »Immerhin haben Sie wer weiß wie lange unter dieser Platte gelegen.«

»Was haben wir heute für einen Tag?«, fragte Pouff.

»Sonntag«, antwortete Lilou. »Vielleicht auch schon Montag.« Sie deutete auf ihr Handgelenk. »Meine Uhr ist kaputt, und wer auch immer mich hier eingesperrt hat, hat mir mein Handy abgenommen.«

»Ich bin seit Freitag hier«, krächzte der Commandant.

»Seit Freitag schon?« Lilou starrte ihn überrascht an. »Wieso haben Sie denn nicht um Hilfe gerufen?«

»Habe ich ja versucht, aber unter dem Steinhaufen hat mich niemand gehört. Außerdem war wohl ich die meiste Zeit bewusstlos.« Er räusperte sich. »Hast du zufällig etwas zu trinken dabei?«

»Leider nicht.« Lilou schüttelte den Kopf. »Ich habe nicht mit einem längeren Aufenthalt gerechnet.«

Pouff verzog das Gesicht. *»Zut!«,* fluchte er. »Ich bin am Verdursten.«

»Was ist eigentlich passiert?«, fragte Lilou und deutete auf den Schutthaufen. »Und wieso sind Sie überhaupt hier?«

»Ich habe die Unterlagen aus Corsaints Wohnung mitgenommen.« Er blickte Lilou nicht an, sondern starrte auf seine staubbedeckten Hosenbeine. »Ich habe sofort erkannt, dass es dabei um das Buch aus der Diebesbeute ging. *L'elixira vita elongué*, das Elixier des langen Lebens.« Er sah sie mit fast flehendem Gesichtsausdruck an. »Ich nehme nicht an, dass du das verstehen kannst. Du bist jung und gesund und hast dein Leben noch vor dir.« Er schnitt eine Grimasse. »Ich hatte bereits zwei Herzinfarkte, und der Arzt hat mir prophezeit, dass der nächste mein letzter sein könnte. Da greift man nach jedem Strohhalm.«

Lilou schnappte nach Luft. »Sie haben ernsthaft geglaubt, dass Ihnen eine alchemistische Rezeptur helfen kann?«

Er zuckte mit den Schultern. »Zumindest einen Versuch war es wert.«

»Aber was haben Sie denn erwartet, hier zu finden?«

»Corsaints Übersetzung ist nicht vollständig«, antwortete Pouff. »Da steht nur, dass der letzte Schlüssel im geheimen Keller des Hauses zu finden ist. Also habe ich den Freitag freigenommen, bin hierhergefahren und habe mich umgesehen.« Er ruckte mit dem Kinn. »Während ich hier alles abgesucht habe, ist auf einmal die Tür hinter mir zugefallen und hat sich nicht mehr öffnen lassen.«

»Es gibt also doch eine Tür.« Lilou leuchtete mit der Lampe gegen das Mauerwerk.

»Natürlich.« Pouff grinste schief. »Es ist eine Geheimtür. Sie wird in dem Buch beschrieben, und auch, wie man sie öffnen kann.«

»Ah.« Lilou nickte. »Wo ist sie?«

»Dort hinten, im anderen Teil dieses Raums. In der rechten Ecke der Stirnwand.«

»Und sie ist wirklich von allein zugefallen?« Lilou sah ihn zweifelnd an.

»Ich habe keine Ahnung. Jedenfalls habe ich niemanden gehört oder gesehen.« Pouff zuckte mit den Schultern. »Der Mechanismus zum Öffnen der Tür ist auf der Außenseite, aber von innen funktioniert er offenbar nicht. Deshalb habe ich versucht, einen anderen Weg nach draußen zu finden.« Er nickte zu dem Steinhaufen hin. »Da oben in der Ecke ist eine kleine Öffnung in der Mauer, man kann das Tageslicht sehen. Ich bin auf diese Steinbank geklettert und habe versucht, die Öffnung zu vergrößern, um da vielleicht rauszukommen oder mich wenigstens bemerkbar zu machen. Und dabei ist auf einmal die ganze Wand mitsamt der Decke runtergebrochen und hat mich unter sich begraben.« Er stöhnte.

»Haben Sie Schmerzen?« Lilou musterte ihn besorgt.

Er nickte. »Mein Rücken brennt wie Feuer«, murmelte er.

»Sie sollten sich nicht bewegen«, sagte Lilou.

»Haha, sehr witzig.« Er wedelte mit der Hand. »Geh rüber in den anderen Raum. Da ist in der Ecke ein eiserner Ring in der Wand eingelassen. Den ziehst du etwas heraus und drehst ihn gegen den Uhrzeigersinn. Zumindest hat es von außen so funktioniert.« Er ließ sich zurückfallen. »Vielleicht schaffst du es ja, die Tür zu öffnen. Mir ist es nicht gelungen.«

»Okay.« Lilou erhob sich.

Der rostige Ring war schnell gefunden, er war an einer Eisenstange befestigt und ragte ein kleines Stück aus der Wand. Lilou ergriff den Ring, zog daran und versuchte, ihn zu drehen, doch nichts bewegte sich. Im Licht der Taschenlampe untersuchte sie die angrenzende Wand, und tatsächlich, hier war ein haarfeiner Spalt zu erkennen, den sie rund um einen etwa sechzig Zentimeter breiten Wandabschnitt verfolgen konnte. Wenn man es nicht wusste, war er unmöglich zu erkennen, und genau genommen wies auch nur die glattere Kante zwischen all den unregelmäßig geformten Steinen darauf hin.

Sie versuchte, sich vorzustellen, wie dieser Schließmechanismus funktionieren könnte. Allzu kompliziert konnte es nicht sein, sonst hätte er kaum vierhundert Jahre überdauert. Was hatte Pouff gesagt? Ziehen und drehen, von außen hatte es so funktioniert. Wahrscheinlich musste man es von innen genau umgekehrt machen, ging ihr durch den Kopf. Probeweise drückte sie den Ring in Richtung Wand. Tatsächlich, mit ein wenig Kraft ließ sich die Stange ein Stück nach innen bewegen, und als der Ring den Stein berührte, konnte sie ihn um einen Viertelkreis im Uhrzeigersinn drehen.

Und jetzt? Sie hielt den Ring fest, drückte gegen die Tür und hatte das Gefühl, als bewegte sich etwas. Doch es waren nur wenige Millimeter, die Tür ging nicht auf. Sie ließ den Ring los, er schnappte zurück in die Ausgangsposition. Ratlos kaute sie auf ihrer Unterlippe. Die Tür hatte keine sichtbaren Angeln, aber offenbar ließ sie sich nur in eine Richtung öffnen, also nach innen. Erneut musterte sie die Steine. Das Licht ihrer Taschenlampe wurde langsam schwächer, lange würde es nicht mehr dauern, dann saßen sie im Dunkeln.

Schließlich entdeckte sie doch etwas. In einem der Steine, die die Tür bildeten, war ein schmales Loch, so geschickt gemacht, dass es in der Maserung des Steins kaum zu erkennen war. Sie steckte einen Finger hinein, doch da war nichts zu fühlen, kein Mechanismus, kein verborgener Griff. So fand sie keinen Halt, und mit einem Finger hätte sie den schweren Stein sowieso nicht bewegen können. Sie brauchte eine Stange oder einen Stock, irgendetwas, das schmal genug war, um in das Loch zu passen, und mit dessen Hilfe sich die Tür aufziehen ließ. Vielleicht hatte es früher einmal einen Griff gegeben, aber falls dem so war, war er den Jahrhunderten zum Opfer gefallen. Sie saßen tatsächlich in der Falle.

Lilou ließ sich neben Pouff an der Wand zu Boden gleiten und schaltete die Taschenlampe aus. »Die Batterie hält nicht mehr lange«, sagte sie.

»Du hast die Tür auch nicht aufbekommen«, stellte Pouff fest. »Na ja, das war ja nicht anders zu erwarten.«

»Das Schloss ist offen, aber es fehlt ein Handgriff oder etwas Ähnliches, mit dem ich die Tür aufziehen kann«, erklärte Lilou müde.

»Wahrscheinlich bist du einfach nicht stark genug.« Pouffs Stimme klang bitter.

Lilou ärgerte sich, doch sie war zu erschöpft, um mit ihm über ihre Eignung als Polizistin zu diskutieren. »Immerhin habe ich Sie unter dem Stein herausgeholt«, gab sie zurück und schloss die Augen. Ihre Kopfschmerzen waren wieder stärker geworden, und ihr war schwindelig.

»Das stimmt«, gab er zu.

Sie hörte, wie er sich unruhig bewegte und ein Stöhnen unterdrückte. »Wollen Sie sich nicht lieber hinlegen?«, fragte sie. »Soll ich Ihnen helfen?«

»Es geht schon«, antwortete er. »Ich darf mich nur nicht bewegen.«

Lilou schaltete die Lampe ein und leuchtete ihm ins Gesicht. Pouff war blass, er hatte die Lippen zusammengepresst, Schweißperlen standen auf seiner Stirn. »Lehnen Sie sich gegen mich«, schlug sie vor und rutschte näher, bis sie seine Schulter berührte.

Er ließ sich gegen sie sinken und seufzte erleichtert. »Das ist besser«, murmelte er.

Der Gestank, der von ihm ausging, stieg ihr stechend in die Nase, doch sie rührte sich nicht. Sein Kopf sank herab, bis er an ihrer Schulter lag, seine Atemzüge wurden tiefer.

Sie lehnte ihren Kopf gegen die Wand und schloss ebenfalls die Augen. Schlaf war wahrscheinlich das Einzige, was ihnen in dieser Situation helfen konnte, aber ihre Gedanken kamen nicht zur Ruhe.

Wann man sie wohl suchen würde? Simon sollte eigentlich mitbekommen haben, dass sie nicht zurückgekommen war, doch er dachte womöglich, dass sie immer noch sauer war und deshalb lieber für sich blieb. Aber spätestens morgen früh musste ihm auffallen, dass sie nicht da war. Und auch Demoireau würde sie vermissen, wenn sie nicht zur Arbeit erschien. Hoffentlich sprach er mit Guillaume, und hoffentlich schaltete der schnell und erzählte Demoireau von ihrem Telefonat. Und hoffentlich kam er mit seiner Übersetzung bald zu dem Teil mit der Geheimtür. Ziemlich viel Hoffnung und wenig Sicherheit, um die sich ihre Gedanken drehten. Doch sie konnte absolut nichts tun.

»Wieso bist du eigentlich hergekommen?«, fragte Pouff irgendwann.

Lilou schrak hoch. Sie hatte nicht geschlafen, bestenfalls gedöst, aber die heisere Stimme kam in der Totenstille des Kellers völlig unerwartet. Sie setzte sich auf, und er stöhnte, als sie sich bewegte.

»Guillaume übersetzt gerade das Buch«, sagte sie. »Er hat mir von einer Thymianpflanze erzählt, die hier wachsen soll und bei Mondschein blau leuchtet. Das wollte ich mir ansehen.«

»Mistral? Der Kriminaltechniker?«

Lilou nickte, dann fiel ihr ein, dass er das nicht sehen konnte. »Ja. Guillaume Mistral.«

»Guter Mann«, murmelte Pouff. »Aber wie bist du hier in diesem Keller gelandet?«

»Ich weiß es nicht«, antwortete Lilou. »Irgendjemand hat mich draußen niedergeschlagen, das habe ich noch mitbekommen. Als ich wieder zu mir gekommen bin, war ich hier unten.«

»Corsaint?«, fragte Pouff.

Lilou brauchte einen Moment, um zu verstehen, was er meinte, dann ging ihr auf, dass er von den letzten Entwicklungen ja nichts wusste. »Corsaint ist tot«, sagte sie. »Wir haben ihn gestern gefunden.«

»Ach.« Pouff schwieg. Dann fragte er: »Wo?«

»Hier in der Ruine«, antwortete Lilou. »Er lag im hintersten Kellerraum. Sie hätten ihn eigentlich finden müssen, als Sie den Keller abgesucht haben.«

Sie spürte, wie Pouff den Kopf schüttelte. »So weit bin ich gar nicht gekommen«, sagte er. »Ich habe ja nur nach der Geheimtür gesucht. Und als ich die gefunden hatte, bin ich direkt rein.«

»Ach so.«

Sie schwiegen wieder, die Minuten verstrichen. »Habt ihr schon einen Verdächtigen?«, fragte Pouff schließlich.

»Wir haben Pepin vorläufig festgenommen«, erwiderte Lilou. »Es gibt Zeugen für einen Streit mit Corsaint, unmittelbar bevor er verschwunden ist. Und er hat kein Alibi für den Abend des Tages, an dem Corsaint zum letzten Mal lebend gesehen wurde.«

»Das hätte man sich gleich denken können.« Pouffs Stimme klang missbilligend.

»Er sitzt in einer Zelle in der Dienststelle«, erklärte Lilou. »Er kann mich also nicht niedergeschlagen haben.«

»Hm.« Pouff bewegte sich ein wenig. »Wahrscheinlich sind zwei Parteien im Spiel«, meinte er. »Derjenige, der hinter dem Buch her ist, muss nicht zwingend etwas mit Corsaints Tod zu tun haben.«

Lilou schwieg und dachte nach. Tatsächlich hatte Pouff recht, das könnte wirklich so sein, allerdings glaubte sie nicht daran. »Die Verbindung scheint dieses Haus hier zu sein«, sagte sie. »Besser gesagt die Geschichte von Francesco Barberini.«

»Das Elixier.« Pouff schnaufte. »Aber was sollte Pepin damit wollen? Ich sage dir, das sind bestimmt zwei verschiedene Fälle.«

»Ja, vielleicht.« Lilou schloss die Augen. Sie war zu müde zum Denken. »Wie sind Sie eigentlich in die Ruine gekommen?«, fragte sie irgendwann. »Es ist doch alles vergittert und versperrt.«

Er lachte verächtlich. »Hattest du in der Polizeischule kein Lockpicking?«, fragte er. »Ich habe mein Werkzeug immer bei mir.«

»Ah.« Lilou verzog das Gesicht. »Doch, wir hatten mal eine Übungsstunde, aber dabei habe ich mich nicht sehr geschickt angestellt.«

»Das war ja klar.«

Lilou biss die Zähne zusammen. »Dafür kann ich andere Dinge.«

»So?« Er klang sarkastisch, aber er sagte nichts mehr.

»Haben Sie vielleicht sonst noch etwas dabei?«, fragte Lilou. »Außer Einbruchswerkzeug.«

»Nichts, was uns hier helfen könnte.« Er schnaufte empört. »Sonst wäre ich schon längst draußen.«

»Nicht einmal eine Taschenlampe?«

»Doch, aber die liegt irgendwo unter dem Schutthaufen.« Er klang resigniert. »Und meinen Schlagstock«, fuhr er fort. »Aber der nützt uns auch nichts.«

»Ihr Schlagstock?« Auf einmal war Lilou hellwach. »Wo ist er?«

»In meiner Hosentasche«, brummte Pouff. »Was willst du damit?«

»Ich brauche etwas, um die Tür aufzuhebeln«, erklärte sie. »Kann ich ihn haben?«

Pouff bewegte sich und stöhnte. »Rechtes Hosenbein, Oberschenkeltasche«, krächzte er.

Lilou richtete sich auf, schaltete die Taschenlampe wieder ein und holte den Schlagstock aus Pouffs Tasche. Es handelte sich um das Teleskopmodell, das seit einigen Jahren zur Standardausrüstung der Streifenpolizisten gehörte. Warum der stellvertretende Dienststellenleiter so etwas mit sich herumtrug, erschloss sich ihr nicht, aber im Augenblick war sie froh darum.

Im Licht der Taschenlampe tastete sie sich zurück zur Tür. Mit einem kräftigen Schlenker ihres Handgelenks ließ sie den Schlagstock ausfahren und steckte ihn in das Loch im Stein. Die dünne Spitze passte, wie dafür gemacht. Dann reckte sie sich auf die Zehenspitzen, streckte die Hand aus und drehte den Ring, ohne den Stock loszulassen. Sie hörte, wie der Mechanismus den Riegel freigab, hielt den Ring fest und nutzte gleichzeitig den Stock als Hebel. Die Tür bewegte sich scharrend ein paar Zentimeter weit nach innen, doch dann stimmte der Winkel nicht mehr, der Stock rutschte aus dem Loch, sie musste den Ring loslassen, und der Riegel fiel mit einem metallischen Laut zurück.

Die Tür hatte sich tatsächlich ein kleines Stück weit geöffnet. Sie steckte den Stock wieder in das Loch, packte ihn mit beiden Händen und zog mit aller Kraft daran, aber die Tür rührte sich keinen Millimeter mehr. Sie griff nach dem

Ring, drehte ihn, hörte, wie der Mechanismus klackte, doch in dieser Position konnte sie den Stock nur noch mit den Fingerspitzen erreichen und schaffte es nicht, die Tür weiter aufzuziehen. Sie war schlicht und ergreifend zu klein, ihren Armen fehlten ein paar Zentimeter Länge, um gleichzeitig den Ring und den Stock zu bedienen.

»*Merde, merde, merde!*«, fluchte sie. »Das kann doch nicht wahr sein!«

»Was ist los?«, fragte Pouff aus der anderen Raumhälfte.

Lilou kehrte zu ihm zurück. »Sie haben völlig recht mit Ihren Vorurteilen«, knurrte sie wütend. »Ich bin für den Job nicht geeignet, ich bin einfach zu klein.« Zornig schlug sie mit der Faust gegen die Wand.

»Das kann man dann wohl nicht ändern«, antwortete Pouff lakonisch.

»Wenn Sie laufen könnten, wäre es kein Problem.« Lilou ließ sich neben ihm zu Boden sinken. »Aber so kommen wir nicht raus.«

Pouff lachte leise. »Größe ist eben nicht alles«, meinte er und deutete auf seine Beine. »Lass dir das bloß von niemandem einreden.«

Lilou hob überrascht die Brauen. Sollte irgendwo in der schwarzen Seele dieses Mannes doch ein Funken Freundlichkeit wohnen? Sie machte die Lampe aus und schloss die Augen.

KAPITEL 15

Diffuses Licht erhellte den Raum, als Lilou die Augen wieder aufschlug. Über der Wand, die Pouff zum Einsturz gebracht hatte, klaffte ein gezacktes Loch von vielleicht dreißig Zentimetern Durchmesser in der Decke, durch das ein Sonnenstrahl hereinfiel und die Steine beleuchtete.

Lilou stand auf und streckte sich, ihr tat jeder Knochen weh. Dann kletterte sie auf den Schutthaufen und sah hinaus.

»Pass bloß auf, dass nicht noch mehr einbricht«, tönte es von unten. »Ich fürchte, das ist alles instabil.«

»Ich wollte nur nachsehen«, sagte Lilou und kehrte zu Pouff zurück. »Man kommt da nicht raus, dahinter ist nur ein schmaler Spalt im Fels.«

»Es kann ja nicht mehr lange dauern«, gab er zurück. »Irgendjemand wird dich doch vermissen.«

»Das hoffe ich auch.« Lilou nickte. »Wieso hat eigentlich niemand nach Ihnen gesucht?«

»Ich lebe allein«, antwortete Pouff und hob die Schultern. »Ich bin nicht so der Typ, den man freiwillig länger aushält.«

Trotz der Situation musste Lilou grinsen. Dem konnte und wollte sie nicht widersprechen.

In diesem Augenblick war von draußen ein gedämpftes Motorengeräusch zu hören. Motorengeräusch? Lilou neigte den Kopf und lauschte. Doch, es war eindeutig der tuckernde Klang eines Motors. Aber wie um alles in der Welt sollte hier ein Auto heraufkommen?

»Hallo, Lilou?«, tönte es von draußen. »Bist du da drin?« Die Stimme klang gedämpft durch all das Mauerwerk, aber es war eindeutig die von Guillaume.

»Ich bin hier unten!«, schrie sie und sprang auf. In fieberhafter Eile kletterte sie auf den Schutthaufen.

»Sei vorsichtig«, hörte sie Pouff. »Es bringt doch nichts, wenn du dich jetzt noch verletzt.«

Sie ignorierte ihn und hielt sich an der Kante der Mauer fest. »Wir sind im Keller«, rief sie laut durch den Spalt. »Da ist eine Geheimtür!«

»Ich weiß«, gab Guillaume zurück. »Wir sind gleich bei dir.«

»Lilou, geht es dir gut?«

Das war Simon. Lilou schossen vor Erleichterung die Tränen in die Augen. »Ja, es ist alles in Ordnung«, rief sie nach oben. »Nur Pouff ist verletzt.«

»Commandant Pouffin ist bei Ihnen?« Demoireaus tiefe Stimme war unverkennbar.

»Ja.« Lilou atmete tief durch. »Er braucht einen Arzt, er kann die Beine nicht bewegen.«

Der Geröllhaufen unter ihren Füßen kam ins Rutschen. Sie ließ die Kante los und sprang zu Boden. »Sie sind gleich hier«, sagte Lilou zu Pouff. »Es ist bald vorbei.«

Sein Gesicht war grau, er hatte die Augen geschlossen und atmete flach. »Gott sei Dank.«

Lilou ging in den vorderen Teil des Raumes. Hier war es ziemlich dunkel, es gab keine Löcher oder Risse in der Wand, durch die Licht eindringen konnte. Sie schaltete die Taschenlampe ein und schlug mit der Faust gegen die steinerne Tür. »Ich bin hier«, rief sie durch den Spalt. Die Schläge klangen dumpf, es hörte sich nicht so an, als ob von hier ein Laut nach draußen dringen könnte.

Es schien eine Ewigkeit zu dauern, bis endlich etwas geschah. Lilou hatte kein Geräusch vernommen, aber plötzlich kratzte der eiserne Ring gegen die Steine der Wand. Er ruckte hin und her, dann drehte er sich ein Stück, und die Tür bewegte sich auf Lilou zu. Guillaume und Simon wurden im schwachen Licht der Taschenlampe sichtbar, sie stemmten sich gemeinsam gegen das Wandstück, das mindestens dreißig Zentimeter dick war. Kein Wunder, dass sie nichts gehört hatte, und auch nicht weiter erstaunlich, dass sie ohne Griff nichts hatte ausrichten können.

Die beiden Männer kamen herein. Guillaume knipste eine große Stabtaschenlampe an, Simon schloss sie in die Arme. »Lilou, ich war verrückt vor Sorge«, murmelte er in ihr Haar. »Mach so etwas bitte nie wieder!«

Über seine Schulter hinweg sah sie, wie sich die Tür bewegte. Tatsächlich schienen die Angeln etwas schräg zu stehen, denn die schwere Tür begann sich schon wieder zu schließen. Eilig machte sie sich los, hielt die Tür fest und deutete auf einen großen Stein, der an der Wand lag. »Bring den bitte mal her!«

Simon trug ihn herbei und klemmte die Tür damit fest. »Das ist ja eine regelrechte Falle«, stellte er fest.

Guillaume sah sich staunend um. »Wir haben heute Nacht den Rest der Handschrift übersetzt«, erklärte er. »Dabei bin ich auch auf den geheimen Raum gestoßen. Aber ich hätte natürlich nie erwartet, dass du dich ausgerechnet da versteckst.«

Lilou grinste schief. »Das war nicht ganz freiwillig.« Sie fuhr sich mit der Hand über den Hinterkopf. »Jemand hat mich niedergeschlagen und hier eingesperrt.«

Simon riss die Augen auf. »Ich habe gestern Abend versucht, dich anzurufen«, sagte er. »Aber dein Handy war aus. Da dachte ich noch, du willst einfach nicht mit mir reden.«

Er schlug die Augen nieder. »Aber als ich heute Morgen gesehen habe, dass du nicht nach Hause gekommen bist, habe ich in deiner Dienststelle angerufen. Und Commissaire Demoireau hat gesagt, dass du nicht zur Arbeit erschienen bist.«

»Und da wussten wir, dass etwas passiert sein muss«, vervollständigte Demoireau den Satz und kam ebenfalls herein. »Ich habe einen Helikopter angefordert, er muss gleich kommen. Wo ist Pouff?«

Es sprach für Commissaire Demoireaus Betroffenheit, dass er Commandant Pouffin vor den anderen bei seinem Spitznamen nannte. Lilou ging voraus in den anderen Raum und deutete in die Ecke. »Hier.«

Der Commissaire ging neben Pouff in die Hocke und legte ihm die Hand auf die Schulter. »Didier, ist alles okay?«, fragte er und musterte seinen Stellvertreter besorgt.

Pouff schüttelte schwach den Kopf. »Meine Beine«, krächzte er. »Ich kann meine Beine nicht bewegen.«

»Hilfe ist schon unterwegs«, sagte Demoireau. »Mistral, haben Sie vielleicht etwas zu trinken dabei?«

»Kommt sofort«, rief Guillaume von draußen. Wenig später war er mit einer Flasche Wasser zurück. »Die war im Auto«, meinte er und drückte sie dem Commandant in die Hand.

Pouff trank gierig in langen Zügen, dann reichte er sie zurück. »Gib Braque auch etwas«, sagte er.

Lilou winkte ab. »Trinken Sie nur. Ich halte es noch aus.«

Er nickte dankbar und trank erneut. Von draußen war das »Flap-flap-flap« eines Hubschraubers zu hören. Demoireau ging hinaus, um ihn einzuweisen, Lilou hockte sich neben Pouff. »Jetzt dauert es nicht mehr lange«, sagte sie. »Dann wird alles wieder gut.«

Er schüttelte den Kopf. »Ich fürchte nicht«, presste er zwischen zusammengebissenen Zähnen hervor. »So viel Ahnung habe ich auch, dass ich das weiß.«

»Warten wir erst mal ab.« Lilou gab sich betont munter, doch sie wusste selbst, dass die noch immer tauben Beine ganz und gar kein gutes Zeichen waren. Pouff hatte mindestens achtundvierzig Stunden unter dieser Platte gelegen. Wenn seine Wirbelsäule verletzt war, bestand die Gefahr, dass er nie wieder würde laufen können.

Das Rotorengeräusch des Hubschraubers wurde immer lauter, kleine Steine und Verputz rieselten von der Decke, dann erstarb der Lärm. Lilou hörte gedämpfte Stimmen, wenig später kamen eine Frau und zwei Männer mit großen Taschen und einer Trage um die Ecke. Guillaume leuchtete mit seiner Taschenlampe, während die Frau Pouff mit flinken Händen abtastete und untersuchte.

»Können Sie hier etwas spüren?«, fragte sie.

Pouff schüttelte den Kopf.

»Hier?«

»Nein.«

»Und hier?«

Er schrie leise auf. »Ja, das habe ich gespürt.«

»Sehr gut.«

Sie gab den Männern ein Zeichen, die beiden breiteten eine Gummimatte auf dem Boden aus. Mit vereinten Kräften hoben sie Pouff darauf, Pressluft zischte, die Matte blies sich auf und umgab ihn wie ein Kokon. Er seufzte erleichtert auf.

Die Männer hoben die Trage an und verschwanden um die Ecke. »Vorsichtig hier«, rief die Frau, dann verklangen ihre Schritte.

Demoireau stand auf einmal neben Lilou und nahm sie am Ellbogen. »Kommen Sie mit. Sie müssen auch ins Krankenhaus.«

Lilou schüttelte seine Hand ab. »Mir geht es gut«, sagte sie. »Ich brauche nur eine Dusche.«

Er sah sie zweifelnd an. »Sind Sie sicher?«

»Ja, natürlich.« Sie atmete tief durch. »Wir haben doch genug zu tun, oder nicht?«

Am Ende setzte Commissaire Demoireau doch seinen Willen durch, indem er Lilou kurzerhand den Autoschlüssel abnahm und ihn Simon aushändigte. Dann erteilte er Guillaume den dienstlichen Auftrag, sie ins Krankenhaus zu fahren, wo sich ein Arzt ihren Kopf ansehen sollte, »bevor Sie ihn wieder zu benutzen gedenken«, wie er sich ausdrückte.

Er selbst wollte an der Ruine auf die Leute von der Spurensicherung warten, die die Geheimtür, den eisernen Ring des Schließmechanismus und den verborgenen Raum forensisch untersuchen sollten.

Lilou ergab sich in ihr Schicksal. Guillaume steuerte den kleinen Geländewagen, mit dem die drei Männer gekommen waren, rumpelnd und schaukelnd durch den Olivenhain hinunter zur Straße, sodass Lilous Zähne aufeinanderschlugen. Prompt begann ihr Kopf wieder zu schmerzen, und als sie in dem klimatisierten Untersuchungszimmer des Krankenhauses auf einer gepolsterten Liege lag und auf den Doktor wartete, war sie Demoireau fast dankbar dafür.

Ein älterer Arzt mit weißem Kittel und weißem Bart, der ein wenig wie ein Weihnachtsmann aussah, tastete schließlich ihren Kopf ab, leuchtete ihr in Augen, Ohren und Nase, ließ sie blinzeln und fragte sie nach ihrem Namen, den sie wusste, und nach dem Wochentag, bei dem sie erst nachdenken musste. »Sonntag? Nein, es ist schon Montag, oder?«

Schließlich brummte er zustimmend, reinigte und desinfizierte die Schürfwunde an ihrem Kopf und empfahl ihr ein wenig Ruhe in einem abgedunkelten Raum samt einer kalten Kompresse, dann wäre sie morgen wieder fit.

Lilou rutschte von der Liege. »Habe ich eine Gehirnerschütterung?«, fragte sie.

»Nein.« Er sah sie ernst an. »Man sieht es Ihnen zwar nicht an, aber Ihr hübscher Kopf hält einiges aus.« Er blinzelte und grinste verschmitzt. »Falls Sie unbedingt arbeiten müssen, nehmen Sie eine von denen«, sagte er und drückte ihr einen Blister in die Hand. »Aber wirklich nur eine, und übertreiben Sie es nicht.«

»Danke.« Lilou atmete erleichtert auf. Um nichts in der Welt hätte sie die weitere Entwicklung ihres Falls verpassen wollen. »Wissen Sie zufällig, wie es Commandant Pouffin geht?«, fragte sie.

»Ist das der Polizist, der vorhin mit dem Hubschrauber gebracht wurde?«

»Ja.«

»Der wird gerade operiert. Wir geben seiner Familie Bescheid, sobald er aufwacht.«

Lilou zog die Nase kraus. »Er hat keine Familie«, sagte sie. »Kann ich später anrufen?«

Der Arzt wiegte den Kopf. »Wir dürfen Außenstehenden keine Auskünfte geben. Das wissen Sie doch.«

»Und wenn ich ihn besuchen komme?«

»Frühestens morgen.« Der Arzt sah sie streng an. »Und bis dahin schonen Sie sich, in Ordnung?«

»Versprochen.«

Guillaume hatte vor dem Untersuchungszimmer auf sie gewartet und sprang auf, als sie aus der Tür kam. »Was sagt der Arzt?«, fragte er und sah sie besorgt an.

»Alles in Ordnung«, antwortete sie. »Ich soll mich nur ein wenig schonen.«

»Und, wirst du das tun?« Guillaume schob seine Brille hoch.

»Natürlich nicht.« Sie grinste schief. »Ich will doch nichts verpassen!«

»Das hätte ich mir eigentlich denken können.« Er zuckte mit den Schultern und setzte sich in Bewegung. »Es ist deine Entscheidung.«

Als sie wieder im Auto saßen, wandte er sich zu ihr um. »Also zur Dienststelle?«

Lilou sah an sich herab. »Wenn es dir nichts ausmacht, würde ich gern zuerst nach Hause. Ich muss duschen und mich umziehen, ich bin völlig staubig.«

»Zu Befehl, Madame«, antwortete Guillaume und blinzelte ihr zu, dann legte er den Rückwärtsgang ein.

»Ich wusste gar nicht, dass du ein Auto hast«, meinte Lilou, als er schwungvoll auf die Hauptstraße einbog.

»Habe ich auch nicht.« Er klopfte auf das Lenkrad des kleinen Geländewagens. »Der gehört Tabea.«

»Ach was.« Lilou hob die Brauen.

»Ja.« Guillaume grinste. »Sie hat mitbekommen, dass du vermisst wirst und dass wir zu der Ruine wollten. Erst wollte sie unbedingt mitfahren, aber Demoireau hat ihr klargemacht, dass das ein Polizeieinsatz ist. Allerdings war ihr Geländewagen das einzige greifbare Fahrzeug, mit dem man auf direktem Weg bis zur Ruine rauffahren kann, deshalb habe ich ihn mir ausgeliehen.« Er warf ihr einen Seitenblick zu. »Demoireau wollte keine Zeit verlieren. Ich habe ihn noch nie so aufgeregt gesehen.«

»Hm.« Lilou zog die Nase kraus. Demoireaus Miene war normalerweise undurchdringlich. Wenn man es ihm angemerkt hatte, musste er wirklich um sie besorgt gewesen sein. »Du verstehst dich gut mit Tabea, stimmt's?«

»Kann man so sagen.« Guillaumes Gesicht wurde weich. »Man sieht es ihr vielleicht nicht an, aber sie ist sehr sensibel. Sie hatte schon viel Pech in ihrem Leben.« Er hob die Schultern. »Und sie ist wirklich schlau. Ich kenne keinen Menschen, der so viel weiß wie sie.«

»Na, dann passt sie ja zu dir, oder?« Lilou lächelte ihn warm an.

Er machte ein bekümmertes Gesicht. »Ich bin mir nicht sicher, ob sie das auch so sieht.«

»Ganz bestimmt.«

Guillaume warf ihr einen Seitenblick zu. »Außerdem trage ich immer noch Trauer, nachdem du mich abgewiesen hast«, meinte er mit betrübter Miene.

»Ach, Guillaume.« Lilou wurde ernst. »Das mit uns beiden wäre doch nie etwas geworden.«

Er grinste. »Das weiß ich doch. Ich mache nur Spaß.«

Sie boxte ihn in die Seite. »Das will ich hoffen!«

»Au, au, au!« Er nahm die Hände vom Lenkrad und hielt sie in die Höhe. »Nicht schlagen, bitte!«

Lilou lachte. »Pass auf, wo du hinfährst. Sonst sind wir am Ende beide reif fürs Krankenhaus.«

Eine Stunde später stand Lilou frisch geduscht und in einer sauberen Uniform vor Demoireaus Büro. Guillaume hatte es sich nicht nehmen lassen, auf sie zu warten. In der Zwischenzeit unterhielt er sich mit Simon, und Lilou sah mit Erleichterung, dass Guillaume seine Bemerkung vorhin offensichtlich ernst gemeint hatte: Er schien ihre Beziehung zu Simon tatsächlich vorbehaltlos zu akzeptieren und gab sich mit der Rolle des guten Freundes zufrieden.

Demoireau saß an seinem Schreibtisch und blickte auf, als Lilou sein Zimmer betrat. »Ah, Mademoiselle Braque. Was hat der Arzt gesagt?«

»Ich darf arbeiten«, antwortete sie und ließ sich unaufgefordert auf das abgewetzte Ledersofa in der Ecke fallen. »Ich soll mich nur nicht überanstrengen.«

Demoireau sah sie über den Rand seiner Brille hinweg ernst an. »Dafür werde ich persönlich sorgen«, sagte er.

Lilou wurde rot, dieses Übermaß an Aufmerksamkeit war ihr peinlich. »Gibt es inzwischen etwas Neues?«, fragte sie schnell.

Der Commissaire nickte. »Die erste Einschätzung von Docteur Bonaventure hat sich bestätigt«, begann er. »Philbert Corsaint wurde mit einem stumpfen Gegenstand von hinten niedergeschlagen. Vermutlich einem Stein, da sich Spuren von Sand und Mörtel in Corsaints Haar befanden. Der Schlag wurde mit großer Wucht ausgeführt, und die Schädeldecke wurde dabei eingedrückt. Er dürfte sofort das Bewusstsein verloren haben.« Demoireau suchte in den Papieren auf seinem Schreibtisch. »Ah, hier haben wir es. Das ist der Bericht von der Spurensicherung von heute Vormittag. Die Tat erfolgte nicht dort, wo wir den Toten gefunden haben, sondern in dem geheimen Kellerraum, in dem Sie und Pouff eingesperrt waren. Die Kollegen haben Blut- und Schleifspuren gefunden.«

»Warum um alles in der Welt hat man ihn aus diesem Raum herausgeschafft?« Lilou sah Demoireau verwundert an. »Dort wäre die Chance, dass er zufällig gefunden wird, doch deutlich geringer gewesen?«

»Das frage ich mich auch.« Demoireau klopfte mit den Knöcheln auf die Unterlagen. »Bonaventure will sich bei der Liegedauer der Leiche noch nicht festlegen«, fuhr er fort. »Mindestens zwei Wochen, hat er gesagt, und nicht viel länger als vier. Das trockene Klima und die vergleichsweise niedrigen Temperaturen in dem Keller haben die Zerfallsprozesse verlangsamt. Er kann den Zeitraum auf etwa zehn Tage eingrenzen, aber für eine genauere Angabe muss er noch weitere Untersuchungen durchführen.«

»Das passt ziemlich genau zum Zeitraum von Corsaints Verschwinden«, meinte Lilou.

»Ja.« Demoireau nahm die Brille ab und putzte sie. »Aber es schließt auch unsere Diebesbande nicht aus«, sagte er. »Wir stehen wieder ziemlich am Anfang.« Er sah sie an. »Aber nun berichten Sie, was gestern Abend passiert ist.«

Lilou nickte. »Ich habe spätabends noch einen Anruf von Guillaume Mistral bekommen«, begann sie. »Er hat mir von seinen Fortschritten bei der Übersetzung des Buchs erzählt und dass er dabei auf die Beschreibung einer Thymianpflanze gestoßen war, die angeblich bei Mondschein blau leuchtet.« Sie sah zu Boden. »Da gestern Vollmond war, bin ich zur Ruine gefahren, um mir das anzusehen.«

Demoireaus Kopf ruckte hoch. »Sie sind da nachts allein hingefahren?«

Lilou hob die Schultern. »Zu diesem Zeitpunkt schien es mir eine gute Idee zu sein.«

Der Commissaire verzog das Gesicht. »Erzählen Sie weiter.«

»Ich fand tatsächlich Thymian, der im Schatten bläulich schimmerte, aber gerade als ich mein Handy aus der Tasche zog, um Guillaume anzurufen, hat mich jemand von hinten niedergeschlagen.« Unwillkürlich hob sie die Hand und berührte die Beule an ihrem Hinterkopf.

»Haben Sie die Person gesehen?«

Lilou schüttelte den Kopf. »Nicht wirklich. Sie war sehr groß und kräftig, mehr konnte ich nicht erkennen, es war ja dunkel.«

Demoireau nickte. »Sonst ist Ihnen nichts aufgefallen?«

»Nein, es ging alles viel zu schnell.« Lilou hob die Schultern. »Es tut mir leid.«

»Die Kollegen von der Spurensicherung haben übrigens Ihr Telefon gefunden«, sagte Demoireau. »Es lag vor der Ruine im Gras.«

»Ah, das ist gut.« Lilous Gesicht hellte sich auf, dann zog sie die Brauen zusammen. »Ich hätte erwartet, dass der Angreifer es mitgenommen hat, um alle Spuren zu verwischen.«

»Wahrscheinlich hat er nicht bemerkt, dass es Ihnen aus der Hand gefallen ist.«

»Das kann ich mir fast nicht vorstellen. Ich wollte ja gerade telefonieren.«

Demoireau zuckte mit den Achseln. »Die Kollegen von der Scientifique untersuchen es noch. Dann bekommen Sie es wieder.«

Lilou nickte. »Der Rest ist schnell erzählt. Als ich wieder zu mir gekommen bin, war ich in diesem Kellerraum eingesperrt, der allem Anschein nach nicht einmal eine Tür hatte. Dann habe ich Pouff gefunden. Er hatte beim Versuch, sich zu befreien, einen Teil der Decke zum Einsturz gebracht und lag unter einer Steinplatte.« Beim Gedanken daran bekam sie eine Gänsehaut, und sie rieb sich die Arme. »Ich habe ihn da herausgeholt, und dann haben wir auf Sie gewartet.«

»Immerhin konnten Sie den Mechanismus der Tür betätigen«, bemerkte Demoireau. »Sonst hätten wir deutlich länger nach dieser Geheimtür suchen müssen.«

»Ja. Pouff hat mir gesagt, wie man sie öffnet, aber meine Arme waren zu kurz.« Frustriert ballte sie die Fäuste. »Offenbar ist doch was dran, dass kleine Menschen keine Polizisten werden sollen.«

»Papperlapapp«, widersprach Demoireau und sah sie streng an. »Es kommt nicht auf die Größe an. Lassen Sie sich nur nicht beirren, Sie sind eine gute Polizistin.«

»Das sagen ausgerechnet Sie?« Lilou sah ihn erstaunt an. »Und noch dazu nach meinem Alleingang?«

»Sie waren eben neugierig«, brummte er. »Das ist nicht die schlechteste Eigenschaft für einen Polizisten.«

»Aber ich dachte …«

»Nur weil ich versuche, Ihnen strukturiertes Arbeiten beizubringen, heißt das nicht, dass ich Ihre Arbeit nicht schätze«, gab Demoireau zurück. »Sie werden Ihren Weg machen, davon bin ich überzeugt.«

»Danke, *mon commissaire.*«

Noch nie hatte Demoireau so deutlich seine Wertschätzung für ihre Arbeit ausgedrückt. Warme Freude breitete sich in ihr aus, doch sie ließ sich nichts anmerken. »Und wie geht es jetzt weiter?«, fragte sie.

»Pepin wird aus der Haft entlassen«, sagte Demoireau. »Wenn wir davon ausgehen, dass die Person, die Sie niedergeschlagen hat, dieselbe ist, die Corsaint getötet hat, dann kann er es nicht gewesen sein. Abgesehen davon haben wir absolut nichts gegen ihn in der Hand.«

»Die Spuren an dem Hemd, das wir gefunden haben …«

»… stammen von ihm selbst«, unterbrach sie Demoireau. »Er hat angegeben, sich mit einem Messer geschnitten zu haben. Er konnte uns sogar die verheilte Verletzung zeigen.« Der Commissaire kratzte sich am Kopf. »Bedenken Sie, die Gittertore der Ruine waren verschlossen, als wir Sie gefunden haben. Wer auch immer Sie da eingesperrt hat, scheint einen Schlüssel zu besitzen.«

»Oder er ist ähnlich geschickt mit einem Dietrich wie Commandant Pouffin.«

»Also doch die Marokkaner?« Der Commissaire schlug mit der Faust auf den Tisch. »So geht das nicht. Wir drehen uns im Kreis.« Er sah auf die Uhr. »Ich bin jetzt mit Madame Adelphe verabredet. Sie möchte über den Stand der Ermittlungen unterrichtet werden.« Er schob den Stuhl zurück und stand auf. »Und Sie begleiten mich.«

IN UNGEZAEHLTEN STUNDEN EIFRIGER FORSCHUNG UND MIT DER HILFE DES HERRN IST ES MIR GELUNGEN, EIN ELIXIER ZU ENTWICKELN, DAS GAR WUNDERTAETIGE EIGENSCHAFTEN HAT: NICHT NUR BEWAHRT ES DENJENIGEN, DER ES REGELMAESSIG ZU SICH NIMMT, VOR WARZEN UND SCHORF, ES HILFT AUCH BEI VERSTIMMUNG DES GEDAERMS UND KOLIKEN DER NIEREN. EBENSO HEILT ES KOPFSCHMERZEN UND MALADIE DER GELENKE, ES SCHAERFT SCHWACH GEWORDENES AUGENLICHT UND VERBESSERT DAS HOEREN. ALLE SYMPTOME, AN DENEN EIN ALT GEWORDENER MENSCH AM ENDE EINES LANGEN LEBENS LEIDEN MAG, LINDERT ES BEI REGELMAESSIGER EINNAHME ZUVERLAESSIG UND UBER DIE ZEITSPANNE HINAUS, DIE EINEM NORMALEN LEBEN BESCHIEDEN IST.
ICH HABE ES DAHER GENANNT DAS ELIXIER DES LANGEN LEBENS: ELIXIRA VITAE LONGAE. UM ES ZU BEREITEN, BENOETIGT DER ALCHIMIKER DEN EXTRAKT DER BLAETTER DER GEMEINEN OLIVE, DEN SAFT DER MEERZWIEBEL SCILLA CHARYBDIS, DAZU DEN BITTEREN LAVENDEL DER EBENE VON VALENSOLE, EIN WENIG CUPRUM ACETICUM, AUCH GRUENER SPAN GENANNT, SOWIE DEN BLAUEN THYMIAN, DER NUR NAHE BEI ESPIRIT FANTASTI ZU FINDEN IST.

KAPITEL 16

Es war kein zwangloses Mittagessen, wie Lilou angenommen hatte, sondern ein offizieller Termin im Büro der Bürgermeisterin, was sich Lilou eigentlich hätte denken können, da Demoireau sie wohl kaum zu einem privaten Treffen mitnehmen würde. Offenbar funktionierte ihr Kopf doch noch nicht so richtig.

Madame Adelphe empfing sie im Vorzimmer, auf dessen Schreibtisch sich Aktenordner und Papiere stapelten. »Wo ist deine Assistentin?«, fragte Demoireau und ließ es zu, dass sie ihn mit Wangenküssen begrüßte.

»Die Frau ist eine absolute Katastrophe«, erwiderte Francine Adelphe und deutete mit der Hand auf den Arbeitsplatz. »Sieh dir das an, wer kann denn so arbeiten?«

Lilou dachte an Pouffs Schreibtisch, der ganz ähnlich aussah, und unterdrückte ein Schmunzeln.

»Ich habe ja nichts gegen kreatives Chaos«, fuhr die Bürgermeisterin fort. »Solange jemand weiß, was er tut, soll er es machen, wie er möchte. Aber Louisa ist absolut ungeeignet für den Job. Nie ist sie da, wenn man sie braucht, und was sie anpackt, geht erst einmal schief.« Sie seufzte. »Das Problem ist, dass es so gut wie unmöglich erscheint, gute Leute zu finden.« Sie wandte sich zur Tür ihres Büros. »Kommt herein, setzt euch. Ich besorge Kaffee.«

Wenig später kam sie wieder, gefolgt von einer schlanken, bebrillten Brünetten, die ein Tablett mit Kaffeetassen trug. »Danke, Louisa«, sagte sie und deutete auf ihren Schreibtisch. »Bitte schicken Sie diesen Vorgang so schnell wie möglich zum *service de l'état civil.* Das muss heute noch zurück in die Abteilung.«

»Jawohl, Madame le Maire«, antwortete die Frau beflissen, nahm den Schnellhefter und verschwand nach draußen.

»Sie macht doch einen ganz tüchtigen Eindruck?«, meinte Demoireau und setzte sich auf das hellrote Plüschsofa.

»Der Eindruck täuscht.« Madame Adelphe verteilte die Kaffeetassen und nahm in einem der Sessel Platz. »Also los, nun erzählt schon. Wie weit seid ihr?«

Mit kurzen Worten berichtete der Commissaire vom Fund des Toten und den bisherigen Untersuchungsergebnissen. »Corsaint war im Besitz der Schlüssel zu der Ruine, die seither verschwunden sind. Er muss sich dort mit seinem Mörder getroffen haben, denn ein Fremder hätte sich nicht ohne Weiteres Zutritt verschaffen können.«

»Außer jemand ist ihm heimlich gefolgt.« Madame Adelphe runzelte die Stirn.

»Aber wer sollte so etwas tun? Corsaint war ja nicht gerade Geheimnisträger, und um große Geldsummen ging es bei ihm auch nicht.«

»Das Buch ist doch wertvoll?«

Der Commissaire schüttelte den Kopf. »Der Schätzpreis liegt bei etwa dreitausend Euro. Dafür bringt man doch niemanden um.« Er hob die Schultern. »Außerdem befand sich das Buch zum Zeitpunkt seines Todes bereits wieder im Besitz von Madame Forléans.«

Madame Adelphe zog die Nase kraus. »Aziza ruft mich jeden Tag deswegen an«, sagte sie. »Kannst du es ihr nicht zurückgeben?«

»Das geht nicht.« Demoireau runzelte die Stirn. »Es ist ein Beweisstück in einem Mordfall. Solange der Fall nicht abgeschlossen ist, bleibt es in unserer Verwahrung.«

»Ich verstehe. Da kann man nichts machen.« Die Bürgermeisterin zuckte mit den Schultern. »Und wie geht es jetzt weiter?«

»Die Spurensicherung hat heute Vormittag die Ruine nochmals gründlich untersucht. Ich hoffe auf die Auswertung der Fingerabdrücke an den Schlössern und an dem Mechanismus der Geheimtür. Und dann müssen wir auf den Befund von Docteur Bonaventure warten, der den Todeszeitpunkt weiter eingrenzt. Vorher tappen wir im Dunkeln.«

»Das heißt, ihr lasst Pepin frei?« Madame Adelphe grinste. »Ich bin wirklich froh, das zu hören.«

»Wir haben nichts gegen ihn in der Hand«, antwortete Demoireau. »Und nach dem Angriff auf Mademoiselle Braque letzte Nacht können wir ihn als Verdächtigen so gut wie ausschließen.«

Die Bürgermeisterin nickte und drehte sich zu Lilou. »Geht es Ihnen gut?«, fragte sie.

Lilou nickte und öffnete den Mund, um zu antworten, doch in diesem Augenblick klopfte es energisch an der Tür, und ohne eine Antwort abzuwarten, stürmte Madame Forléans in den Raum. Heute trug sie einen pfauenblauen wallenden Umhang, über dem sich ihr rotes Haar bauschte wie ein Kissen.

»Francine, ich verlange sofort …« Sie stand schon mitten im Zimmer, als sie Commissaire Demoireau und Lilou bemerkte. »Sie kommen gerade richtig, *mon commissaire*«, fauchte sie. »Ich will mein Eigentum zurück. Und zwar sofort!«

Demoireau stand auf. »Madame, ich bitte Sie noch um etwas Geduld. Wir haben Corsaints Leiche gefunden, und jetzt ist das Buch ein Beweisstück in einem Mordfall. Sie können es nicht zurückhaben.«

Die Apothekerin fuhr zusammen und trat einen Schritt zurück. »Phil ist tot? Ermordet?« Theatralisch riss sie die Augen auf. »Wie kann das sein? Und was hat das mit meinem Buch zu tun?«

»Wenn wir das wüssten, Madame, bräuchten wir es nicht mehr«, gab Demoireau lakonisch zurück. »Es scheint einen Zusammenhang zu geben, denn Philbert Corsaint wurde in der Ruine Pré Fantasti gefunden, und um dieses Haus geht es ja auch in dem Buch.«

»Woher wissen Sie das?« Madame Forléans runzelte die Stirn und sah ihn misstrauisch an.

»Es wurde natürlich übersetzt«, antwortete Demoireau von oben herab. »Für so etwas haben wir Spezialisten.«

Lilou unterdrückte ein Schmunzeln. Guillaume hatte eigentlich nur wegen seiner Begeisterung für Geheimschriften mit der Übersetzung begonnen. Dass der Inhalt des Buches tatsächlich mit ihrem Fall zu tun hatte, war anfangs nicht absehbar gewesen.

Aziza Forléans starrte Demoireau wütend an. »Es ist *mein* Buch«, sagte sie leise. »Sie haben kein Recht dazu.«

»Madame, das Buch mag Ihnen gehören, aber auf seinen Inhalt haben Sie kein exklusives Anrecht.«

»O doch, Monsieur le Commissaire, das habe ich«, zischte sie. »Ich verlange die sofortige Herausgabe.«

»Aziza, das ist doch lächerlich.« Madame Adelphe war ebenfalls aufgestanden. »Die Polizei macht nur ihre Arbeit.«

Lilou erhob sich ebenfalls und trat neben Commissaire Demoireau. »Madame Forléans hat wahrscheinlich ein berufliches Interesse an dem Buch«, meinte sie.

Die Apothekerin setzte eine finstere Miene auf und schien mit sich zu ringen, dann hatte sie sich wieder in der Gewalt und schenkte Lilou ein anerkennendes Lächeln. »So ist es, junge Frau. Sie haben das ganz richtig erkannt.« Sie wandte sich wieder an den Commissaire. »Ich bin ständig auf der Suche nach neuen Rezepturen für meine Produkte. Von diesem Buch habe ich mir besonders viel versprochen, da es neben dem historischen auch noch einen lokalen Bezug zu unserer Gegend hat. Ich hatte vor, eine ganze Produktlinie auf Basis der Pflanzen aus dem Buch zu kreieren. Die Werbekampagne würde dann die Zeichnungen aus dem Buch verwenden.« Sie hob die Hand und malte unsichtbare Buchstaben in die Luft. *»Espirit Fantasti – Langes Leben für Ihre Haut.«*

»Der blaue Thymian?« Lilou hob die Brauen. »Wollten Sie den dafür verwenden?«

Aziza Forléans fuhr zusammen. »Das wissen Sie auch?«

Lilou nickte. »Ich habe ihn sogar mit eigenen Augen gesehen«, antwortete sie. »Haben Sie ihn denn schon näher untersucht?«

Die Apothekerin nickte knapp. »Es sind Pilzsporen«, sagte sie. »Leuchtende Pilze sind ja nichts Neues. Dieser hier lebt offenbar in Symbiose mit Thymus serpyllum, dem Wilden Thymian.« Sie hob die Schultern. »Bitte verstehen Sie, dass ich keine weiteren Details dazu preisgeben möchte.«

Demoireau neigte den Kopf. »Selbstverständlich, Madame Forléans. Und seien Sie unbesorgt, wir haben kein Interesse an der Rezeptur. Sie erhalten Ihr Buch zurück, sobald der Fall geklärt ist.«

Aziza Forléans schien beschwichtigt. Sie nickte ihnen huldvoll zu und rauschte aus dem Raum. Ein Hauch Parfüm blieb in der Luft zurück, ganz ähnlich dem Geruch, den Lilou auch schon in der Apotheke von Madame Forléans bemerkt hatte. Etwas rührte an ihrer Erinnerung. Sie runzelte die Stirn, doch mit dem Duft verflüchtigte sich auch der Gedanke.

Madame Adelphe lachte hell auf. »Hoffentlich lässt sie mich jetzt in Ruhe«, sagte sie. »Ich mag Aziza wirklich gern, aber manchmal ist sie sehr anstrengend.«

»Das kann ich mir vorstellen.« Commissaire Demoireau küsste die Bürgermeisterin auf die Wangen. »Wir müssen jetzt gehen, Francine.« Er nickte zu Lilou hin. »Mademoiselle Braque hat schon längst Feierabend. Der Arzt hat gesagt, sie muss sich noch schonen.«

Demoireau duldete keine Widerrede. Obwohl Lilou protestierte, chauffierte er sie durch die Gassen der Altstadt bis zur Place de l'Horloge.

»Sie schlafen sich jetzt aus«, befahl er. »Dann sind Sie morgen wieder einsatzfähig.«

»Das bin ich jetzt auch«, beharrte Lilou.

»Das mag schon sein.« Demoireau wedelte mit der Hand. »Heute gibt es aber nichts mehr zu tun. Kümmern Sie sich zur Abwechslung mal um sich und um Ihre Beziehung.«

Lilou schnappte nach Luft. Wie kam der Commissaire dazu, so etwas zu sagen? Auch wenn er nicht ganz unrecht hatte, das konnte sie nicht bestreiten. Eine Aussprache mit Simon war überfällig.

Ergeben nickte sie. »In Ordnung, *mon commissaire*«, sagte sie. »Dann sollten Sie aber vielleicht Ihr Essen mit Madame Adelphe nachholen.«

»Raus mit Ihnen.« Er sah sie finster an, aber Lilou meinte, ein belustigtes Funkeln in seinen Augen zu sehen.

Sie gehorchte. »Dann bis morgen.«

Er hob die Hand zum Abschied. »Bis morgen.«

Als Lilou die Treppe zu ihrer Wohnung hinaufstieg und den zweiten Stock erreichte, flog plötzlich die Tür zu Claires Wohnung auf, und ihre Freundin stürmte heraus. »Lilou!«, rief sie und schloss sie in die Arme. »Simon hat mir erzählt, was passiert ist. Wie schrecklich! Geht es dir wirklich gut, Lilou? Sag doch was!«

»Ich komme ja nicht zu Wort«, antwortete Lilou lachend und ließ zu, dass Claire sie an ihren ausladenden Busen drückte. »Ja, es ist alles in Ordnung«, sagte sie. »Ich bin schon fast wieder wie neu, ich bin nur hungrig.«

»Ich würde dir ja gern etwas anbieten«, erwiderte Claire und senkte verschwörerisch die Stimme. »Aber ich glaube, Simon hat für dich gekocht.«

»Ach?« Lilou hob die Brauen. »Hast du mit ihm gesprochen?«

Claire nickte eifrig. »Ja, er war vorhin hier. Ich habe mich wegen der jungen Frau entschuldigt. Es war sehr unbedacht von mir, so etwas zu sagen.«

Lilou schnitt eine Grimasse. »Das ist wohl wahr.« Sie hob den Kopf und schnupperte. »Was ist das denn für ein Geruch?«, fragte sie.

Claire strahlte. »Das ist der neue Raumduft von Madame Forléans«, sagte sie. »Er heißt *Fantasmes du cédrat*. Ist er nicht wunderbar?«

Lilou hob die Schultern. Für sie roch es nicht viel anders als die undefinierbare Mischung von Gerüchen in Madame

Forléans' Apotheke. Auch die Apothekerin selbst hatte ein ähnlicher Duft umweht, fiel ihr wieder ein. Offenbar rochen Madame Forléans' Zubereitungen alle irgendwie ähnlich.

Claire trat einen Schritt zurück. »Nun lauf«, sagte sie. »Lass ihn nicht warten.«

Simon empfing sie an der Wohnungstür. Hier roch es deutlich besser als bei Claire, nach Rosmarin und gebratenem Fleisch mit einem Hauch Zitrone. »Es gibt Limonenhühnchen? Mit Rosmarinkartoffeln?« Lilou strahlte. »Das ist eines meiner Leibgerichte!«

»Ich weiß.« Simon gab ihr einen Kuss. »Nimm es als Entschuldigung an.«

»Du musst dich doch nicht entschuldigen«, sagte Lilou und erwiderte seinen Kuss. »Es war ganz allein meine Schuld. Ich war tatsächlich eifersüchtig, dabei weiß ich doch, dass es dazu keinen Grund gibt.«

Er nahm sie an den Schultern und sah ihr in die Augen. »Nein, den gibt es wirklich nicht«, sagte er. »Manon Tonnerre ist die Freundin von Mick Pendragon, dem Tätowierer von gegenüber. Er hat sie mir empfohlen und mich gefragt, ob Manon vielleicht die Wohnung haben könnte.«

Lilou riss die Augen auf. »Wieso hast du das nicht gleich gesagt?«

Simon hob die Schultern. »Ich glaube, ich wollte nur herausfinden, ob du eifersüchtig bist«, gestand er. »Das war wohl ziemlich dumm von mir.«

Lilou grinste schief. »Zumindest war es nicht sehr nett«, sagte sie und boxte ihn gegen die Brust.

Simon zog sie an sich und drückte seine Wange gegen ihren Kopf. »Ich weiß auch nicht, was ich mir dabei gedacht habe.«

Lilou holte tief Luft und sog seinen Geruch ein. Dann ließ sie den Atem langsam wieder entweichen und zwang sich, zu sagen, was sie fühlte. »Ich habe solche Angst vor der Zeit, wenn ich nicht mehr hier bin«, murmelte sie in sein Shirt. »Nur deshalb habe ich so überreagiert.«

Er schob sie von sich und sah sie an. »*Du* hast Angst?«, fragte er ungläubig. »Du bist doch immer so cool und abgeklärt.« Er lachte auf. »Ich dachte, das mit Paris steckst du einfach so weg.«

Lilou schüttelte den Kopf. »Nein. Tatsächlich würde ich viel lieber hierbleiben.« Nun war es heraus. Bis jetzt hatte sie sich das noch nicht einmal selbst eingestanden, doch es war die Wahrheit. Der Wunsch nach einer Karriere in Paris, der sie ihre gesamte Ausbildung hindurch begleitet hatte, verblasste bei dem Gedanken daran, Simon verlassen zu müssen. »Ich liebe dich doch«, sagte sie leise.

»Dass ich das einmal von dir hören würde!« Simon drückte sie an sich. »Ich liebe dich auch, Babe. Und wir schaffen das. Ganz egal wo du bist.«

Lilous Augen waren feucht geworden. Mit einer ungeduldigen Geste wischte sie die Tränen weg. »Nur wenn du nicht mehr Babe zu mir sagst.«

»*Scusez.*« Er lachte. »Du bist nun mal mein Babe«, fügte er hinzu. »Und jetzt lass uns essen.«

Mitten in der Nacht fuhr Lilou aus einem wirren Albtraum auf. Ein leuchtend blauer Schatten hatte sich hinter ihr erhoben und einen Schwall Lavendel und Zitrone über ihr ausgegossen. Der Geruch betäubte noch immer all ihre Sinne, und ihr war speiübel. Sie sprang aus dem Bett, lief ins Bad und erbrach sich über der Toilette. Vielleicht hatte sie von dem Schlag doch eine leichte Gehirnerschütterung, oder die Anstrengungen des Tages waren zu viel gewesen. Unwillkürlich musste sie lächeln, als sie an den späteren Verlauf des Abends dachte. Ob das auch als Anstrengung zählte?

Sie wusch sich das Gesicht mit kaltem Wasser und spülte sich den Mund aus, dann ging sie wieder ins Bett. Simon lag auf der Seite, nur halb von dem Laken bedeckt, das sie in der Hitze der Dachwohnung als Decke nutzten. Sie schmiegte sich an ihn und zog das Laken über sie beide. Er brummte im Schlaf, legte den Arm um sie und zog sie an sich.

Sie versuchte, sich zu entspannen, doch sie war hellwach. Irgendwie nahm sie noch immer den Geruch nach Lavendel wahr, der sie aus dem Schlaf gerissen hatte. Natürlich, sie legte ja immer ein Duftkissen aus Lavendel zwischen ihre Bettwäsche. Ihre Mutter behauptete, dass man damit besser schlafen könne, und normalerweise stimmte das auch. Nur heute hatte sich der Duft mit den Zitronen vom Hühnchen und dem Rosmarin der Kartoffeln vermengt, und in ihrem Traum hatte sie diese Mischung offenbar an den Überfall an der Ruine erinnert. Sie runzelte die Stirn.

Die nachfolgenden Ereignisse hatten es völlig verdrängt, aber tatsächlich hatte sie in diesem Augenblick einen Geruch bemerkt. Ein bisschen wie die bunten Seifen, die auf dem Markt verkauft wurden. Lavendel, Zitrone und Rosmarin. Oder … Lilou riss die Augen auf. Oder wie die Parfümwolke, die Madame Forléans stets umwehte.

Sie setzte sich auf und zog die Knie an. War die vage Erinnerung an einen Duft tatsächlich ein Beweis? Nein, natürlich nicht. Noch dazu verkaufte die Apothekerin diese Düfte, also konnte jeder x-Beliebige so riechen, der bei ihr einkaufte, ganz egal ob Mann oder Frau, ob schuldig oder unschuldig. Und trotzdem. Lilou kaute auf ihrer Unterlippe.

Bis jetzt waren sie wie selbstverständlich davon ausgegangen, dass Phil Corsaint Madame Forléans in der Apotheke aufgesucht hatte. Die Formulierung der Apothekerin hatte es nahegelegt, tatsächlich jedoch hatte sie das nie explizit gesagt, und es war auch durch nichts bewiesen. Was, wenn sie sich in Wahrheit an der Ruine getroffen hatten? Wenn Phil seiner Auftraggeberin vor Ort zeigen wollte, was er entdeckt hatte? Sie versuchte, sich zu erinnern, was Pouff in der Nacht gesagt hatte, als sie ihn gefunden hatte. »Die Übersetzung ist unvollständig.« Und: »Der letzte Schlüssel ist im geheimen Keller des Hauses zu finden.«

Womöglich hatte Phil für diesen letzten Schlüssel mehr Geld verlangt? Geld, mit dem er mit seinem Freund in Urlaub fahren konnte, ohne dass ständig sein Stolz verletzt wurde, weil er knapp bei Kasse war und Pepin reich? Und es war zu einem Streit gekommen, die Apothekerin war groß und kräftig, ein herumliegender Stein war schnell gegriffen, und der junge Mann damit zum Schweigen gebracht. Lilou sah es genau vor sich.

Das erklärte auch, warum Phils Leiche nicht in dem geheimen Kellerraum hatte bleiben können: Madame Forléans hatte nach dem letzten Schlüssel gesucht und wollte dabei nicht ständig den Toten vor Augen haben. Lilou rieb sich die Stirn. Sie musste jetzt schlafen. Aber gleich morgen früh würde sie mit Commissaire Demoireau darüber sprechen.

»Ah, Mademoiselle Braque, gut, dass Sie da sind!«, begrüßte Demoireau Lilou, als sie am nächsten Morgen in die Dienststelle kam. »Wir müssen sofort zum Krankenhaus! Docteur Bonaventure hat angerufen, er möchte uns sprechen.«

»Gibt es etwas Neues?«

»Ich nehme es an.« Demoireau deutete zur Tür. »Er schien recht aufgeregt zu sein.«

Wenig später bogen sie auf die Zufahrt zum Krankenhaus ein. Demoireau ignorierte die Beschilderung des Parkplatzes und stellte den grauen Peugeot am Ende der Auffahrt ab. Ein blau uniformierter Wachmann eilte mit wedelnden Armen herbei. »Sie können hier nicht parken!«, rief er.

»Kann ich doch«, gab Demoireau zurück und legte sein blau-rotes Police-nationale-Schild hinter die Windschutzscheibe. »Wir brauchen nicht lang.«

Der Mann blieb stehen und starrte ihn finster an. »Und was mache ich, wenn ein Krankenwagen kommt?«

»Nichts.« Der Commissaire deutete auf die Fahrspur. »Es ist doch Platz genug.«

»Das ist nicht erlaubt«, schnaubte der Wachmann. »Ich rufe die Polizei!«

»Ja, bitte, tun Sie das.« Demoireau lächelte verbindlich, dann wandte er sich ab und eilte mit langen Schritten auf das Gebäude zu. Lilou hatte Mühe, ihm zu folgen, und holte ihn erst auf der Treppe zum Untergeschoss ein.

»Der ist wohl neu hier«, meinte Demoireau und schnitt eine Grimasse.

»Wieso parken Sie nicht einfach auf dem Parkplatz?«, fragte Lilou.

»Das ist viel zu kompliziert«, gab der Commissaire zurück. »Man braucht eine Karte für die Schranke, um wieder hinauszukommen. Außerdem gibt es da keinen Schatten.«

Dem konnte Lilou nicht widersprechen.

Docteur Bonaventure erwartete sie in einem kleinen Labor, das sich an den Sektionssaal anschloss. Lilou war froh darüber, denn sie war nicht sicher, ob ihr Magen heute den Anblick von Leichen vertragen würde. Bonaventure winkte sie heran. Der Rechtsmediziner war ein großer, korpulenter Mann mit beginnender Glatze, Lilou war ihm schon einige Male begegnet. Er stand über eine flache Plastikwanne gebeugt, in der sich kleine weiße Würmer ringelten. Vereinzelt krochen graue Fliegen zwischen ihnen über den Boden und versuchten davonzufliegen, stießen jedoch sofort gegen die Plexiglasscheibe, die die Wanne bedeckte.

»Was ist das?« Demoireau starrte auf die Insektenkolonie.

»Das sind Fliegenlarven von der Leiche«, meinte Bonaventure. »Einige sind heute Nacht geschlüpft, und das erlaubt eine genaue Bestimmung der Liegezeit.« Er richtete sich auf und deutete auf eine zweite Schale. »Wir haben an dem Toten nicht nur Larven, sondern auch leere Puppenhüllen gefunden. Das bedeutet, dass mindestens ein kompletter Entwicklungszyklus dieser Fliegen stattgefunden hat. Bei den Temperaturen und der geringen Luftfeuchtigkeit in diesem Keller kann man davon ausgehen, dass der Tote schon seit mindestens vier Wochen dort gelegen hat.«

»Vier Wochen?« Demoireau schlug mit der Faust in seine Handfläche. »Damit sind die Marokkaner endgültig raus.«

Lilou nickte. »Dann hat wohl doch Madame Forléans etwas damit zu tun«, antwortete sie, ohne nachzudenken.

»Die Apothekerin?« Bonaventure lachte bellend auf. »Was hat die denn mit dem Toten zu schaffen?«

»Sie war seine letzte Auftraggeberin bei einer Übersetzung«, erklärte Demoireau. »Wie kommen Sie darauf?«, fragte er an Lilou gewandt.

»In der Nacht, als ich niedergeschlagen wurde«, begann Lilou, »da habe ich als Letztes einen ganz bestimmten Geruch wahrgenommen, eine Mischung aus Zitrone, Lavendel und Rosmarin.« Sie hob den Kopf. »Es war der gleiche Duft, den auch Madame Forléans als Parfüm verwendet.«

»Hm, hm.« Demoireau rieb sich das Kinn.

»Blödsinn«, polterte Bonaventure. »Halb Carpentras riecht nach dem Zeug von Madame Forléans. Sogar ich benutze ein Duschgel aus ihrer Sommerkollektion.«

»Aber der Rest von Carpentras hat nichts mit Philbert Corsaint zu tun«, entgegnete Lilou und deutete auf die Schale mit den Fliegen. »Madame Forléans war die Letzte, von der wir wissen, dass sie Phil lebend gesehen hat. Warum sollte sie ihn also nicht umgebracht haben?«

»Die Frage muss anders lauten«, gab Demoireau zurück. »Warum in drei Teufels Namen soll sie es getan haben?«

»Ich vermute, dass Phil Corsaint mehr Geld verlangt hat«, sagte Lilou und senkte unwillkürlich den Blick. Bei Tageslicht kam ihr der Verdacht, der ihr im Dunkel der Nacht so logisch erschienen war, nun selbst etwas unglaubwürdig vor. »Die Übersetzung, die Commandant Pouffin an sich genommen hat, war nicht vollständig. Es könnte doch sein, dass er sozusagen nachverhandeln wollte.«

»Wovon reden Sie eigentlich?« Bonaventure sah fragend von Demoireau zu Lilou.

»Corsaint hat ein altes Buch übersetzt, das Madame Forléans gehört«, erklärte Demoireau. »Darin geht es um die Ruine Pré Fantasti und um das Rezept für ein lebensverlängerndes Elixier.« Er hob die Schultern. »Aber das ist doch kein Motiv für einen Mord?«

»Für Aziza vielleicht schon.« Der Arzt grinste schief. »Sie ist ständig auf der Jagd nach alten Rezepturen und magischen Tränken. Mich hat sie deswegen auch schon genervt.«

»Wie das?« Demoireau sah ihn überrascht an.

»Meine Frau ist Stammkundin bei ihr«, erklärte Bonaventure und verzog schmerzlich das Gesicht. »Einmal habe ich sie begleitet, da verwickelte mich Aziza in ein Gespräch über einen Liebestrank und wollte wissen, wie man die Wirksamkeit nachweisen könne.« Bonaventure hob die schweren Schultern. »Ich habe sie an das staatliche Labor für Biochemie in Marseille verwiesen.« Er lachte abfällig. »Mit so einem Hokuspokus habe ich doch nichts am Hut.«

»Hm, hm.« Demoireau wandte sich zur Tür. »Kommen Sie, Mademoiselle Braque. Ich fürchte, wir müssen Aziza Forléans doch noch ein paar Fragen stellen.«

Doch zuerst fuhren sie in den dritten Stock hinauf in die chirurgische Abteilung und erkundigten sich nach Commandant Pouffin. Die diensthabende Schwester zierte sich und wollte ihnen keine Auskunft geben. Erst als Demoireau seinen Dienstausweis zog und sein Dienstgesicht aufsetzte, wie Lilou es nannte, gab sie nach. »Er hat die Operation gut überstanden«, berichtete sie. »Aber er liegt noch auf der Intensivstation und darf keinen Besuch empfangen. Er wurde in ein künstliches Koma versetzt, um den Heilungsprozess zu unterstützen.«

»Wird er wieder laufen können?«, fragte Lilou.

»Das kann ich Ihnen wirklich nicht sagen.« Die Schwester sah sie streng an. »Da müssten Sie einen Arzt fragen, aber die sind gerade alle beschäftigt.«

Demoireau nickte. »Trotzdem vielen Dank. Bitte sagen Sie uns Bescheid, sobald es Neuigkeiten gibt.«

Die Schwester nickte knapp. »In Ordnung.«

»Wir fahren jetzt erst einmal zurück in die Dienststelle«, sagte Demoireau, als sie im Aufzug nach unten fuhren. »Im Fall Aziza Forléans dürfen wir nicht unbesonnen vorgehen.«

»Immerhin ist sie eine Freundin der Bürgermeisterin«, gab Lilou ihm recht.

»So ist es.« Demoireau wandte sich zu ihr um. »Wobei Madame Adelphe da zum Glück vernünftiger ist als gewisse andere Leute.«

Lilou verzog das Gesicht. Sie wusste, worauf er anspielte – bei ihrem letzten Fall hatte Staatsanwalt Beringer versucht, die Ermittlungen zugunsten eines Freundes zu beeinflussen.

Der Wachmann am Eingang sah ihnen griesgrämig entgegen, doch er sagte nichts mehr, sondern beobachtete nur verdrossen, wie sie den unerlaubten Parkplatz verließen.

»Bevor wir die nächsten Schritte planen, müssen wir wissen, ob die Spurenlage einen Verdacht gegen Madame Forléans überhaupt rechtfertigt«, meinte Demoireau, während er den grauen Peugeot auf die Straße lenkte.

»Gibt es denn schon Ergebnisse von der Spurensicherung?«

»Ja.« Demoireau nickte. »Ich habe für zehn Uhr eine Teambesprechung einberufen. Das hätte ich schon längst tun sollen.«

Lilou unterdrückte ein Schmunzeln. Demoireaus Teambesprechungen waren eine feste Einrichtung in der Dienststelle. Er fand es wichtig, dass alle Beamten immer »auf Stand« waren, wie er es nannte, und nach anfänglichen Zweifeln wusste inzwischen auch Lilou den Wert dieser Vorgehensweise zu schätzen.

DER DU HIERHERGEFUNDEN HAST ZUM ENDE DIESES MANUSKRIPTS VON MEINER HAND: SEI GEWISS, DU WIRST ALLES ERFAHREN, WAS NOETIG IST, UM DAS ELIXIER ZU BEREITEN. HIERZU BEGEBE DICH IN DAS HAUS ESPIRIT FANTASTI UND SUCHE DEN GEHEIMEN KELLER AUF, VON DEM ICH HIER BERICHTET HABE. IN DIESEM KELLER IST VERBORGEN DER LETZTE SCHLUESSEL, OHNE DEN DU DIE REZEPTUR NICHT BEREITEN KANNST. ZWAR HAST DU DIE ZUTATEN UND DAS WISSEN UM DAS WO, DOCH NICHT UM DAS WIE, UND DIESES IST ESSENZIELL FUER DIE WIRKUNG. SO BEGEBE DICH NUN IN DEN GEHEIMEN KELLER VON ESPIRIT FANTASTI. OEFFNE DIE TUER UND BETRETE MEIN ALLERHEILIGSTES. BLICKE UM DICH UND ERSCHAUE DEN LETZTEN SCHLUESSEL. DEM UNKUNDIGEN BLEIBT ER VERBORGEN, DEM SEHENDEN JEDOCH OFFENBART ER SICH.

KAPITEL 17

Die eigentliche Besprechung begann heute verspätet, denn jeder einzelne Kollege schien sich persönlich bei Lilou versichern zu wollen, dass ihr bei ihrem Abenteuer auch wirklich nichts passiert war.

»Gut gemacht«, sagte Miquèl Hiroux und nickte anerkennend. »Pouff wäre wahrscheinlich gestorben, wenn du ihn nicht gefunden hättest.«

Jamal Emetoit sah ihr ernst in die Augen. »Du musst so etwas nicht allein machen«, sagte er. »Du kannst mich jederzeit anrufen.«

Lilou lächelte zu dem großen Capitaine hoch. »Deine langen Arme wären tatsächlich hilfreich gewesen«, meinte sie.

Charles Bashir schüttelte ihr feierlich die Hand. »Ich bin stolz auf dich«, sagte er, ganz so, als ob er für ihre Aktion verantwortlich wäre.

Lilou grinste schief und fühlte sich unbehaglich. So viel Aufmerksamkeit vonseiten der Kollegen war sie nicht gewohnt.

Schließlich klatschte Commissaire Demoireau in die Hände. »Lassen Sie uns beginnen. Wo ist Mistral?«

»Hier«, rief Guillaume von der Tür her und kam hereingeeilt. Seine Haare standen in alle Himmelsrichtungen, seine Brille war verrutscht, die hellen Sneakers waren staubig und sein T-Shirt zerknittert. Heute zierte ein riesengroßer gelber Smiley seine Brust.

Lilou sah zu, wie er sich zwischen den Stühlen hindurchquetschte und sich auf einen freien Platz setzte. Die anderen Kollegen nickten grüßend, niemand schien sich an seinem saloppen Äußeren zu stören. Bei ihrem ersten Praktikum in Paris waren die Männer und Frauen von der Kriminaltechnik immer wie aus dem Ei gepellt erschienen – Guillaumes Aufzug wäre unvorstellbar gewesen. Unwillig schüttelte sie bei diesem Gedanken den Kopf und setzte sich auf den Stuhl neben Demoireau.

»Bitte, Capitaine Mistral«, begann der Commissaire. »Was haben Sie für uns?«

Guillaume rückte seine Brille zurecht. »Wir haben die Fingerabdruckspuren an den Gittertoren und am Mechanismus der Geheimtür ausgewertet«, sagte er. »Die meisten stammen wie erwartet von unseren eigenen Leuten.« Er nickte zu Lilou hin. »Bei der Befreiung von Lilou und Pouff hat keiner von uns daran gedacht, Handschuhe anzuziehen. Deshalb sind sämtliche Spuren überlagert und verwischt. Wir konnten allerdings einen Teilabdruck an dem Gitter zur Wendeltreppe sicherstellen, der nicht zuzuordnen ist. Er dürfte von einem Daumen stammen.«

»Mehr haben Sie nicht?« Demoireau hob die Brauen.

Guillaume schüttelte den Kopf. »Von den Schleifspuren im Keller habe ich Ihnen ja schon gestern Abend berichtet.« Er wandte sich an die anderen. »Der Fundort ist nicht der Tatort«, sagte er. »Der Mann wurde nach der Tat noch bewegt, aber nur ein paar Meter weit aus dem geheimen Kellerraum hinaus.«

»Warum hat der Täter das denn getan?«, fragte Bashir und rieb sich den dicken Schnurrbart. »Hinter der Geheimtür wäre er doch wahrscheinlich nie entdeckt worden.«

Demoireau nickte. »Das haben wir uns auch schon gefragt«, meinte er.

»Ein Grund könnte sein, dass der Täter oder die Täterin noch nach etwas in dem Geheimkeller suchen wollte«, sagte Lilou.

Der Commissaire hob die Brauen. »Tatsächlich. Das könnte ein Grund sein. Aber was sollte in diesem Kellerraum zu finden sein?«

»Das kann ich Ihnen sagen«, antwortete Guillaume. »Wir haben heute Nacht mit der Übersetzung weitergemacht und sind so gut wie fertig. Bis auf die letzte Seite des Buchs ist alles entschlüsselt. Das hier ist der letzte Absatz.« Er griff nach einem weiteren Blatt Papier, räusperte sich und las laut: *»So begebe dich nun in den geheimen Keller von Espirit Fantasti. Öffne die Tür und betrete mein Allerheiligstes. Blicke um dich und erschaue den letzten Schlüssel. Dem Unkundigen bleibt er verborgen, dem Sehenden jedoch offenbart er sich.«*

Alle blickten sich ratlos an. »Was soll das für ein letzter Schlüssel sein?«, fragte Hiroux.

»Ich habe keine Ahnung«, erwiderte Guillaume. »Der Raum ist völlig leer. Da ist nichts mehr.«

»Noch eine Geheimtür?«, schlug Emetoit vor.

»Das glaube ich nicht.« Guillaume schüttelte den Kopf. »Es steht ja sonst alles in dem Buch beschrieben, und da ist von keiner zweiten Geheimtür die Rede. Auch im Plan ist kein weiterer Raum verzeichnet.«

»Das ist doch jetzt zweitrangig.« Demoireau machte eine ungeduldige Geste. »Was ist mit der Mordwaffe? Haben Sie etwas gefunden?«

Guillaume schüttelte den Kopf. »Noch nicht. Aber Abouillon bereitet gerade die Festbeleuchtung vor. Wir fahren gleich noch mal raus und suchen jeden Zentimeter in diesem Raum ab.«

Der Commissaire nickte. »Das ist gut. Wann rechnen Sie mit einem Ergebnis?«

Guillaume zuckte mit den Schultern. »Ein paar Stunden werden wir schon brauchen«, meinte er. »Karimi ist noch bei dieser Fortbildung, und Baptiste ist krank. Wir sind nur zu zweit.«

»Sagen Sie doch gleich, dass Sie Hilfe benötigen«, rügte Demoireau. »Emetoit und Bashir, Sie fahren mit und unterstützen die Kollegen.«

Lilou hob die Hand. »Darf ich auch mit?«

Demoireau sah sie nachdenklich an. »Wenn Sie möchten. Ich kümmere mich in der Zwischenzeit um den Papierkram.« Er schnitt eine Grimasse. »Ich gewöhne mich besser daran«, fügte er leise hinzu. »Commandant Pouffin wird wahrscheinlich für längere Zeit ausfallen.«

Die Police scientifique besaß einen Kleinbus, in den sich Lilou zu Guillaume und seinem Kollegen quetschte, während Emetoit und Bashir in einem Streifenwagen folgten. Guillaume fuhr einen ziemlichen Umweg über den Col de Madeleine und näherte sich der Ruine von hinten über eine unbefestigte Straße. Das letzte Stück rumpelte er über die Freifläche neben dem Olivenhain.

»Hab keine Lust, die Lampen und den Kompressor den Hügel hochzuschleppen«, brummte er auf Lilous fragenden Blick hin.

Der Streifenwagen hatte am Ende der Straße im Schatten der Olivenbäume angehalten, und die beiden Beamten legten das letzte Stück zu Fuß zurück.

Bashir sah sich neugierig um. »Hier war ich noch nie«, meinte er und deutete auf die Ruine. »So alte Gemäuer finde ich gruselig.«

»Pass bloß auf, Charles, hier soll es sogar spuken«, meinte Abouillon und grinste.

Bashir warf ihm einen verärgerten Blick zu. »Wer hat den Schlüssel?«, fragte er und rüttelte an dem Gitter. Ein Polizeisiegel klebte auf dem Schloss, und schwarz-gelbes Flatterband mit der Aufschrift »Police technique et scientifique« versperrte den Eingang noch zusätzlich.

»Ich.« Guillaume zog einen Schlüssel aus der Tasche. »Die Schlösser sind gestern ausgetauscht worden«, sagte er zu Lilou gewandt. »Und wir haben gleich die Schlüssel eingezogen.«

»Sehr schlau.« Lilou nickte. »Im Augenblick hat da drin ohnehin niemand etwas verloren.«

Guillaume trat an das Gitter. »Sieh mal«, sagte er und deutete auf das polizeiliche Siegel. »Hier hat sich jemand zu schaffen gemacht.«

Lilou trat näher. Guillaume hatte recht, das Siegel war nicht so unversehrt, wie es auf den ersten Blick den Anschein hatte. Offenbar hatte jemand versucht, sich unerlaubt Zutritt zu verschaffen.

Guillaume entfernte die Reste des Siegels und schloss das Tor auf. Lilou folgte ihm ins Innere, und sie wandten sich dem zweiten Gitter an der Wendeltreppe zu. Hier war das Siegel intakt. »Offenbar besitzt unser ungebetener Gast noch die alten Schlüssel. Bis hierhin ist er jedenfalls nicht gekommen.«

Lilou nickte. Wenn sie die Schlüssel fanden, hatten sie wahrscheinlich auch ihren Täter. Doch wenn derjenige schlau war, würde er sich des nutzlos gewordenen Schlüssels vorher entledigen.

Emetoit betrat ebenfalls die Ruine, er trug mehrere Lampen auf hohen Stativen. Bashir folgte ihm und rollte dabei ein langes Kabel ab. Draußen sprang ein Dieselgenerator an. Lilou ging hinaus, um mitzuhelfen. Wenig später standen sie in dem verborgenen Kellerraum, der durch die Lampen taghell erleuchtet war. Sie alle trugen Handschuhe, weiße Papieranzüge mit Kapuzen und Überschuhe, und die Szene wirkte ein wenig gespenstisch.

»Wie gehen wir vor?«, fragte Bashir.

»Wir suchen nach der Mordwaffe«, erklärte Guillaume. »Docteur Bonaventure meinte, es handelt sich um einen Stein oder ein Stück vom Verputz. Ich würde vorschlagen, du und Abouillon nehmt euch den vorderen Raum vor. Seht euch jeden einzelnen Stein an, der hier herumliegt, und wenn euch irgendetwas auffällt, tütet ihr ihn ein.«

Bashir nickte.

»Wir drei gehen in den hinteren Raum«, fuhr Guillaume fort. »Da liegt der Schutthaufen von der Einsturzstelle, den nehmen Jamal und ich uns vor. Du, Lilou, kümmerst dich um die losen Steine.«

»In Ordnung.«

Es war ein mühevolles Geschäft. Sie arbeiteten schweigend. Immer wieder bückte sich Lilou nach einem Stein, hielt ihn ins Licht und musterte ihn gründlich von allen Seiten, bevor sie ihn auf einen Haufen zu den anderen legte. Schon nach kurzer Zeit tat ihr der Rücken weh, und die erfolglose Suche war ziemlich frustrierend. Nach zwei Stunden klatschte Guillaume in die Hände. »Pause!«, rief er.

Dankbar richtete sich Lilou auf und stöhnte. »Hätte ich gewusst, wie anstrengend das ist, hätte ich mich nicht gemeldet.«

»Sieh es als Teil deiner Ausbildung an«, gab Guillaume zurück und zwinkerte ihr zu. »Ich bin froh, dass du uns hilfst.«

»Natürlich.« Lilou grinste. »Alles ist besser als Schreibtischarbeit.« Sie sah sich um. Immerhin hatten sie schon einiges geschafft. Guillaume und Jamal hatten den Schutthaufen zur Hälfte abgetragen, während sie selbst eine beträchtliche Anzahl von Steinen aufgehäuft hatte. Aber bisher hatten sie nichts gefunden außer einer Taschenlampe, die ziemlich sicher Pouff gehörte.

Guillaume reichte ihr eine Wasserflasche. Dankbar trank sie in tiefen Zügen, dann machten sie weiter. Tatsächlich dauerte es noch zwei weitere Stunden, bis endlich der erlösende Ruf ertönte: »Ich hab was!«

Ganz zuunterst unter dem von Pouff verursachten Einsturz lag ein unregelmäßig geformter Stein, auf den Emetoit zeigte. Guillaume ging daneben in die Hocke, Lilou sah ihm über die Schulter. Die eine Seite war von einer braunen Kruste bedeckt, Lilou meinte sogar Haare und Hautfetzen unter der Staubschicht zu erkennen. Guillaume zog einen Probenbeutel aus dem Gürtel und hob den Stein damit auf. Mit einer geschickten Bewegung ließ er ihn hineinfallen und zippte den Verschluss zu. »Sehr gut.«

Lilou atmete auf. Immerhin hatte sich die schwere Arbeit gelohnt. Suchend blickte sie sich um. »Und wo ist jetzt der geheimnisvolle Schlüssel?«, fragte sie.

Guillaume drückte den Beutel Aboullion in die Hand und kam zu ihr. »Ich habe keine Ahnung«, sagte er. »Vermutlich war er damals hier irgendwo versteckt. Aber der Keller ist schon vor langer Zeit leer geräumt worden. Hier ist bestimmt nichts mehr.«

Lilou runzelte die Stirn. »*Dem Unkundigen bleibt er verborgen, dem Sehenden jedoch offenbart er sich*«, zitierte sie. »Das klingt nicht danach, als wäre er wirklich versteckt gewesen.«

»Das stimmt allerdings.« Guillaume hob die Schultern. »Vielleicht war es ein Bild an der Wand oder ein Teppich auf dem Boden, in dem der Schlüssel verborgen war.«

»Ein Teppich? In einem Keller?« Lilou schüttelte den Kopf. »Eher so etwas wie ein Wandgemälde, meinst du nicht?«

»Oder ein Mosaik?« Guillaume hatte ein großes Stück Verputz umgedreht und zeigte mit dem Finger darauf. Der Mörtel verband eine Reihe von quadratischen Ziegelsteinen. Die meisten waren ockergelb wie der Rest des Hauses, doch einzelne glänzten bläulich im Licht der Lampen. Er pfiff durch die Zähne. »Das ist ja genial!«

Lilou ging in die Hocke und drehte noch weitere Steine um. Zwischen den unregelmäßig geformten Natursteinen, die sonst überall Wände und Decken des Kellers bildeten, bemerkte sie jetzt, wo sie darauf achtete, immer mehr von diesen viereckigen Ziegeln. Sie schienen aus gelblichem Ton gebrannt zu sein, und manche von ihnen wiesen eine Art blaugrauer Glasur auf. Sie erhob sich und betrachtete die Wand. »Sieh mal hier«, sagte sie. Ein kleiner Rest des Wandbelags schien unversehrt, er wies ein zufällig wirkendes Muster aus gelben und blaugrauen Ziegeln auf. »Da hast du deinen Schlüssel.«

Guillaume begann zu grinsen. »Was für eine perfide Methode!«, sagte er.

»Weißt du, wie es funktioniert?«

»Ich glaube schon.« Guillaume drehte sich zu ihr um. »Bei der Codierung handelt es sich ja um eine Verschiebung der einzelnen Buchstaben«, sagte er. »Nicht weiter schwierig, wenn man den Schlüssel kennt und weiß, um wie viele Stellen jeder Buchstabe verschoben wurde.« Er deutete auf die Mauer. »Ich wette, die Position der blauen Steine gibt für jeden Buchstaben die Anzahl der zu verschiebenden Stellen an.«

Lilou nickte zustimmend. »Und niemand kann damit etwas anfangen, außer er hat das Buch bis zum Ende übersetzt.«

»Genau.« Guillaume sah sich um. »Leider werden wir die letzte Seite nie entschlüsseln können.« Er deutete auf den Schutthaufen. »In seinem Eifer, an das Elixier des Lebens zu kommen, hat Pouff den Schlüssel unwiederbringlich zerstört.«

»Ich glaube, das ist auch besser so«, sagte Lilou. »Das Elixier hat schon genug Unglück gebracht.«

»Wo du recht hast, hast du recht.« Guillaume grinste. »Soll der alte Barberini sein Geheimnis behalten.«

»Denkst du, Phil Corsaint hat es vor seinem Tod entschlüsselt?«

Guillaume wurde ernst. »Das werden wir wohl nie erfahren«, sagte er. »Aber falls es ihm gelungen ist, hat er die Rezeptur wohl mit ins Grab genommen.«

Zurück in der Dienststelle, verschwand Guillaume sofort ins Labor der Police scientifique, um ihren Fund zu untersuchen, während Lilou Demoireau in seinem Büro aufsuchte. Der Commissaire hob den Kopf von einem Stapel Papier, in dem er las, sichtlich erleichtert über die Unterbrechung.

»Mademoiselle Braque, haben Sie etwas gefunden?«

»Ja, haben wir«, sagte Lilou und ließ sich auf das Ledersofa fallen. Ihre dunkle Uniformhose wies einen deutlichen Grauschleier auf. Sie klopfte auf ihre Oberschenkel, und eine Staubwolke stieg auf.

»Berichten Sie!«

»Wir haben einen Stein gefunden, der ziemlich sicher die Mordwaffe ist.« Mit beiden Händen deutete sie die Größe an. »Er weist Blutspuren auf. Guillaume Mistral untersucht ihn gerade.«

»Sehr gut.« Demoireau nickte anerkennend. »Gab es sonst noch etwas?«

»Das Polizeisiegel am Schloss des äußeren Tors war gebrochen«, antwortete Lilou. »Das am Gitter zur Wendeltreppe war allerdings unversehrt. Offenbar hat unser Täter also versucht, in die Ruine zu gelangen, aber da gestern die Schlösser ausgetauscht worden sind, hat das nicht geklappt.«

Demoireau nahm die Brille ab. »Wie ich Sie kenne, haben Sie auch nach dem Schlüssel der Geheimschrift gesucht, stimmt's?«

Lilou hob die Schultern. »Wir mussten nicht wirklich danach suchen«, antwortete sie. »Es war so offensichtlich, dass es wahrscheinlich genau deshalb niemand bemerkt hat.«

»Dem Unkundigen bleibt er verborgen, dem Sehenden jedoch offenbart er sich«, zitierte Demoireau. »Was war es denn?«

»Ein Mosaik aus unterschiedlich gefärbten Ziegelsteinen an der Wand.« Sie grinste schief. »Leider war das genau die Wand, die Pouff bei seinem Befreiungsversuch zum Einsturz gebracht hat.«

»Das heißt, die letzte Seite kann nicht mehr entschlüsselt werden?« Demoireau hob die Augenbrauen. »Nun, das ist vielleicht besser so.«

Lilou nickte. »Commandant Pouffin wird nicht erfreut sein, das zu hören.«

»Commandant Pouffin kann froh sein, wenn er halbwegs heil aus dieser Sache herauskommt«, knurrte Demoireau. »Von Rechts wegen steht ihm ein Disziplinarverfahren bevor.«

»Das würden Sie wirklich tun?« Lilou riss erstaunt die Augen auf. »Nur weil er das Buch genommen hat?«

»Er hat Beweismittel für seine eigenen Zwecke entwendet. Er hat gelogen, als er sich krankgemeldet hat, und er hat bei dieser Aktion sich und andere in Gefahr gebracht. Das ist für einen Beamten in seiner Position nicht tragbar.«

»Hm.« Lilou runzelte die Stirn. »Das klingt sehr hart.«

»Ich kann so ein Verhalten nicht dulden«, sagte Demoireau streng. »Und es wundert mich, dass ausgerechnet Sie ihn in Schutz nehmen.«

»Vielleicht sollte man abwarten, wie es ihm geht, wenn er aus dem Koma aufwacht.« Lilou hob die Schultern. »So, wie ich ihn verstanden habe, war er schon vorher gesundheitlich angeschlagen. Deshalb hat er das ja überhaupt erst gemacht.«

»Das wissen Sie?« Demoireau sah sie überrascht an. »Er hat eigentlich immer sehr darauf geachtet, dass niemand es mitbekommt.«

»Sie haben ihn die ganze Zeit gedeckt, oder?«, fragte sie.

»Ja.« Demoireau nickte. »Nach seinem ersten Herzinfarkt hätte er eigentlich den aktiven Dienst quittieren müssen. Mit etwas Glück hätte er einen Posten im zentralen Archiv in Marseille bekommen, aber der Gedanke, quasi als untauglich für den normalen Polizeidienst abgestempelt zu sein, war ihm unerträglich. Deshalb haben wir die Arbeit so aufgeteilt, dass er sich um den Papierkram kümmert und ich die Einsätze führe. Aber lange wäre das auch nicht mehr gegangen.«

»Nicht?« Lilou hob den Kopf. »Ich dachte immer, Sie hassen Schreibtischarbeit.«

»Nicht so sehr, wie Sie denken.« Er blinzelte ihr zu. »Ich werde dieses Jahr siebenundfünfzig. Tatsächlich wäre ich nicht traurig, wenn sich die letzten Jahre bis zu meiner Pensionierung etwas ruhiger gestalten würden.«

»Ah.« Lilou grinste. »Das heißt, Sie hätten auch nichts gegen einen neuen, jüngeren Stellvertreter einzuwenden.«

Der Commissaire hob die Schultern. »Ich arbeite schon sehr lange mit Commandant Pouffin zusammen. Es wäre in jedem Fall eine Umgewöhnung.« Er stand auf. »Aber Schluss jetzt. Wie Sie richtig sagen: Darüber wird erst entschieden, sobald wir wissen, ob der Commandant überhaupt wieder dienstfähig sein wird.«

Als Lilou an diesem Abend nach Hause kam, fand sie die Haustür von einem grünen Lieferwagen versperrt. Das Logo an der Seite wies ihn als Fahrzeug des Weinhändlers Pepin aus – offenbar wurde gerade die versprochene Weinlieferung zum *Chez Amande* gebracht. Hinter der offenen Hecktür erspähte Lilou stapelweise unbeschriftete Kartons.

Simon trat aus der Tür und begrüßte sie mit Wangenküssen. »Wir sind noch beim Ausladen«, sagte er. »Gérard ist gerade gekommen.«

Lilou hob die Brauen. Pepin würde nicht erfreut sein, sie zu sehen, das war ihr klar, doch sie hatte nicht vor, ihm in Zukunft ständig aus dem Weg zu gehen. Sie erwiderte Simons Küsse. »Kann ich euch helfen?«

»Das wäre großartig«, antwortete Simon. »Aber wird es dir nicht zu viel?« Er musterte sie besorgt.

»Aber nein«, antwortete Lilou mit vorgetäuschter Munterkeit. Natürlich war sie müde und sehnte sich nach der anstrengenden Arbeit in der staubigen Ruine nach einer Dusche, aber nun hatte sie sich angeboten, also würde sie auch helfen.

Gérard Pepin trat aus dem Haus, er zog eine große Sackkarre hinter sich her. »Ah, Madame le Commissaire«, sagte er, als er sie sah. »Wollen Sie mich wieder verhaften?« Er verzog das Gesicht zu einer bitteren Grimasse.

»Natürlich nicht, Monsieur Pepin«, antwortete Lilou. »Schließlich sind Sie inzwischen entlastet.«

»Sie haben also Ihre Meinung über mich geändert und glauben nicht mehr, dass ich ein Mörder bin?«

»Das hat nichts mit meiner Meinung zu tun«, entgegnete Lilou. »Es geht um Indizien und um Beweise und nicht darum, was ich glaube.« Sie hörte sich genauso an wie Commissaire Demoireau, stellte sie fest.

Pepin musterte sie kalt. »Es ist wirklich erstaunlich, wie Sie das trennen können«, meinte er.

Sie hob die Schultern und lächelte freundlich. »Früher konnte ich mir das auch nicht vorstellen, aber ich musste es lernen. Es ist Teil der Polizeiausbildung.«

»Nehmen Sie es nicht persönlich, aber auf die Polizei bin ich gerade nicht gut zu sprechen.« Er spuckte aus und wandte sich ab.

Lilou wurde ernst. »Das verstehe ich natürlich. Aber bitte denken Sie daran, dass wir einen Mörder suchen. Und es gab nun einmal Hinweise, die auf Sie hingedeutet haben.«

»Ja, weil Max mich verpfiffen hat!« Er ballte die Fäuste und sah wütend zu Boden. »Ich habe deshalb auch mit ihm Schluss gemacht.«

Lilou runzelte die Stirn. »Verpfiffen würde ich das nicht gerade nennen«, sagte sie. »Er hat uns von dem Streit erzählt, das war alles.«

»Ja, eben.« Pepin schnaubte. »So etwas macht man doch nicht. Das ist doch hirnverbrannt, der Polizei so etwas zu erzählen.«

»Hm, hm.« Lilou unterdrückte ein Schmunzeln. Dass Max nicht der Hellste zu sein schien, war ihr auch aufgefallen. »Er ist einfach davon ausgegangen, dass Sie nichts mit Phils Tod zu tun haben.«

»Und damit hatte er ja auch recht.« Pepin steckte die Hände in die Hosentaschen. »Ich hoffe, Sie erwischen das Schwein, das Phil umgebracht hat.«

»Wir tun unser Bestes«, antwortete Lilou. »Es gibt neue, vielversprechende Spuren.«

»Sie wissen schon, wer es war?«

»Wir haben zumindest einen konkreten Verdacht. Es werden gerade die letzten Indizien geprüft, dann können wir den Täter hoffentlich bald verhaften.«

Pepin sah sie zweifelnd an. »Sie wollen nichts sagen, stimmt's?« Er zuckte mit den Achseln. »Nun, ich kann's Ihnen nicht verdenken. Man will den Mörder ja nicht vorwarnen.«

»Genauso ist es, Monsieur Pepin.«

Er nickte. »Dann mach ich mal weiter«, sagte er und deutete auf die Weinkisten. »Wir haben noch ein paar Fuhren zu schleppen.«

Später am Abend – inzwischen waren die Weinkartons im Keller verstaut, und Lilou fühlte sich nach einer Dusche wie ein neuer Mensch – kam Simon noch einmal auf das Thema zurück. »Kannst du mir wenigstens erzählen, wen ihr verdächtigt?«, fragte er.

Lilou runzelte die Stirn. »Eigentlich darf ich das nicht«, sagte sie. »Aber ich denke, bei dir kann ich eine Ausnahme machen.«

»Ich fühle mich geehrt, und ich werde es auch niemandem erzählen.«

Lilou lachte. »Davon gehe ich aus.« Dann wurde sie ernst. »Es deutet einiges darauf hin, dass es Phils letzte Auftraggeberin war, die Apothekerin Aziza Forléans, die ihn mit der Übersetzung des Buches beauftragt hat. Aber tatsächlich haben wir überhaupt nichts gegen sie in der Hand und müssen auf das Ergebnis der kriminaltechnischen Untersuchung warten.«

»Was sollte die Apothekerin denn für einen Grund haben?«

»Das ist die Frage. Sie hatte Mittel und Gelegenheit, aber über ihr Motiv können wir nur spekulieren. Ohne einen eindeutigen Beweis können wir sie nicht einmal vorläufig festnehmen.«

»Das heißt, Guillaume hat wieder gut zu tun.«

»Ja. Er tut mir wirklich leid. In den letzten Tagen hat er scheinbar rund um die Uhr gearbeitet.« Lilou hob die Schultern. »Es ist mir ein Rätsel, wie er das schafft.«

»Er brennt einfach für das, was er tut«, meinte Simon. »Wenn ich in der Küche stehe, geht es mir ja auch nicht anders.«

»Da hast du auch wieder recht.« Sie gähnte ausgiebig. »Ich kann das jedenfalls nicht, ich muss jetzt dringend schlafen.«

KAPITEL 18

Du sollst sofort zum Chef!« Mit diesen Worten begrüßte Gardien Tairousse Lilou, als sie am nächsten Morgen in die Dienststelle kam.

Lilou zog verwundert die Augenbrauen hoch, doch sie sagte nichts, sondern eilte sofort die Treppe hinauf. Auf ihr Klopfen antwortete Demoireau mit einem lauten »Herein!«.

Er legte den Telefonhörer auf und erhob sich. »Ich habe Aziza Forléans zur Vernehmung herbestellt. Sie müsste gleich hier sein.« Er runzelte die Brauen. »Das Problem ist, dass dem Staatsanwalt unser Verdacht zu vage ist. Wir bekommen keine richterliche Genehmigung dafür, Madame Forléans erkennungsdienstlich zu behandeln, solange wir keine konkreten Verdachtsmomente vorweisen können.«

»Hat denn Guillaume nichts gefunden?«

»Doch, schon.« Demoireau nahm die Brille ab, putzte sie und setzte sie wieder auf. »Der Stein ist eindeutig die Mordwaffe. Er konnte Corsaints Blut darauf nachweisen, und auch die anhaftenden Haare stammen von ihm. Aber es gibt keine Fingerabdrücke und keine fremde DNA.« Der Commissaire machte eine Pause. »Bis auf eine Sache.«

»Was denn?« Lilou sah ihn gespannt an.

»Da ist ein einzelnes Haar, das nicht zu Corsaint gehört.« Demoireau hob die Schultern. »Es ist lang und kupferrot und weist auf unsere Verdächtige hin, aber dem Staatsanwalt reicht das nicht aus.«

Lilou verzog das Gesicht. Beringers Zurückhaltung bei angesehenen Bürgern der Stadt war nichts Neues, aber hier schien die Sache doch klar zu sein. Andererseits war ein rotes Haar natürlich auch kein Beweis, sondern bestenfalls ein Indiz. »Fingerabdrücke können wir ihr dann wohl auch nicht abnehmen, oder?«, vermutete Lilou.

»Das ist korrekt.« Demoireau nickte. »Aber ich denke, wir finden schon einen Weg.«

Aziza Forléans rauschte in das Vernehmungszimmer wie eine Königin. Heute trug sie ein wallendes violettes Kleid mit tiefem Ausschnitt, in dem ihr ausladender Busen erregt auf und ab wogte. Der Farbton biss sich etwas mit der Farbe ihres Haars, doch er unterstrich ihre imposante Erscheinung.

»Monsieur le Commissaire, was erlauben Sie sich?«, rief sie anklagend. Dann sah sie sich in dem kahlen Vernehmungszimmer um. »Sie bestellen mich her wie eine Verbrecherin. Darf ich erfahren, was das soll?«

»Bitte nehmen Sie Platz, Madame«, sagte Demoireau und wies auf einen Stuhl. »Kann ich Ihnen etwas anbieten? Wasser, oder vielleicht einen Kaffee?« Der Commissaire war die Höflichkeit in Person.

Madame Forléans schnaubte und ließ sich auf den Stuhl fallen. »Wasser, bitte.« Sie fuhr sich mit dem Handrücken über die Stirn, eine gezierte Geste, die gar nicht zu der großen Frau zu passen schien. »Es ist hier unerträglich heiß.«

Lilou fand es im Gegenteil in dem fensterlosen Raum vergleichsweise kühl, aber vielleicht spielte die Aufregung bei der Apothekerin ja eine Rolle. Demoireau nickte ihr bedeutsam zu und wies zur Tür. »Mademoiselle Braque, wären Sie so freundlich?«

Lilou hatte verstanden. Sie nickte, ohne eine Miene zu verziehen. »Selbstverständlich, *mon commissaire*«, murmelte sie und eilte hinaus. Sie ignorierte den Wasserspender mit seinen Pappbechern, der vorne im Eingangsbereich stand, sondern ging zum Aufenthaltsraum des Journaldienstes, wo es eine kleine Kaffeeküche gab. Sie zog einen Untersuchungshandschuh über, holte ein dickbauchiges Glas aus dem Schrank und wischte es sorgfältig ab. Dann füllte sie es mit Wasser aus einer Flasche im Kühlschrank und kehrte damit ins Verhörzimmer zurück. Mit einer knappen Geste stellte sie es vor Madame Forléans auf den Tisch und verbarg die behandschuhte Hand rasch hinter dem Rücken.

Demoireau nickte ihr kurz zu und bedeutete ihr, ebenfalls Platz zu nehmen. »Fahren wir fort, Madame«, sagte er. »Erzählen Sie uns doch bitte genau, wie das letzte Treffen mit Philbert Corsaint abgelaufen ist.«

Aziza Forléans griff nach dem Wasserglas und trank ein paar Schlucke. Sie hatte auffallend große Hände, bemerkte Lilou. Durchaus vorstellbar, dass die stark genug waren, um dem unglücklichen Corsaint den Schädel einzuschlagen.

»Ich sagte doch schon, dass er mir das Buch zurückgebracht hat«, fauchte Madame Forléans. »Warum fragen Sie mich das alles noch einmal?«

»Sie haben uns noch nicht gesagt, wo Sie sich getroffen haben«, entgegnete Demoireau mit sanfter Stimme.

»Warum interessiert Sie das?« Madame Forléans' Stimme war keine Unsicherheit anzumerken.

»Sagen Sie die Wahrheit, Madame.« Commissaire Demoireau sah sie über den Rand seiner Brille hinweg streng an. »Haben Sie Philbert Corsaint bei der Ruine getroffen und ihn dort getötet?«

Aziza Forléans schnappte nach Luft. »Das ist eine unerhörte Anschuldigung.« Sie sprang auf. »Ich lasse mir das nicht länger gefallen.«

Demoireau nickte Lilou zu. »Bringen Sie das Glas zu Guillaume. Und falls er eine Übereinstimmung findet, rufen Sie bitte Staatsanwalt Beringer an.«

Lilou stand auf. Blitzschnell griff Madame Forléans nach dem Glas und warf es zu Boden. Wasser spritzte in alle Himmelsrichtungen. »Dazu haben Sie kein Recht«, zischte sie.

Zum ersten Mal war Lilou dankbar für das alte Gebäude und den hässlichen Linoleumboden, der den Fall dämpfte: Das Glas blieb heil. Sie bückte sich danach, nahm es mit der noch immer behandschuhten Hand und richtete sich auf. »Ich bin gleich wieder da.«

Mit dem Glas in der Hand und vorsichtig darauf bedacht, keine Abdrücke zu verwischen, rannte Lilou die Treppe zur Police scientifique hinunter. Sie wusste, dass Eile geboten war, denn Demoireau konnte Madame Forléans nicht ewig festhalten.

Zum Glück war Guillaume im Labor. Er saß an einem der Arbeitstische und beugte sich über ein Stereomikroskop.

Als Lilou eintrat, drehte er sich um. »Ah, du bist es.« Er hob grüßend die Hand. »Schau mal, das ist das Haar von der Tatwaffe. Willst du es sehen?«

»Ein andermal gern«, antwortete sie.

Guillaume grinste schief. »Du bringst mir bestimmt wieder Arbeit, habe ich recht?«

Lilou nickte und hielt ihm das Glas hin. »Kannst du das hier bitte mit dem Fingerabdruck abgleichen, den ihr an dem Gittertor sichergestellt habt?«

Guillaume streckte sich. »Ja, natürlich. Bis wann brauchst du es?«

»Sofort«, gab Lilou zur Antwort. »Am besten sogar noch schneller.«

»Oha.« Guillaume richtete sich auf und erhob sich. »Was ist los?«

»Unsere Verdächtige sitzt mit Commissaire Demoireau im Vernehmungsraum, und ich weiß nicht, wie lange es dauert, bis sie die Geduld verliert.«

Guillaume hob die Brauen. »Beringer legt sich mal wieder quer?«, fragte er.

Lilou nickte. »Genau. Aber falls du eine Übereinstimmung findest, kann er die Ermittlung nicht mehr aufhalten.«

»Dann lass mal sehen.« Er deutete auf einen weiteren Tisch, an dem eine starke Lampe befestigt war, die Lilou schon kannte. Man konnte an ihr verschiedene Wellenlängen einstellen und den Tisch darüber hinaus von unten beleuchten, sodass viele Spuren schon hier ausgewertet werden konnten.

Doch diesmal ging Guillaume klassisch vor: Er bestäubte das Glas mit schwarzem Pulver und nahm die Abdrücke mit einer Folie ab. Anschließend fotografierte er den Abdruck und schaltete einen Monitor ein, auf dem nach wenigen Augenblicken das Bild zu sehen war. Dann rief er die Bilddatei von der gesicherten Spur aus der Ruine auf und legte sie über das Bild der Folie. Er schob sie hin und her, und nach wenigen Augenblicken stimmten die Linien exakt überein.

»Passt«, sagte er und deutete auf den Monitor. »Ich glaube nicht, dass das vor Gericht Bestand hätte, dazu sind die

Abdrücke auf dem Glas zu verwischt. Aber meiner Meinung nach stammen beide von derselben Person.«

»Danke.« Spontan umarmte Lilou den Kriminaltechniker. »Mit etwas Glück bringe ich dir nachher bessere Proben zum Vergleich!«

Kaum war Lilou wieder im Erdgeschoss, zog sie ihr Telefon aus der Tasche und rief Staatsanwalt Beringer an.

»Monsieur le Procureur?«, begann sie und versuchte, zu verbergen, wie sehr sie außer Atem war. »Hier spricht Élève Commissaire Braque.«

»Ah, Mademoiselle, was kann ich für Sie tun?« Beringer gab sich jovial.

»Wir benötigen einen Beschluss vom Ermittlungsrichter, der uns erlaubt, Madame Aziza Forléans erkennungsdienstlich zu behandeln«, antwortete Lilou. »Wir brauchen Fingerabdrücke sowie eine Haarprobe von ihr.«

»Aber ich habe Demoireau doch schon gesagt …«

»Wir haben neue Erkenntnisse«, unterbrach ihn Lilou. »Die Spurensicherung hat einen Abdruck am Tatort sichergestellt, der eindeutig Madame Forléans zuzuordnen ist.«

»Das ist gesichert?«

Lilou holte tief Luft und biss die Zähne zusammen. Sie begab sich gerade auf sehr dünnes Eis, und falls die Haarprobe keine Übereinstimmung ergeben sollte, würde sie ein echtes Problem bekommen. Doch sie war bereit, dafür die Verantwortung zu übernehmen. Sie war sich ihrer Sache sicher. »Ja, Monsieur le Procureur«, sagte sie. »Das ist gesichert.«

»Nun gut, Sie bekommen Ihren Beschluss.« Beringer klang nicht erfreut, doch nun konnte er nicht mehr anders. »Holen Sie ihn selber ab?«

»Nein, bitte lassen Sie ihn direkt hierher faxen. Es ist Eile geboten.« Lilou wunderte sich selbst, wie sicher ihre Stimme klang.

Ihr Tonfall schien zu wirken. »In Ordnung«, antwortete Beringer. »Ich rufe den Richter sofort an, dann haben Sie ihn in fünf Minuten.«

Lilou beendete das Gespräch und schaute den Gang hinunter zum Vernehmungszimmer. Fünf Minuten waren eine lange Zeit, die Commissaire Demoireau dem Zorn der Apothekerin standhalten musste. Andererseits würde die Frau ohne schriftliche Anordnung kaum einlenken. Lilou seufzte und wandte sich in die andere Richtung zu Roseannes Büro. In diesem Augenblick flog die Tür zum Verhörraum auf, und Aziza Forléans stürmte heraus.

Lilou trat ihr in den Weg. »Madame Forléans, bitte bleiben Sie hier«, sagte sie.

Demoireau kam ebenfalls aus dem Vernehmungszimmer und eilte herbei. »So warten Sie doch«, rief er.

Aziza Forléans ragte wie ein Berg über Lilou auf, doch sie ließ sich nicht einschüchtern. Diese Frau war ziemlich sicher eine Mörderin, und es war ihre Aufgabe, sie aufzuhalten. »Madame, wir haben soeben die Genehmigung erhalten, Ihre Fingerabdrücke zu nehmen und eine Haarprobe zum Vergleich sicherzustellen«, sagte sie. »Wenn Sie sich dem widersetzen, können wir Sie festnehmen.«

Demoireau warf ihr einen anerkennenden Blick zu, sagte jedoch nichts.

Aziza Forléans stand schnaufend vor Lilou, ihre Augen sprühten Funken. Mit beiden Händen fasste sie in ihren

Haarschopf und riss daran. Rote Haare wanden sich zwischen ihren Fingern. Sie schüttelte sie ab und fauchte: »Da! Sind Sie nun zufrieden?«

Lilou bückte sich und sammelte die Haare ein. »Danke«, sagte sie, wandte sich ab und lief zur Treppe.

Hinter sich hörte sie Demoireaus tiefe Stimme. »Kommen Sie, Madame, beruhigen Sie sich. Wenn Sie wirklich unschuldig sind, wird die Haarprobe Sie entlasten. Dann haben Sie auch nichts zu befürchten.«

Zum zweiten Mal an diesem Tag lief Lilou die Treppen zu den Kellerräumen hinunter. Die Haare von Madame Forléans hielt sie fest umklammert. Sie wusste, dass ein einfacher Haarvergleich unter dem Mikroskop vor Gericht nicht standhalten würde, doch er würde ausreichen, um Aziza Forléans vorläufig festzunehmen. Die DNA-Untersuchung würde dann den endgültigen Beweis liefern.

Guillaume war an seinem Schreibtisch. Lilou klopfte an den Türrahmen zu dem Büro, das er sich mit den anderen drei Mitgliedern der Police scientifique teilte.

»Guillaume, kannst du dir das hier bitte sofort ansehen?«, fragte sie.

Er stand auf, kam ihr entgegen und grinste. »Ich dachte mir schon, dass du noch mal kommst«, meinte er. »Was hast du diesmal mitgebracht?«

Lilou streckte die Hand aus und hielt ihm die Haarsträhne hin.

»Ah. Verstehe.«

Sie gingen in den Untersuchungsraum hinüber. Guillaume holte einen Probenbeutel, hielt ihn auf, und Lilou ließ die Haare hineinfallen. Guillaume beschriftete ihn sorgfältig, dann zog er mit einer Pinzette ein einzelnes Haar heraus und legte es unter das Mikroskop. Er beugte sich darüber, drehte an den Einstellrädern und runzelte die Stirn.

»Schau bitte mal«, sagte er und deutete auf das Gerät.

Lilou beugte sich über die beiden Okulare, fokussierte ihren Blick und sog überrascht die Luft ein. »Das gibt's doch nicht«, rief sie. Sie war keine Kriminaltechnikerin, doch sie erkannte auf den ersten Blick, dass die beiden Haare nicht von derselben Person stammen konnten. Das eine Haar erschien im Durchlicht dick und dunkel, während das andere fein gesponnen und von deutlich hellerem Rotbraun war. Sie richtete sich auf.

»Das kommt jetzt ein wenig unerwartet, oder?« Guillaume hob die Schultern. »Deine Apothekerin war es offenbar nicht.«

Lilou stieß den Atem aus, den sie unwillkürlich angehalten hatte. »*Merde*«, fluchte sie. »Dann habe ich wohl Mist gebaut.«

Guillaume sah sie mitleidig an. Heute trug er ein weißes Shirt mit einem rosaroten Panther darauf. »Beringer wird nicht erfreut sein.«

Lilou senkte den Kopf. »Ich werde mächtig Ärger bekommen«, antwortete sie. »Ich habe ihm versichert, dass der Abdruck auf dem Glas mit der Spur übereinstimmt.«

»Das tut er auch.« Guillaumes Stimme klang überzeugt. »Dafür lege ich meine Hand ins Feuer.«

»Aber wie kann das sein?« Lilou sah ihn überrascht an. »Wie kann es sein, dass wir Madame Forléans' Abdruck am Tatort finden, aber auf der Mordwaffe ist ein fremdes Haar?«

Guillaume hob die Schultern. »Das kann ich dir nicht sagen«, meinte er. »Dafür bist du zuständig.«

»Ja, ich weiß.« Lilou biss sich auf die Lippen.

Guillaume wandte sich ab und schaute noch einmal durch das Mikroskop. »Hier brauche ich jedenfalls keine DNA-Analyse mehr zu machen«, meinte er. »Die Form der Haarschuppen ist völlig unterschiedlich. Und das Haar, das du mir gebracht hast, ist eindeutig gefärbt, während das von der Mordwaffe naturrot sein dürfte.«

Lilou trat hinter ihn und sah ihm über die Schulter. Da bemerkte sie ein rötlich braunes Haar, das sich über sein weißes Shirt ringelte. Sie ergriff es mit spitzen Fingern. »Du schmückst dich mit fremden Federn, mein Freund«, sagte sie und hielt es ihm hin.

Guillaume drehte sich um. »Das muss von Tabs sein«, meinte er und grinste schief. »Sie war heute Morgen noch hier.«

»So weit seid ihr schon?«, fragte Lilou leichthin, doch die Angst vor Beringers Reaktion lag ihr wie ein Stein im Magen.

»Eigentlich nicht«, erwiderte Guillaume. »Sie hat heute Morgen kurz hereingeschaut und wollte wissen, ob es etwas Neues gibt. Ich habe ihr von dem zerstörten Schlüssel erzählt.«

Lilou nickte und runzelte die Stirn. »Wieso interessiert sie sich eigentlich so für den Fall?«

Guillaume hob die Schultern. »Immerhin hat sie Phil Corsaint gekannt«, antwortete er. »Wenn ich ehrlich bin, glaube ich, sie war ziemlich verliebt in ihn.«

»Aber er war doch homosexuell?«

»Na und? Das heißt ja nicht, dass er einer Frau nicht trotzdem gefallen kann.«

»Da hast du auch wieder recht.« Sinnend betrachtete sie das einzelne Haar in ihrer Hand. Es sah völlig anders aus als die Haare von Aziza Forléans, deutlich dünner, feiner und von viel natürlicherer Farbe. Genau genommen erinnerte es Lilou an das Haar von der Mordwaffe, und Kälte breitete sich in ihr aus. »Würdest du das hier auch mal unters Mikroskop legen?«, bat sie.

»Du meinst …« Guillaume sah sie erschrocken an, doch dann nickte er. »Nun, schaden kann es nicht.« Er zog das Haar von Madame Forléans unter dem Objektiv heraus und platzierte stattdessen Tabeas Haar auf dem Objektträger. »Bitte schön«, meinte er und deutete auf das Gerät. »Ich bin mir nicht sicher, ob ich das sehen möchte.«

Lilou schnitt eine Grimasse und legte ihm die Hand auf den Arm. »Entschuldige, Guillaume. Wahrscheinlich ist das eine sehr dumme Idee.«

»Aber nein, gar nicht«, entgegnete Guillaume ernst. Sein Gesicht war blass, und zum ersten Mal bemerkte Lilou ein paar Sommersprossen auf seiner Nase. »Denkst du denn, ich würde sie decken, nur weil ich sie …«, er zögerte, »… weil ich sie mag?«, schloss er leise.

»Nein, das würdest du nicht tun«, antwortete Lilou und atmete tief durch. Dann beugte sie sich über das Mikroskop. Sie stellte das Sichtfeld scharf, bis die beiden blassroten, glasigen Fäden deutlich zu sehen waren. Soweit sie das beurteilen konnte, waren sie völlig identisch.

Commissaire Demoireau sah Lilou mit gespannter Erwartung entgegen, als sie den Vernehmungsraum betrat. Sie schlug die Augen nieder und schüttelte unmerklich den

Kopf. Demoireau verzog das Gesicht und ließ die Schultern hängen.

Madame Forléans saß mit verschränkten Armen und zusammengepressten Lippen auf ihrem Stuhl. Ihrem Gesichtsausdruck nach kochte sie vor unterdrückter Wut. »Was ist jetzt?«, fragte sie erbost. »Kann ich jetzt gehen?«

»Nein, Madame«, antwortete Lilou und nahm am Tisch Platz. »Das Haar auf der Mordwaffe stammt zwar nicht von Ihnen. Trotzdem haben wir Ihren Fingerabdruck auf der Gittertür zum Keller der Ruine Pré Fantasti gefunden, die normalerweise verschlossen ist. Sie waren also vor Ort.«

Lilou betrachtete die Apothekerin aufmerksam. Madame Forléans starrte sie unter zusammengezogenen Brauen an. Lilou erwiderte den Blick, bis die Frau den Kopf senkte.

»Ja, Sie haben recht«, murmelte sie. »Ich war da.«

»Bitte sprechen Sie lauter«, warf Demoireau ein.

»Ich war da.« Die Apothekerin hob den Blick, ihre Augen waren voller Schmerz. »Sie haben recht, ich sollte mich an diesem Abend mit Phil in der Ruine treffen. Er wollte mir den letzten Teil der Übersetzung vor Ort zeigen.« Sie betupfte sich die Augen. »Aber als ich hinkam, war von ihm nichts zu sehen, nur das Gittertor stand offen. Ich ging hinein und rief seinen Namen, aber er antwortete nicht. Dann entdeckte ich das zweite Gitter und die Wendeltreppe in den Keller. Ich ging hinunter, und da lag er mausetot in einem der Kellerräume. Alles war voller Blut.« Flehend sah sie Demoireau an. »Ich schwöre Ihnen, ich habe ihm nichts getan. Er war schon tot, als ich ihn fand. Aber ich geriet in Panik. Ich griff mir mein Buch und seinen Rucksack und stürzte nach draußen. Die Gittertore habe ich hinter mir zugeworfen.« Sie atmete tief durch. »Noch in derselben Nacht las ich Phils Übersetzung, die ich in seinem Rucksack fand, und stellte fest, dass sie nicht vollständig war. Man braucht einen geheimen Schlüssel, mit dem man die letzte Seite dechiffrieren kann.« Sie schlug die Hände vors Gesicht. »Zwei Tage lang habe ich mit mir gerungen, aber meine Neugier war zu groß. Also habe ich mir mithilfe der Schlüssel, die ich in seinem Rucksack fand, Zutritt zu der Ruine verschafft, um nach diesem Code zu suchen. Der Anblick seiner Leiche war mir unerträglich, deshalb habe ich ihn in den anderen Kellerraum getragen. Außerdem dachte ich, dass ihn eher irgendwann jemand findet und sich um ihn kümmert, wenn er nicht in dem verborgenen Keller bleibt.«

»Haben Sie den geheimen Schlüssel gefunden?«, wollte Lilou wissen.

»Nein.« Madame Forléans senkte den Kopf. »Der Raum war völlig leer, ich konnte nichts entdecken. Ich habe dann beschlossen, einfach mit den Zutaten zu arbeiten, die in der Übersetzung genannt sind.«

»Und warum haben Sie Mademoiselle Braque niedergeschlagen und eingesperrt?«, fragte Commissaire Demoireau.

»Ich habe sie doch nicht erkannt.« Madame Forléans rang die Hände. »Es war Vollmond, deshalb war ich an der Ruine, um den blauen Thymian zu pflücken. Da sah ich jemanden, der offenbar ebenfalls von dem Thymian wusste, und ich dachte, er gehört zu den Dieben, die mir das Buch gestohlen haben.« Sie schlug die Augen nieder. »Wissen Sie, ich bin manchmal etwas impulsiv.«

Demoireau nickte, ohne eine Miene zu verziehen.

»Bitte glauben Sie mir!« Sie sah Lilou bittend an. »Ich hätte Sie bestimmt am nächsten Tag freigelassen. Doch als ich hinkam, war schon die Polizei da, und später passten dann Phils Schlüssel nicht mehr.«

Lilou nickte knapp. »Sie werden sich trotzdem wegen tätlichen Angriffs und Freiheitsberaubung zu verantworten haben«, sagte sie.

Madame Forléans straffte die Schultern und richtete sich gerade auf. »Ich weiß. Und ich werde meine gerechte Strafe auf mich nehmen.«

KAPITEL 19

Da sie Reue zeigt, kommt sie wahrscheinlich mit einer Bewährungsstrafe und einem Bußgeld davon«, meinte Commissaire Demoireau, sobald Aziza Forléans gegangen war. Sie war auf freiem Fuß, würde aber vor Gericht gestellt werden. Staatsanwalt Beringer war nicht gerade erfreut gewesen, als er von der neuesten Entwicklung hörte, doch nicht einmal er hatte die Notwendigkeit der Untersuchung bestreiten können.

»Was war nun mit der Haarprobe?«, wollte Demoireau wissen, als Madame Forléans die Dienststelle verlassen hatte.

»Es deutet alles darauf hin, dass das Haar auf der Mordwaffe Tabea Kellermann gehört«, berichtete Lilou. »Das konnte sogar ich erkennen, und ich bin keine Kriminaltechnikerin.«

»Der Studentin?« Demoireau sah Lilou überrascht an. »Was hat die denn damit zu tun?«

»Das wissen wir nicht.« Lilou hob die Schultern. »Guillaume Mistral führt gerade den DNA-Abgleich durch, um sicherzugehen.«

Demoireau nickte knapp. »Gut. Diesmal warten wir bitte auf das Ergebnis, bevor wir jemanden verhaften.« Er sah auf die Uhr. »Sie könnten in der Zwischenzeit das Protokoll der Vernehmung von Madame Forléans schreiben.«

Lilou verdrehte die Augen.

»Auch das gehört zu unserer Arbeit, das wissen Sie genau.«

»Jawohl, *mon commissaire.*«

Das Ergebnis der Haaranalyse lag schneller vor als erwartet. »Es war ja ganz frisch, und die Haarwurzel war noch dran«, meinte Guillaume, als Lilou ihn im Labor aufsuchte. »Und das sichergestellte Haar ist bereits untersucht. Ich musste nur noch den Abgleich machen und keine vollständige Sequenzierung.«

Lilou hatte keine Ahnung, wovon er sprach. »Und? Stammt es von Tabea?«

Er nickte knapp. »Daran besteht gar kein Zweifel.«

»Es tut mir leid.« Lilou sah ihn mitfühlend an. »Ich weiß, dass du sie sehr gern magst.«

Guillaume zuckte mit den Schultern. »Man kann den Menschen immer nur vor die Stirn schauen«, bemerkte er und seufzte. »Aber ich dachte wirklich, das hätte was mit uns werden können.«

»Lass uns zu Demoireau gehen und ihm berichten.«

Ein Streifenwagen hatte Tabea Kellermann von der Bibliothèque l'Inguimbertine abgeholt und zur Dienststelle gebracht. Wieder waren sie im Vernehmungsraum. Diesmal saß Guillaume Mistral mit am Tisch, und Capitaine Emetoit stand an der Tür – seine beeindruckende Erscheinung würde jeden Fluchtversuch im Keim ersticken. Doch Tabea machte keine Anstalten zu fliehen. Sie trug ihr Haar heute offen, es fiel ihr wie ein Vorhang vors Gesicht. Mit verschränkten Armen und zusammengezogenen Brauen saß sie auf ihrem Stuhl und schwieg.

»Mademoiselle Kellermann, Sie machen es nicht besser, wenn Sie nichts sagen«, sagte Demoireau mit eindringlicher Stimme. »Wir konnten ein Haar von Ihnen auf der Mordwaffe nachweisen, das reicht für eine Verhaftung. Sie werden in jedem Fall angeklagt und vor Gericht gestellt. Wenn Sie geständig sind, wird man das zu Ihren Gunsten werten.«

Tabea Kellermann hob den Blick und starrte Commissaire Demoireau an. »Ich verstehe nicht, was Sie meinen.« Dann sank sie wieder in sich zusammen und verfiel in Schweigen.

»Möchtest du einen Dolmetscher, Tabea?«, fragte Lilou. »Oder einen Anwalt, der Deutsch spricht?«

Tabea schüttelte bockig den Kopf. »Warum? Ich habe nichts getan.«

Demoireau schlug mit der Faust auf den Tisch. »Lügen Sie doch nicht! Sie haben Philbert Corsaint umgebracht.«

Tränen traten Tabea in die Augen. Sie warf Guillaume einen unsicheren Blick zu, presste jedoch die Lippen zusammen und schwieg.

»Tabea, so geht das nicht«, sagte Guillaume mit sanfter Stimme und griff nach ihrer Hand. »Erzähl uns einfach, was passiert ist.«

Tabea machte ihre Hand los und starrte weiter auf die Tischplatte.

Lilou sah Guillaumes mitfühlende Miene. »Ich glaube, es ist besser, wenn du rausgehst, Guillaume«, sagte sie leise. »Ich denke, sie wird nicht sprechen, solange du dabei bist.«

Guillaume zog die Augenbrauen hoch. »Verstehe.« Er stand auf. »Ja, vielleicht ist es besser, wenn ich gehe.«

Die Tür fiel hinter ihm ins Schloss. Tabea Kellermann hob den Kopf und brach in Tränen aus. Lilou reichte ihr ein

Taschentuch, Commissaire Demoireau lehnte sich zurück und verschränkte die Arme vor der Brust. Schließlich schnäuzte sich Tabea lautstark und sah Lilou aus geröteten Augen an. »Kann er bitte auch gehen?«, fragte sie und deutete auf Demoireau.

Der Commissaire runzelte die Stirn. »Ich glaube nicht, dass das gut ist.«

»Bitte, Monsieur le Commissaire«, sagte Lilou leise. »Ich fürchte, sonst wird sie nicht reden.«

»Hm, hm.« Demoireau schob den Stuhl zurück. »Aber Capitaine Emetoit bleibt hier«, befahl er.

»In Ordnung.« Lilou nickte, dann stand sie auf und setzte sich neben Tabea. Sie wartete, bis sich die Tür hinter dem Commissaire geschlossen hatte, dann wandte sie sich an die Studentin und legte ihr die Hand auf die Schulter. »Nun sag schon, was passiert ist, Tabs.«

Tabea sah sie mit tränennassen Augen an. »Ich wollte das alles nicht«, flüsterte sie und warf einen Blick auf Emetoit.

Der große Algerier hatte sich halb abgewandt. Er starrte die Wand an und tat, als hätte er nichts gehört. Offenbar wusste Tabea Kellermann nicht, dass unter dem Tisch ein Aufnahmegerät lief und hinter der dunklen Glasscheibe Commissaire Demoireau und Guillaume Mistral jedes Wort mithören konnten.

»Was wolltest du nicht?«, fragte Lilou sanft.

»Ich wollte mich nicht in ihn verlieben.« Tabea schluchzte auf.

»In Guillaume?« Lilou hob die Brauen.

»Aber nein, doch nicht in Willie.« Tabea schüttelte den Kopf. »In Phil natürlich.«

»Ach so.« Lilou nickte. »Vielleicht erzählst du mir alles von Anfang an?«

Tabea atmete tief durch. »Ja. Vielleicht ist es am besten so.« Sie sah Lilou bittend an. »Aber denke nicht schlecht von mir, ja?«

»Bestimmt nicht.« Lilou nickte ihr beruhigend zu. »Aber nun erzähl.«

»Ich habe mich mit Phil von Anfang an sehr gut verstanden. Er half mir mit meinen Möbeln und gab mir Tipps, wo ich einkaufen kann. Wir wurden schnell befreundet, sagt man das so?«

»Ihr wurdet Freunde, ja.«

»Genau.« Tabea nickte. »Jedenfalls habe ich ihn immer mehr gerngehabt. Aber als ich ihn gefragt habe, ob wir zusammen sein können, hat er mir gesagt, dass er schwul ist und einen Freund hat.«

»Das war natürlich nicht so schön für dich«, sagte Lilou sanft.

»Ich verliebe mich ständig in die falschen Männer. Das war schon immer so.« Tabea schniefte. »Aber immerhin waren wir noch Freunde, und es war okay für mich.« Sie schlug die Augen nieder, streckte den Zeigefinger aus und malte Kreise auf dem Tisch. Lilou war sicher, dass Tabea log: Das war für sie überhaupt nicht okay gewesen.

»An seinem letzten Tag vor dem Urlaub war er sehr traurig«, fuhr Tabea fort. »Er hatte mit Gérard gestritten, und er tat mir auch wirklich leid. Ich habe ihn getröstet und ihm gesagt, dass ich immer für ihn da sein werde.« Sie senkte den Blick, ihre Brauen bildeten eine durchgehende Linie über ihren Augen. »Da hat er mir einen Kuss gegeben und gesagt, dass alles gut werden wird.« Sie hob den Kopf und sah Lilou an, Tränen glänzten in ihren Augen. »Er hat mir die Hoffnung zurückgegeben, und ich war so glücklich. Dann ist er weggegangen.«

»Was ist danach passiert?«, fragte Lilou.

»Am Nachmittag hat er mich angerufen«, erzählte Tabea weiter. »Er sagte, dass er in der Ruine Pré Fantasti ist, und dass ich hinkommen soll, weil er mir etwas zeigen will.« Sie schlug die Hände vors Gesicht. »Er war sehr aufgeregt, und ich habe gedacht, er wird mir sagen, dass er mich auch liebt. Ich war so dumm!« Sie rang schluchzend nach Luft. »Dabei hatte er nur den letzten Schlüssel zu dieser dummen Übersetzung entdeckt. Er sagte, dass er von Madame Forléans mehr Geld verlangen will. Dann könnte er sich mit Gérard versöhnen und mit ihm in Urlaub fahren.« Ihre Stimme war immer leiser geworden. »Ich habe angefangen zu weinen, und erst da hat er bemerkt, was er mir damit angetan hat.« Sie senkte den Kopf, ihre Tränen tropften auf die Tischplatte. »Er nahm mich in den Arm, aber das war nur aus Mitleid, und das wollte ich nicht. Ich habe ihn weggestoßen, doch er hielt mich fest und redete die ganze Zeit auf mich ein.« Tabea weinte jetzt offen. »Ich war so wütend! Ich wollte, dass er mich einfach gehen lässt, aber er hörte nicht auf.« Sie schluchzte, und Lilou musste sich vorbeugen, um sie zu verstehen. »Da habe ich einen Stein genommen und ihm damit auf den Kopf geschlagen. Ich wollte ihn nicht töten, ich wollte nur, dass er mich loslässt. Aber er ist einfach umgefallen, und da war so viel Blut.« Sie hob die runden Schultern. »Da habe ich den Stein in die Ecke geworfen und bin weggelaufen.«

Lilou sah sie schweigend an. Sie konnte die Gefühle der jungen Frau nachvollziehen, und auch die Enttäuschung, die sie in diesem Augenblick empfunden haben musste. Doch nichts rechtfertigte einen solchen Angriff. Niemals. »Da hat er noch gelebt«, sagte sie leise. »Wenn du sofort Hilfe geholt hättest, könnte er noch am Leben sein.«

Tabea heulte auf und bedeckte ihr Gesicht mit den Händen. »Das wusste ich nicht«, flüsterte sie. »Ich dachte, er ist tot.«

Lilou schüttelte den Kopf. »Aber wieso bist du dann zu uns gekommen und hast ihn als vermisst gemeldet?«, fragte sie.

Tabea atmete tief durch. »Als man ihn die ganze Zeit nicht gefunden hat, war mir klar, dass es auffallen wird, wenn er nach seinem Urlaub nicht wiederkommt«, antwortete sie. »Da habe ich mir überlegt, dass es am sichersten ist, wenn ich selber zur Polizei gehe. Dann wird niemand denken, dass ich weiß, wo er ist, und dass er längst tot ist.« Schmerzlich verzog sie das Gesicht. »Als du dann gesagt hast, dass du ihn noch gesehen hast, habe ich das überhaupt nicht verstanden.« Sie spreizte die Hände. »Jedenfalls habe ich dann einfach mitgespielt, auch bei der Übersetzung mit Willie.« Sie senkte den Kopf. »Das mit ihm tut mir besonders leid. Er muss sehr enttäuscht von mir sein.«

Lilou nickte zu Jamal Emetoit hinüber. Er kam heran und legte Tabea die Hand auf die Schulter. »Kommen Sie, Mademoiselle«, sagte er. »Sie bleiben erst einmal bei uns.«

Tabea hatte ihr Geständnis ohne weitere Umstände unterschrieben und bekannte sich in allen Punkten schuldig am Tod von Philbert Corsaint. Staatsanwalt Beringer begleitete sie persönlich zum Ermittlungsrichter, um den Haftantrag zu stellen. Guillaume stand mit hängenden Schultern im Flur und sah ihr nach, doch die junge Frau blickte sich nicht mehr um.

Lilou legte ihm die Hand auf die Schulter. »Ich komme mir jetzt ziemlich blöd vor, weil ich sie doch mit ins Boot geholt habe, um dir bei deiner Übersetzung zu helfen.«

»Das musst du nicht.« Guillaume winkte ab. »Sie darum zu bitten war die naheliegendste Lösung.«

»Aber nun bist du traurig, und das wollte ich nicht.«

»Dafür kannst du doch nichts.« Er hob die Schultern. »Weißt du, Tabea wirkt immer so stark und selbstbewusst, aber in Wahrheit ist sie ein sehr verletzlicher Mensch. Das mit Phil muss sie sehr getroffen haben.«

»Ganz bestimmt sogar«, meinte Lilou. »Sie konnte mit seiner Zurückweisung nicht umgehen und hat in dieser Situation völlig überreagiert.«

»Das kann man wohl sagen.« Guillaume verzog das Gesicht. »Aber sie ist kein schlechter Mensch.«

»Nein, natürlich nicht.« Lilou schüttelte den Kopf. »Sie wollte Phil Corsaint nicht töten, das war eine Kurzschlusshandlung. Wahrscheinlich wird sie sogar mildernde Umstände bekommen.«

»Das hoffe ich sehr«, antwortete er und seufzte. Dann grinste er schief. »Stell dir vor, das mit Tabea und mir wäre wirklich etwas geworden. Irgendwann hätten wir uns zerstritten, ich hätte mit ihr Schluss gemacht, und sie hätte mir dafür den Schädel eingeschlagen. Nein, das ist schon besser so.«

Lilou musste unwillkürlich lachen. »So gesehen hast du recht.« Sie boxte ihn spielerisch gegen den Arm. »Dann habe ich dir sogar einen Gefallen getan.«

»Jaja, mach dich nur lustig über mich.« Sein Tonfall war locker, doch seine Augen blickten traurig. »Ich sterbe noch an gebrochenem Herzen, und du bist schuld.«

Demoireau kam heran und rieb sich die Hände. »Den Fall haben wir gelöst«, sagte er. »Danke, Capitaine Mistral, dass Sie so schnell gearbeitet haben.«

Guillaume nickte knapp. »War schon okay«, sagte er. Dann seufzte er tief. »Jetzt muss ich jede Menge Protokolle schreiben. Wundert euch also nicht, wenn ihr mich ein paar Tage nicht zu sehen bekommt.«

Lilou hob die Brauen. »Ich dachte, das macht Baptiste für dich?«

»Baptiste ist doch krank.« Guillaume legt den Finger an die Lippen und warf Demoireau einen Seitenblick zu. »Außerdem darf das keiner wissen.«

»Ziehen Sie ab, Mistral«, brummte Demoireau. »Ich will davon nichts hören.«

Guillaume blinzelte Lilou zu und verschwand in Richtung Treppe.

Demoireau wandte sich an Lilou. »Kommen Sie mit in mein Büro«, sagte er. Dann wedelte er mit der Hand in die Richtung von Gardien Tairousse, der in der Tür zum Journaldienstraum stand. »Bringen Sie uns bitte zwei Kaffee!«

»Das war wohl der letzte Fall in Ihrem Praktikum«, meinte der Commissaire und deutete auf die alte Ledercouch.

Dankbar ließ sich Lilou darauf fallen und streckte die Beine aus. Die Anspannung nach den beiden Vernehmungen und der Überführung von Tabea fiel von ihr ab. »Ja, am Freitag ist mein letzter Tag«, antwortete sie.

Demoireau nickte. »Ich weiß.« Er blieb stehen und musterte sie nachdenklich. »Sie freuen sich bestimmt schon auf Paris, oder?«

Lilou hob die Brauen und sah ihn erstaunt an. Bisher hatte sie nicht das Gefühl gehabt, dass er an ihrer weiteren Karriere sonderlich interessiert war. »Ja, natürlich«, gab sie zurück. »Meine Eltern leben da, und ich freue mich sehr darauf, sie wiederzusehen.«

»Ich meinte jetzt eher die Arbeitsstelle«, brummte er. »Die Police judiciaire ist schließlich etwas ganz anderes als das hier.« Mit seiner Armbewegung umfasste er sein Büro und schloss die Dienststelle, die Stadt, die Region mit ein.

»Ja, das ist es in der Tat.« Lilou sah ihn aufmerksam an. »Worauf wollen Sie hinaus?«

Er senkte den Kopf. »Ich wollte Ihnen nur sagen, dass, wenn Sie sich jemals hierher versetzen lassen wollen, dann würde ich das befürworten.«

Warme Freude breitete sich in Lilou aus. »Sie meinen, Sie waren zufrieden mit mir?«

»Sie haben sehr gute Arbeit geleistet.« Demoireau nickte. »Die Kollegen in Paris können sich glücklich schätzen, dass sie Sie bekommen.«

»Danke, Monsieur le Commissaire«, sagte Lilou ernst. »Es freut mich sehr, dass Sie so denken.«

Demoireau nickte knapp und deutete auf seinen Schreibtisch. In diesem Moment klopfte es, die Tür ging auf, und Tairousse kam mit einem Tablett herein, auf dem drei Kaffeetassen standen. Bevor Lilou sich noch wundern konnte, für wen die dritte Tasse war, wirbelte Madame Adelphe, die Bürgermeisterin, ins Zimmer.

»Georges, ich habe es gerade gehört!« Sie ignorierte Demoireaus Zurückhaltung und küsste ihn auf beide Wangen. »War es wirklich die kleine dicke Studentin aus Deutschland?«

Der Commissaire nickte. »Ja. Sie hatte sich wohl in das Opfer verliebt, und als sie zurückgewiesen wurde, hat sie im Affekt gehandelt.«

»Das arme Kind«, meinte Madame Adelphe und schlug die Augen nieder. »Eine nicht erwiderte Liebe ist wohl das Schlimmste, was einer Frau passieren kann.«

»Ach ja?« Demoireau hob die Brauen. »Aber das rechtfertigt doch nicht die Tötung eines Menschen.«

»Natürlich nicht.« Francine Adelphe hob den Kopf und sah ihn unverwandt an. »Es schadet jedoch nicht, einer Frau von Zeit zu Zeit zu sagen, wenn man sie liebt.«

Demoireau wurde tatsächlich rot, aber er erwiderte nichts.

»Aber deshalb bin ich nicht gekommen«, fuhr Madame Adelphe fort und setzte sich unaufgefordert zu Lilou auf das Sofa. Tairousse hatte das Tablett auf dem niedrigen Tisch abgestellt und den Raum verlassen. Die Bürgermeisterin schob Lilou eine Tasse hin.

»Was gibt's denn?«, fragte Demoireau. Er nahm sich ebenfalls eine Tasse und lehnte sich gegen seinen Schreibtisch.

»Das mit Pepins Alibi hat sich aufgeklärt«, antwortete Madame Adelphe. »Ich habe Louisa nochmals dazu befragt, und da hat sie zugegeben, dass sie das Restaurant verwechselt hat.« Sie rührte ihren Kaffee um und sah ein wenig schuldbewusst drein. »Genau genommen bin ich daran schuld. Ich habe ihr aufgetragen, den Termin mit Pepin ›bei

Bérénice‹ zu machen. Ich meinte natürlich das *L'Armandine* und bin gar nicht auf den Gedanken gekommen, dass sie das missverstehen könnte. Aber tatsächlich hat sie Pepin zu *Chez Bérénice* in Gordes bestellt.«

Demoireau rollte mit den Augen. »Das hättest du uns aber wirklich früher sagen können«, meinte er.

»Ich weiß es doch auch erst seit heute Vormittag.« Die Bürgermeisterin schüttelte den Kopf. »Das war dann auch der letzte Anstoß, weswegen ich sie nicht behalten werde. Ich muss mich darauf verlassen können, dass meine Assistentin mich versteht. Sonst mache ich lieber wieder alles selbst.«

Lilou hob den Kopf, sie hatte plötzlich eine Idee. Francine Adelphe wandte sich ihr zu. »Wollten Sie etwas sagen, Lilou?«

»Eine Freundin von mir sucht gerade Arbeit«, begann Lilou. »Sie arbeitet zurzeit im *service de l'état civil*, aber sie hat nur einen befristeten Vertrag und braucht bald etwas Neues.«

»Wer ist es denn?« Madame Adelphe sah sie fragend an. »Ich kenne die meisten Frauen im Gemeindeamt, aber ich wüsste nicht, wer ...«

»Sie heißt Isabelle Valleron«, antwortete Lilou.

»Die Tänzerin?« Commissaire Demoireau hob die Augenbrauen. »Glauben Sie, dass das eine gute Idee ist?«

»Eine Tänzerin?«, wiederholte die Bürgermeisterin und lachte. »Wie kommt eine Tänzerin in den *service de l'état civil?*«

»Das ist eine lange Geschichte«, sagte Lilou. »Isabelle kommt aus zerrütteten Verhältnissen und hat eine unschöne Vergangenheit. Als ich sie kennenlernte, arbeitete sie im

Nachtklub ihres Freundes, aber gleichzeitig versuchte sie, sich ein normales Leben aufzubauen – deshalb auch der Job im Gemeindeamt. Aber dann wollte ihr Freund sie von seinen Gorillas beseitigen lassen, und sie hatte einen schweren Unfall. Im Augenblick kann sie noch nicht wieder richtig laufen, deshalb ist es für sie auch nicht so einfach mit der Arbeitssuche. Und mit ihrer Vergangenheit ist es ohnehin fast unmöglich, etwas Seriöses zu finden.«

»Hm.« Madame Adelphe runzelte die Stirn. »Ich glaube nicht, dass ich den Gemeinderat davon überzeugen kann, eine Tänzerin als meine Assistentin einzustellen.«

»Das musst du doch gar nicht.« Demoireau blinzelte. »Im Augenblick ist sie doch noch im *service de l'état civil* beschäftigt, oder nicht?«

»Ja, sie ist nur krankgeschrieben.« Lilou sah ihn neugierig an.

»Du lässt sie einfach in dein Vorzimmer versetzen«, sagte der Commissaire zu Madame Adelphe. »Anschließend musst du nur dafür sorgen, dass sie eine unbefristete Stelle bekommt.«

»Du bist immer so kreativ, Georges.« Die Bürgermeisterin lachte. »Aber du hast recht, so könnte es tatsächlich klappen.« Sie sah Lilou an. »Sagen Sie Ihrer Freundin, sie soll mich anrufen. Sie darf sich gern bei mir vorstellen, und dann sehen wir weiter.«

Das Telefon klingelte, Demoireau stellte seine Kaffeetasse ab und hob den Hörer ab. *»Allo?«*

Madame Adelphe wandte sich an Lilou. »Wie lange sind Sie noch bei uns, Lilou?«, fragte sie.

»Nur noch bis übermorgen«, antwortete Lilou. »Am Montag trete ich meine Stelle in Paris an.«

Die Bürgermeisterin legte ihr die Hand auf den Arm. »Es tut mir leid, Sie gehen zu sehen«, sagte sie mit warmer Stimme. »Und ich weiß auch, dass Georges, also Monsieur le Commissaire, sehr viel von Ihnen hält. Das konnte man von seinen früheren Praktikanten nicht sagen.«

»Danke, Madame la Maire«, sagte Lilou. »Ich freue mich wirklich, das zu hören.«

Madame Adelphe zwinkerte ihr zu. »Aber Sie sind ja nicht ganz weg, stimmt's?«, sagte sie. »Sie haben ja Ihren Freund, diesen jungen Kanadier, der sein Restaurant an der Place de l'Horloge eröffnen wird. Da werden wir uns bestimmt noch oft sehen.«

»Ja, ganz bestimmt.« Lilou erwiderte das Lächeln herzlich, doch im Grunde ihres Herzens war sie unendlich traurig. All diese Menschen, die sie so sehr schätzten und mochten, hier zurückzulassen und sich wieder auf die schöne, aber unpersönliche Großstadt einzulassen, in der sie aufgewachsen war – es würde eine große Umstellung werden. In jeder Hinsicht.

Demoireau legte den Hörer so vorsichtig auf, als wäre er ein rohes Ei. Er war blass geworden, und die Falten um seine Mundwinkel wirkten auf einmal schärfer als sonst. Madame Adelphe sah ihn erschrocken an. »Georges, was ist passiert?«

Demoireau richtete sich auf und verschränkte die Finger. »Das war das Krankenhaus«, begann er.

»Commandant Pouffin?« Lilou hob alarmiert den Kopf. »Was ist mit ihm?«

»Er ist aus dem Koma aufgewacht«, antwortete Demoireau und machte eine beruhigende Geste. »Aber das ist leider die einzige gute Nachricht.« Seine Miene war traurig.

»Sag schon, Georges, was ist los?« Madame Adelphe war aufgestanden.

»Er wird wohl nicht mehr zurückkommen«, sagte Demoireau leise. »Es liegt eine Querschnittlähmung vor, er wird wahrscheinlich nie wieder gehen können.«

»Das ist ja schrecklich!« Die Bürgermeisterin schlug mit der Hand auf den Mund. »Der arme Mann!«

»Ja.« Demoireau nickte. »Ihm steht eine lange Rehabilitation bevor, und der Arzt hat noch Hoffnung, dass sich sein Zustand bessert. Aber er wird nie wieder diensttauglich sein, das steht schon fest.«

»Wir werden ihn mit allen Ehren verabschieden«, sagte die Bürgermeisterin. »Das ist das Mindeste, was wir tun können.«

Demoireau nickte knapp. »Es war natürlich ein Dienstunfall«, sagte er. »Er hatte von mir den Auftrag, den Keller zu untersuchen.«

Lilou hob eine Augenbraue, doch sie sagte nichts. Heute war keine Rede mehr von einem Disziplinarverfahren gegen den Commandant, ganz im Gegenteil. Der Commissaire würde seinen Stellvertreter ein letztes Mal decken und ihm so einen möglichst sorgenfreien Ruhestand ermöglichen. Sie senkte den Kopf. »Genau, *mon commissaire*. Er hat im Zuge unserer Ermittlung Beweise in diesem Kellerraum gesichert.«

Commissaire Demoireau nickte nachdrücklich und straffte die Schultern. »Mademoiselle Braque, ich habe Ihnen einen Vorschlag zu machen.«

Lilou sah auf. »Ja?«

»Offensichtlich brauche ich einen neuen Stellvertreter. Ich weiß, dass das nicht die Position ist, die Ihnen am Ende

Ihrer Ausbildung zusteht, und es ist auch nicht das, was Sie sich erhofft haben. Aber Sie sind bereits eingearbeitet, Sie kennen die Leute und die Verhältnisse vor Ort. Ich möchte Sie hier an meiner Seite haben.«

»Was?« Lilou riss die Augen auf und fuhr vom Sofa hoch. »Aber das geht doch nicht!«

Madame Adelphe klatschte in die Hände. »Das ist eine wunderbare Idee«, rief sie. »Ich würde das vorbehaltlos unterstützen!«

Demoireau sah Lilou ernst an. »Mir ist klar, dass das ein großes Opfer für Sie wäre, weil Sie hier nur meine Stellvertreterin sein würden. Das entspricht weder Ihrem Rang noch Ihrer Ausbildung. Aber ich wüsste niemand anderen, den ich lieber auf diesem Posten sähe. Ich kann Sie nur darum bitten, zu bleiben.«

Lilou atmete tief durch. Der kalte Knoten in ihrem Magen löste sich auf, und auf einmal empfand sie Erleichterung. Da waren nur noch Wärme und Freude auf die Zukunft. Sie lächelte. »Ja, *mon commissaire*. Ich bleibe gern.«

DANKSAGUNG

Die Handlung dieser Geschichte sowie die darin vorkommenden Personen sind frei erfunden. Ähnlichkeiten mit tatsächlich lebenden Menschen sind zufällig und nicht beabsichtigt.

Viele der Schauplätze sind dagegen real, allerdings habe ich nicht alle unter ihrem wahren Namen beschrieben. Die Ruine Pré Fantasti, die in diesem Buch eine so große Rolle spielt, existiert tatsächlich, und die Gebrüder Barberini haben von 1647 bis 1655 in diesem Haus gelebt. Allerdings ist zu bezweifeln, dass sie wirklich Alchemisten waren – diese Behauptung gehört ins Reich der Legenden.

Mein Dank geht an dieser Stelle wie immer an Eliane Wurzer, die durch ihre Vermittlung die Serie der *Lavendel-Morde* erst möglich gemacht hat, an meine Lektorin Anne Verhoeven (Droemer-Knaur) für die sehr angenehme Zusammenarbeit bei diesem Buch und an meinen Agenten Niclas Schmoll (Meller Agency) für die stetige Unterstützung.

Auch meinen Testlesern sei hiermit gedankt: Floh Grün als Leser der ersten Stunde, Claudia Wenzel-Hering für ihre wie immer wertvollen Hinweise zur Logik der Geschichte, Larissa Baiter für ihren Beitrag zur Motivation der Tat und ganz besonders Karen Aydin, weil sie auch zwischen den Zeilen liest. Besonderer Dank gebührt wie immer meinem Polizistenfreund Wolfgang, der Lilous Arbeit mit scharfem Auge überwacht, sowie Christine Ulrich für ihre gezielten Fragen bei der Entwicklung dieser Geschichte.